중국 선봉파(아방가르드) 소설집

깡디스 산맥의 유혹

나남
nanam

옮긴이_ 김 영 철

고려대학교 중어중문학과와 동대학원 졸업(박사)했으며, 중국 남경대학
연구교수, 미국 컬럼비아대학 방문교수를 역임했다. 전공은 중국 현·
당대(現·當代) 소설이다. 현재 동국대학교 중어중문학과 교수로 재직 중
이다. "중국 포스트모더니즘 소설 연구"(2005), "류진운 소설론"(1997),
"신사실주의 소설론"(1996) 등 중국 현·당대 소설에 대한 20여 편의 논
문과 《중국 신사실주의 소설선》(2001), 《닭털 같은 나날들》(2004) 등 역
저와 《모순과 20세기》(1997) 등의 저서가 있다.

나남문학번역선 10

깡디스 산맥의 유혹

2011년 12월 15일 발행
2011년 12월 15일 1쇄

지은이_ 거훼이·마위엔·찬쉬에·쑤퉁·리앙
옮긴이_ 金榮哲
발행자_ 趙相浩
발행처_ (주) 나남
주소_ 413-756 경기도 파주시 교하읍
      출판도시 518-4
전화_ (031) 955-4600 (代)
FAX_ (031) 955-4555
등록_ 제 1-71호(1979.5.12)
홈페이지_ http://www.nanam.net
전자우편_ post@nanam.net

ISBN 978-89-300-0910-2
ISBN 978-89-300-0909-6 (세트)
책값은 뒤표지에 있습니다.

중국 선봉파(아방가르드) 소설집

깡디스 산맥의 유혹

거훼이 · 마위엔 · 찬쉬에 · 쑤퉁 · 리앙 지음

김영철 옮김

나남
nanam

中國先鋒派小說集

80년대 남미의 보르헤스, 마르케스, 요사 등 이른바 '붐 소설'(옮긴 이 주 — 1960년대 이후 세계문학 무대에 붐을 일으켰던 라틴아메리카 소설들) 작가들부터 시작된 환상 혹은 마술적 리얼리즘은 서구뿐 아니라 전 세계에 새로운 소설 양식을 선보였다.

개혁 개방 정책이 뿌리내리기 시작하는 80년대 후반, 중국에 이 사조가 소개되자 중국 문단에서도 이를 실험한 전위적 소설 유파인 선봉파(先鋒派)가 등장했다.

소설의 사회적 역할을 강조하던 사회주의 리얼리즘이 근대적 이성을 기반으로 했다면, 이 유파는 그 이성을 불신하고, 필연보다 우연성을 강조하며, 주제 없는 무의미를 추구한다. 세계 사조의 중국적 변용인 이 유파는 상상 공간의 지평을 확대하며 중국 소설문단에 일정한 영향을 미쳤다.

이 작품집은 옮긴이의 《중국 신사실주의 소설선》의 뒤를 잇는 작업으로, 중국 당대 소설을 유파별로 한국에 소개하는 의미를 지닌다. 이 작품집에 소개되는 작품들은 중국 당대 문학사에서 대표작으로 평가되고, 모두 여러 문학상을 수상한 바 있는 수준 높은 작품들이다. 한국 독자들이 이 책을 통해 소소한 상상의 즐거움을 느낄 수 있기를 희망한다.

2011년 12월
김 영 철

나남문학번역선 · 10

중국 선봉파(아방가르드) 소설집
깡디스 산맥의 유혹

차 례

길 잃은 배

迷舟

거훼이 格非

1928년 3월 21일, 북벌군(北伐軍) 선두 부대가 돌연 란강(蘭江) 양 안에 나타났다. 쑨촨팡(孫傳芳) 수비군인 31사단은 싸우지도 않고 항 복했다. 북벌군은 란강과 리엔수이(漣水)가 만나는 중급 진(鎭 : 중국 도시 단위)인 위꽌(榆關)을 신속히 장악했다. 쑨촨팡은 린코우(臨口) 에 많은 부대를 집결하는 동시에, 정예 사단을 선발 배치해 리엔수이 아래에 위치한 치산(棋山) 요새를 지키도록 했다. 치산 수비군 소속 32여단 여단장 샤오(蕭)는 어느 날 심야에 치산의 대안에 위치한 샤 오허(小河)에 잠입했다. 7일 뒤 갑자기 실종돼 찾을 수 없었다. 샤오 여단장의 실종은 수일 뒤 장마철에 시작된 전투에 신비한 그림자를 드리웠다.

들어가기

샤오가 사령부에서 비밀 지령을 받은 것은 4월 7일 오전이었다. 사 령부는 그에게 32여단을 이끌고 치산의 대안에 소재한 샤오허 마을에 주둔하라고 명령했다. 농가 몇십 가구밖에 없는 이 마을은 리엔수이 강의 구부러진 물길 하구에 소뿔처럼 튀어나온 곳으로, 이상적인 방 어 거점이었다. 사령부의 명령에 따라, 그는 반드시 9일 아침 샤오허 마을에 잠입해 그곳의 상세한 정보를 최대한 빨리 조사해야 했다. 사 령부는 우리 부대가 이미 모든 것이 노출되어 있는 이 신비한 지역을 주목했다면, 북벌군도 마찬가지로 이곳에 무관심할 리 없을 것이라며 그의 주의를 환기시켰다. 샤오가 배로 출발하기 바로 전날, 생각지 못했던 일이 발생했다.

4월 8일, 무더운 오후 햇빛 때문에 사람들은 졸음을 참지 못했다. 샤오는 혼자 말을 타고 리엔수이 언덕의 버드나무 밑을 지나가고 있었다. 그가 치산 북쪽 언덕에 위치한 어지럽게 흩어진 군대 막사를 지나고 있을 때, 갈색 말 한 필이 그를 쫓아왔다.

경호원이 말고삐를 잡아당기며 샤오의 좌측으로 다가왔다. 햇빛이 정면에서 비춰, 그는 두 눈을 완전히 뜰 수 없었다. 경호원은 아직 진정 안 된 갈색 말 위에서 몸을 곧추세우고, 신속하게 오른손을 들어 거수경례를 했다.

"어떤 아주머니가 여단본부에서 여단장님을 기다리고 계십니다."

샤오는 천천히 앞으로 몇 걸음 가다가 멈춘 뒤 말머리를 돌렸다. 날이 너무 무더웠다. 시원한 바람이 산등성이를 지나 그의 머리 위를 스쳐 지나갔다. 북쪽 골짜기 아래는 공기가 멈춰 있었다. 경호원은 아직 그 자리에 서 있었다. 그는 얼굴에 계속 흘러내리는 땀방울을 닦지 않고, 샤오를 불안하게 쳐다보며 대답을 기다렸다.

"핑계를 대 돌려보내.…" 샤오는 귀찮다는 듯이 손을 저었다. 경호원은 말을 몰아 앞으로 몇 걸음 간 뒤, 목소리를 낮추고 조심스럽게 말했다.

"샤오허에서 왔다고 합니다."

샤오는 그를 대수롭지 않은 듯이 한 번 쳐다봤다. 아무 대꾸도 하지 않았다. 그는 이미 말을 몰아 신속히 여단 본부를 향했다. 경호원은 30여 미터 뒤에서 흙먼지 속에서 그를 바짝 따라왔다. 그는 전쟁에서 발생하는 골치 아픈 잡일들에 염증이 났다. 전쟁 중의 사망으로, 병사들의 가족이 지휘부에 갑자기 찾아오는 일은 자주 있는 일이다. 아들이나 남편의 이름을 적은 종이를 들고 찾아와 황당한 요구들을 한다. 유품을 요구하거나 사병들의 임종 때 있었던 일들을 자세히 묻는다. 군번도 없는 부대에 사망자 명부가 있을 리 없었다. 이 불쌍한 유족들은 하급 장교의 욕설과 개머리판의 위협을 받으며 화를 내며 떠났다. 샤오가 소속된 사단은 직계 정예부대이지만, 그 역시 병력 공급이 부족한 상황에선 전선에 나가 싸우지 않을 수 없었다. 그의 부대는 어떤 때는 낮과 밤처럼 전원이 교체되기도 했다. 새 잡는 총 정도 쏴 본 적 있는 농민이라도 임시로 소집돼 가장 어려운 저격 임무를 맡았다. 전처럼 적막한 이 오후에, 그는 곧 시작될 큰 전투에 대한 모종의 불길한 예감으로 매우 곤혹스러웠다.

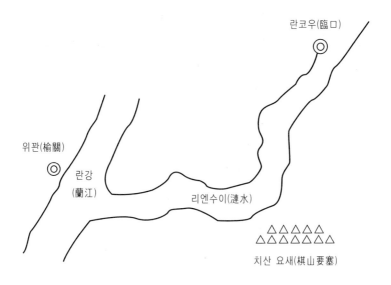

샤오가 말채찍을 들고 여단본부 임시지휘소에 들어섰을 때, 고향에서 온 이 노인을 금방 알아볼 수 있었다. 그녀는 고향마을 중매쟁이 마싼(馬三) 아주머니였다. 그가 집을 떠나 군에 참전한 몇 년 동안, 바람기 있고 활력 넘치던 이 여자는 단번에 늙어버렸다. 마싼 아주머니는 마을 대부분의 청장년 남성들을 유혹하고 아낌없이 선심을 썼던 관계로 여자들 사이에 끊임없는 분규를 일으켰었다. 전쟁 중에, 샤오가 고향을 생각할 때 그녀는 고향을 회상케 하는 실마리를 제공했다. 마싼 아주머니는 그에게 그의 아버지의 부음을 전하러 온 것이다.

그의 아버지는 어느 날 저녁 부뚜막에서 불을 피우다, 연기가 코를 찡하게 찌르자 오랫동안 굴뚝 청소를 하지 않은 것이 생각났다. 이 78세의 노인은 다리를 떨며 대나무 장대에 볏짚을 묶어 들고 지붕 위로 올라갔다. 그는 기와 3개와 썩은 서까래 2개를 밟아 부수고 부엌의 물 항아리에 떨어져 죽었다. 중매쟁이 아주머니가 날카로운 목소리로 아버지의 죽음을 익살스럽게 묘사했으나, 샤오는 의외로 평온해 보였다. 그는 급작스런 공포나 비통한 느낌이 전혀 들지 않았다. 그는 아버지가 살아 계실 때의 생활을 간략히 회고하고 경호원에게 담배 한 대를 요구했다. 성냥불을 켜는 그의 손이 다소 떨렸다. 이는 비통해서가 아니라 수면이 부족했기 때문이란 것을 그는 안다. 샤오는 안하무인으로 지휘소를 떠나 말을 묶어 놓은 버드나무를 향해 걸었다. 샤오가 말고삐를 풀고 있을 때, 뒤에서 풀을 마구 밟고 오는 발걸음 소리를 들었다. 경호원이 불안해서 쫓아온 것이다. 샤오는 고개를 돌려 눈을 부릅뜨고 쳐다보았다. 경호원은 자기도 모르게 걸음을 멈췄다.

14

이미 황혼이었다. 그는 혼자 말을 타고 북쪽 언덕에서 출발해 치산의 나지막한 정상으로 올라갔다. 연일 계속되는 보슬비 사이로 해가 찬란히 빛났다. 짙은 노을은 리엔수이 맞은편에 희미하게 보이는 가옥들을 붉게 물들였다. 협곡 사이로 좁고 길게 나 있는 골마루에는 들꽃들이 만발했다. 사방은 광활하고 고요했다. 그는 지난 일과 포화 속의 폐허를 회상하자, 몹시 시를 쓰고 싶었다. 그의 아버지는 소도회(小刀會 : 중국 비밀결사 조직, 무력으로 정치운동에도 참가)의 몇 안 되는 생존자이며, 서양 총을 사용할 줄 아는 극소수 두목 중의 하나였다. 아버지가 전쟁에 참여한 바 있고, (집에) 민간에는 상실된 다량의 군사 전적을 소장한 관계로 샤오는 어려서부터 전쟁의 분위기를 느끼며 자랐다. 샤오는 꿈에서 자주 말들의 울부짖는 소리와 천둥 같은 포성을 들었다. 결국 어느 날, 그는 아버지에게 왜 패배한 부대에 참가했느냐고 물었다. 아버지는 아픈 곳을 찔린 것 같았다. 그는 의외로 대수롭지 않게 대답했다. 패배하거나 승리한 부대란 본래 없는 것이다. 오로지 늑대와 사냥꾼만 있는 법이다. 모친은 아주 소심한 여자였다. 전쟁은 끊임없이 계속되고 아이들이 갑자기 성장하자 그녀는 불안해서 침식을 제대로 못할 정도였다. 그의 형이 황푸(黃埔)군관학교에 가기 전날, 어머니는 거의 숨이 넘어갈 정도로 울었다. 그는 남편의 방임을 큰소리로 꾸짖고, 아버지가 전쟁을 황당하게 예상하고 아들을 죽음의 길로 보낸다고 욕했다. 그녀는 갑자기 전횡적이고 강인한 여인으로 바뀌었다. 그녀는 연약한 형과 양 두 마리를 3일 동안 같이 가두었다. 3일 되는 날 심야에, 샤오는 견고한 나무문의 자물쇠 열쇠를 훔쳤다. 그의 형은 그에게 거의 아무 말도 하지 않고 달빛을 밟고 떠났다. 당시 그의 부모는 깊이 잠들어 있었다. 후에 모친은 샤오도 그의 형과 같은 길을 갈지 모른다고 걱정했다. 그래서 작은 배에 태워 그를 번화한 위꽌진으로 보내, 그의 외삼촌에게 가서 의학을 배우게 한 것이다. 아주 더웠던 여름이었다. 샤오는 형이 떠날 때 골치 아팠던 경험이 있었다. 샤오가 쑨첸팡 부대의 한 부대장 당번병으로 가려 할 때, 풀 먹여 다린 옷을 입고 마을에 돌아왔다. 아무 말도 하지 않고 떠난 관계로 그의 어머니는 그가 이웃 마을에 선보러 가는 줄 알았다.

어둠이 주위를 뒤덮었다. 시원한 저녁 바람에 리엔수이 강의 습기가 실려 왔다. 그의 백마는 산 정상에서 불안한 듯 네 발굽으로 땅을 팠다. 그와 멀리 떨어진 건넛마을은 이미 암흑 속에 빠져들었다. 그의 백마가 산기슭을 달려 내려갈 때, 그는 며칠 전 사령부 회의 때 들은 전황보고가 생각났다.

3월 21일 위꽌을 점령한 부대는 바로 그의 형의 부대였다.

제 1 일

샤오와 경호원은 새벽녘에 강을 건넜다. 그들의 배가 건너편 기슭에 도착했을 때 닭의 첫 울음소리가 들렸다. 샤오는 기슭의 무성한 가지를 늘어뜨린 차 꽃밭 속으로 작은 배를 저어 갔다. 그곳은 배를 숨기기에 좋은 곳이다. 빠르게 흐르는 강물은 작은 배를 가볍게 흔들었다. 검은 물새 한 마리가 갑자기 날아, 강기슭을 따라 낮게 날아갔다. 샤오는 이슬이 가득한 넝쿨에서 냉기를 느꼈다. 짙은 꽃향기와 물 기운으로, 그의 마음엔 고요하고 아름다운 회상으로 가득했다. 그는 이처럼 아름다운 마을이 얼마 뒤 그에게 재난을 가져다 줄 것이라고 전혀 생각지 못했다.

샤오는 강기슭에 오른 뒤 빽빽한 대나무 숲을 지나 그가 익숙한 집에 들어섰다. 마을 뒤편 서쪽으로 하현달이 떨어지고, 동쪽으로는 새벽 강이 동을 트려 한다. 우물가에서 물을 긷던 여인은 그를 알아차리지 못했다. 가끔, 일찍 일어난 노인이 기침을 하며 그의 옆을 지나 옅은 안개 속으로 사라졌다. 마을 사람들은 외부인에 대해 흥미를 느끼지 않았다. 그들은 냄비 때우는 풀무나, 솜 타는 말머리 모양의 목궁(木弓)이나 엿기름을 설탕으로 만드는 사람의 피리 소리에만 친근한 느낌을 갖는다. 샤오는 좁고 긴 골목과 초가집을 지났으나 아무도 그를 알아보지 못했다. 사람을 놀라게 하는 개 짖는 소리만 오랫동안 지속됐다. 샤오의 고요한 마음에 파문이 일었다. 그러나 그는 곧 복사꽃과 보리싹의 맑은 향기 속에 도취됐다.

샤오의 집은 마을의 서쪽 끝이다. 그가 멀리서 보니 집 대문이 닫혀 있었다. 가까이 가 보니, 열린 문 위에 검은색 장례 휘장이 걸려 있었다. 그가 장례 휘장을 들추고 마당에 들어갔을 때, 그의 모친은 마침 등잔을 들고 있었다. 검은 그림자 둘이 갑자기 문발을 들추고 뛰어 들어오자 그녀는 놀랐다. 아직 그 등잔을 꼭 잡고 있었다. 그녀는 수염이 멋있게 난 아들을 알아보자, 놀란 나머지 한 장(丈: 약 3.3 미터)쯤 떨어진 하수구에 등잔을 떨어뜨렸다. 모친은 한동안 그를 살폈다. 그녀는 아들이 완전히 변한 것을 알았다. 그의 눈빛은 남편이 임종하기 전과 똑같았다. 깊숙이 들어간 눈가의 눈동자에 생기가 전혀 없었다. 남편이 지붕에서 물 항아리로 떨어졌을 때 그녀의 마음에 일었던 불길한 예감이 다시 엄습하기 시작했다. 그녀는 아들을 데리고 영안실로 데리고 가 황색 지전 세 장을 태웠다. 그녀의 행동은 남편을 애도하려는 것이 아니라 아들의 액운을 없애려는 뜻이었다. 샤오는 아버지의 관 앞에서 무겁게 무릎을 꿇었다. 그의 고요한 마음은 영안실의 엄숙한 분위기에도 흔들리지 않았다. 그가 보기에 아버지는 그의 부대에서 잠적해 리엔수이 북쪽 마을에 숨어 들어와 살 때부터 이미 죽은 것이다. 그가 유독 마음에 걸렸던 것은 집을 떠나기 전에 어머니를 속이고 무시한 것이다. 그는 어머니의 여윈 어깨를 바라보며, 큰 꿈에서 깬 것처럼 전쟁이 그에게 가져다 준 변화를 의식했다. 그는 마치 가느다란 거위털 하나가 그의 내심 깊은 곳에 숨겨진 지난 일을 건드리는 것 같았다. 이런 느낌은 순식간에 사라졌다. 그는 일어났다. 깊게 숨을 들이마셨다. 공기 속엔 향을 태운 재와 황색 지전 냄새가 가득했다.

모친은 아들 얼굴이 창백하고 머리가 헝클어진 것을 보고, 나무 빗과 가위를 가져와 수염을 강제로 깨끗이 정리케 했다. 샤오는 생각이 난 듯이 아버지의 영안실이 왜 이렇게 적막하냐고 물었다. 모친은 아버지가 말년엔 거의 집 밖을 나가지 않았고, 사람들을 사귀는 것도 싫어했으며, 전쟁 중이라 원근의 친척도 소식이 끊겼다고 말했다. 모친은 지난 중양절(음력 9월 9일)이 되어서야 빈 방과 후원의 쥐들을 몰아냈다. 지금은 습기 찬 지면에 수초와 이끼가 가득하다. 모친이 울면서 말했으나, 샤오는 아무런 느낌이 없었다. 샤오가 모친에게 장

18

례에 대한 몇 가지 문제를 물었으나, 모친은 듣지 못했는지 아무 대답도 하지 않았다. 샤오는 깊게 숨을 들이마신 뒤 침묵했다.

이것이 그와 그의 모친이 나눈 가장 긴 대화였다.

오후에 샤오와 경호원은 마을의 모든 곳을 조사했으나, 외부인은 발견하지 못했다. 그는 속으로 북벌군이 아직 이 리엔수이의 북쪽 외진 촌락에 주목하지 않은 것을 다행으로 여겼다. 이 마을은 적어도 천 년 동안 전쟁의 피해를 입은 적이 없다. 마을 사람들은 리엔수이가 날마다 밖으로 계속 흘러가듯 마을의 안녕도 계속되리라 믿었다. 그들은 새벽에 개들을 짖게 했던 두 외부인이 전쟁과 관련 있을 것이라곤 전혀 생각지 못했다. 저녁 무렵 목동이 소떼를 데려오는 소리를 들으며, 처마의 그림자가 점차 길어지는 우물가에서 사람들은 세월이 지나도 변함없는 과거사들을 전하고 있다. 해질 무렵, 샤오가 리엔수이 강변에 가서 지형을 관찰하고 있었다. 경호원이 정체 모를 도사 한 사람이 마을 중앙에 있는 부채꼴 모양의 건조장에서 점을 보는데, 그의 점괘가 신통해 그곳 사람들이 갈수록 많이 모여든다고 보고했다.

샤오와 경호원이 인파 속에서 비집고 들어가자, 건조장에 있던 사람들은 외부인을 존중해 길을 비켜 줬다. 늙은 도사는 마을의 길흉을 예측하고 있었다. 그의 치아는 거의 빠지고 없었다. 말도 모호하고 분명치 않았다. 온통 누덕누덕 기운 그의 장삼에는 기름때가 두껍게 찌들어 있었다. 그의 앞에는 낡은 황색 깃발이 깔려 있었다. 먹물이 스며들어, 깃발 위에 적힌 효(爻)·태(兌)·진(震)·손(巽) 등 팔괘가 이미 희미하다. 늙은 도사는 가부좌를 하고 모래밭에 앉아 있었다. 그의 다리 부근엔 거북이 껍데기와 뱀의 껍질 그리고 타박상을 치료하는 고약 등이 쌓여 있었다. 그밖에 회전하는 두 개의 점술판과 기장미가 가득 담긴 삼태기가 있었다.

늙은 도사는 잠시 망설인 뒤, 잠시 누구도 알아들을 수 없는 말을 중얼거렸다. 마을의 미래를 알고자 경건하게 기다리고 있는 농민들을 향해 손을 흔들었다.

천갈좌(天蝎座)가 남쪽으로 흐르고, 물고기좌(雙魚座)가 북쪽으로 떠나고, 마갈좌(摩羯座)가 서쪽을 안정시키고, 처녀좌(處女座)가 동쪽으로 시집가는구나. ─전쟁은 이미 끝났다.

샤오의 얼굴에 알아차리기 쉽지 않은 경멸의 웃음이 스쳤다. 사람들은 언제나 환각 속에서 산다고 그는 느꼈다. 그가 보기에, 미래는 이미 현재에 살며시 닿아 있었다. 전쟁은 이미 시작됐다. 마을 사람들에 대한 연민은 자신에 대한 미혹의 그림자를 없애지 못했다. 그도 똑같이 일종의 환각 속에 살고 있었다. 오늘 아침 그는 옅은 안개 속에서 작은 배를 탈 때 맞은편 강기슭에서 곤하게 잠들어 있는 마을을 멀리서 바라보면서 묘한 흥분을 느꼈었다. 그가 급히 집에 돌아온 것은 부친의 죽음 때문인지, 어머니에 대한 그리움 때문인지, 그의 어린 시절을 기록하고 있는 마을을 그리워하는 갈망 때문인지 모른다. 뭔가 더욱 심원하고 거대한 힘이 그를 이끄는 것 같았다.

건조장에 있던 사람들이 계속 흩어지고, 날도 점차 어두워졌다. 샤오가 보기에 그 늙은 도사는 북벌군의 간첩인 것 같지 않았다. 노인이 보따리와 잡동사니를 정리할 때, 샤오는 무심히 동전 한 닢을 도사의 발아래로 던졌다. 도사는 모래밭에 소리 없이 뒹구는 동전에 상관하지 않고, 정리를 멈추지 않았다. 그는 고개를 들어 샤오를 한 번

쳐다보았다. 손님은 점을 보시렵니까? 혼인 문제요, 금전 문제요,

생사 문제요.

샤오가 말했다. 그는 담배 한 대에 불을 지폈다. 그의 눈은 키 작은 자색 홰나무 숲을 넘어, 멀리 리엔수이 수면에 가득 찬 망망한 신기루를 응시했다. 도사가 샤오의 생년월일을 짚어 볼 때, 날은 이미 완전히 어두워졌다.

당신의 술잔을 조심하시오.

도사는 모호하게 한 마디 했다.

그날 밤 경호원은 현지 소주 두 병과 소고기 말린 것 한 포를 가져왔다. 경호원은 평소와 같이 샤오 앞에 대젓가락 한 벌과 도자기 술잔 하나를 놓았다. 그는 샤오 옆에 앉았다. 두 손을 탁자 위에 올려놓았다. 샤오는 경호원 앞으로 술잔을 밀어 한 잔 따르고, 자기는 담배에 불을 붙였다.

경호원은 여자같이 긴 속눈썹을 깜박이며, 그의 상사를 몰래 살펴보며 주저하다 술잔을 들었다. 샤오는 또 경호원의 눈동자 속에서 도사의 기이한 눈빛을 보았다.

그는 경호원이 분명 자기가 겁쟁이라는 것을 알아차렸을 것이라고 생각했다. 비록 그의 경호원은 세상일을 모르는 아이지만, 그 역시 억누를 수 없는 번민과 슬픔을 느끼고 있었다.

어머니가 문을 밀고 들어올 때, 샤오는 어머니 뒤에서 늘씬한 여인이 영안실 어둠 속으로 재빨리 건너 들어가는 것을 보았다.

제 2 일

어제 모친 뒤로 사라진 그 여인에 대해 샤오는 끝없이 생각했다. 당시 그는 마치 여름철 뜨거운 바람 속에서 과일 향기를 맡는 것처럼 탐욕스럽게 숨을 들이마셨다. 다음 날 거행된 부친의 장례식에서 다시 만났을 때 그는 마침내 그녀를 알아보았다.

그날 저녁 샤오는 영안실에서 나는 시끄러운 울음소리를 들으며 꿈을 꾸었다. 한밤중 음정을 조율하는 호금(胡琴) 소리로 그는 잠에서 깼다. 오랫동안 마을에 죽는 사람이 없어 장송곡을 연주하는 악대들이 전처럼 잘 연주하지 못했다. 그들은 시끄러운 소리만 단속적으로 낼 뿐이었다. 샤오가 침대에서 일어나 앉을 때, 불협화음 때문에 재채기를 연달아 몇 번 했다. 샤오는 녹슨 창틀을 통해 쏟아져 들어온 달빛으로 회중시계의 시침이 3시를 가리키는 것을 보았다. 장례식이 정식으로 시작되자, 샤오는 그 악대 바로 뒤를 따라갔다. 그는 잠에서 아직 완전히 깨지 못했다. 빠르게 움직이는 검은 구름이 달빛을 가리자, 그는 약간 비틀거렸다. 저녁 바람 속에 섞여 있는 가시나무와 풀 향기가 그의 주위에서 무르익고 있었다. 그는 먼 곳에 있는 희미한 산 그림자를 주시하며, 그의 외삼촌 집에서 보냈던 그 무더운 여름을 회상했다.

형이 갑작스럽게 군에 입대하자, 어머니는 강제로 그를 마을을 지나가는 작은 배에 태워 리엔수이와 란강이 교차하는 위꽌에 보내, 외삼촌에게 의학을 배우게 했다. 그의 외삼촌은 선량하고 점잖은 한의사였다. 그는 평소 사방으로 돌아다니며 의술을 폈다. 아내가 난산

중에 사망해, 딸을 보살필 사람이 없자 위꽌의 강변 거리에 약재상을 열었다. 샤오가 위꽌에 온 처음 한동안은 극도의 불안과 초조 속에 살았다. 그가 강변의 대나무집에서 빛바랜 의학 서적을 읽을 때, 간혹 책 속에 등장하는 인체 그림에만 약간 흥미를 보였다. 여름날 뜨거운 햇볕이 내리쬘 때, 그는 창문을 통해 멀리 떨어진 강변에 정박해 있는 배를 바라보았다. 귀에는 늘 어지럽고 다급한 말발굽 소리가 들려왔다. 해 그림자의 길이가 짧아짐에 따라, 시간이 조용히 흘렀다. 그의 외삼촌은 그가 약리나 서적에 흥미를 보이지 않자, 침과 뜸을 가르쳤다. 어느 대낮, 갑자기 하늘에 먹구름이 가득하고 천둥이 크게 치자, 대나무집에 있던 그는 불안했다. 그의 외삼촌은 진찰 나가 아직 돌아오지 않았다. 샤오가 동과(冬瓜: 박과의 1년생 만초로 호박 같은 열매를 맺는다)에 침놓는 연습을 하고 있을 때, 외삼촌의 딸이 대나무 집의 서재에 올라왔다. 그녀는 붉은색 종이우산을 찾으려 올라온 것이다. 그녀는 우산을 갖고 내려가려다, 샤오가 동과(冬瓜)에 침을 마구 찔러 동과액을 흘러나오게 하는 것을 보고, 샤오에게 가까이 다가와 침 놓는 시범을 보였다. 샤오가 배를 타고 위꽌 부두에 내리던 날, 그녀와 외삼촌이 그를 마중 나왔다. 그는 그녀를 사귈 좋은 기회를 놓쳤다. 어머니에 대한 원망과 찌는 듯한 더위로 그는 그녀를 한 번도 제대로 보지 못했었다. 씽(杏)[1]이라 부르는 처녀가 식지와 엄지와 중지로 가늘고 긴 은침을 움직이자, 그의 목구멍에서 갑자기 짜고 떫은 맛이 느껴졌다. 그는 그녀의 하얗고 가늘고 긴 손에서 눈

---

1) 杏은 은행이란 뜻이지만 발음이 性과 같아 섹스라는 이중적 의미를 지닌다.

을 뗄 수 없었다. 그 침은 그의 맥을 찌르는 것 같았다. 그는 방 안에서 점점 더 짙어지는 신선한 과일 향을 맡게 됐다. 씽은 그에게 아무 말도 하지 않고 대나무집을 떠났다. 그녀가 떠난 뒤 남은 향기가 마치 그 대나무집 안에 응고된 것 같았다. 샤오 혼자 보낸 그 길고 외로운 여름 내내 그 향기는 사라지지 않았다.

외삼촌은 자신이 의술을 펴면서 체득한 경험을 심혈을 기울여 하나씩 샤오에게 연습시켰다. 외삼촌은 2주일 동안 동과를 찌르게 한 뒤, 그에게 토끼에게 시험해 보라고 했다. 그는 기분이 전보다 더 나빴다. 이리저리 날뛰는 이 동물은 동과보다 더 다루기 힘들었다. 그는 외삼촌 앞에서는 토끼의 목과 배에 조심스럽게 침을 놓았으나, 외삼촌이 없으면 마구 찔러 토끼를 거의 매일 한 마리씩 죽였다. 외삼촌이 샤오 앞에서 고개를 저으며 탄식하는 경우가 더욱 빈번해졌다. 그는 마침내 샤오에게 침과 뜸 가르치기를 포기하고, 진맥을 가르치기 시작했다. 이것은 샤오가 의외로 두 시간 만에 배웠다.

늦은 여름 어느 오후, 외삼촌이 점심식사 후 서재에서 휴식하고 있을 때 그는 대나무집 아래 마당에 갔다. 씽은 은행나무 아래 긴 의자에 누워 낮잠을 자고 있었다. 그녀는 절기(節氣)에 관한 전설을 기록한 책을 손에 쥐고 있었다. 펼쳐진 그 책은 그녀의 가슴 위에서 들먹거렸다. 샤오는 무언가에 취한 듯 그녀 옆에 있는 대나무 걸상에 앉았다. 걸상이 삐꺽 소리를 내자 놀라 식은땀이 났다. 그녀의 다른 손은 의자 등받이에 힘없이 늘어져 있었다. 샤오는 자신의 거친 숨소리와 리엔수이 강에서 전해 오는 노 젓는 소리를 들을 수 있었다. 지친 듯한 하얀 나비가 그의 앞으로 날아갔다. 그는 그녀의 가냘픈 손가락

끝을 가만히 건드려 보았다. 그런 뒤, 손으로 그녀의 맥을 짚었다. 그는 그녀의 우윳빛 피부 아래 맥박이 빠르게 뛰고 있음을 느꼈다. 그녀는 분명 깨지 않을 것이라고 그는 생각했다.

그녀는 정말 깨지 않았다.

그 뒤 불안정한 전투 생활 중, 그는 고요한 골짜기에 누워 하늘 가득한 별을 보거나, 풀뿌리와 쓴 나뭇잎을 씹을 때 가끔씩 그날 오후 숨 막힐 것 같은 분위기에서 흘러간 시간을 기억했다. 그는 그의 손가락 끝이 그녀의 매끈한 팔을 살며시 쓰다듬고, 그녀의 옷깃 첫 번째 단추를 풀 때의 그 황홀한 장면을 회상하면서, 돌연 씽이 아마 깨어 있었을 것이라는 생각이 들었다. 이 생각은 아직까지 그를 떠나지 않았다.

지금 그는 또 그 과일 향기를 맡게 된 것이다.

관을 묘지 위에 올려놓은 뒤, 장례 참배객들은 배꽃이 만발한 낮은 구릉 주위로 천천히 모였다. 샤오는 흩어진 무리 중에 씽이 있다고 느끼자, 그의 척추 위로 차가운 물뱀이 기어가는 것 같았다. 장례 후, 그는 모친의 말을 통해 씽이 한 달 전에 샤오허 마을로 시집왔다는 것을 알았다. 그녀의 남편 싼쑨(三順)은 수의사였다. 황소 대가리를 가볍게 들 수 있는 이 청년은 수의사라는 직업을 미친 듯이 좋아했다. 그는 《의학사전》·《본초강목》을 통독했고, 게다가 이해할 수 있는 사람이 아주 적은 《황제내경》도 전문적으로 연구한 적이 있었다. 샤오의 외삼촌은 위꽌 진의 거리에서 그를 만난 후, 그의 박식한 학식에 마음이 바로 끌렸다. 이 늙은 한의사는 싼쑨이 사람을 치료하는 방법을 가축에 사용해 성공했다는 것을 알자, 서로 늦게 만난 것을 한탄하지 않을 수 없었다. 2) 그들은 거리의 찻집에서 늦은 밤까지 이야기를 나눴고, 이 우연한 만남으로 그의 행복한 결혼이 성사된 것이다.

동전과 황색 지전으로 가득한 묘지 속에 부친의 관을 조심스럽게 내려놓았다. 지팡이를 짚은 늙은 진행자가 샤오에게 삽을 건네주었다. 샤오는 진흙 한 덩이를 부친의 관 뚜껑 위에 뿌렸다. 샤오는 갑자기 누가 등 뒤에서 뜨거운 눈빛으로 그를 바라보고 있는 것을 느꼈다. 그가 몸을 돌려 바라보니, 씽이 상복을 입고 어머니 옆에 서 있었다. 씽의 뒤에는 텅 빈 논밭이었다. 외롭게 서 있는 자귀나무(합환수, 合歡樹) 위에 까치 한 마리와 녹색머리 딱새 한 마리가 휴식을 취하고 있었다.

장례식에 참가했던 사람들이 점차 흩어졌다. 씽과 어머니가 묘지 앞에 반점대나무(상비죽) 몇 그루와 히말라야소나무 한 그루를 심었다. 샤오는 찬란하게 빛나는 노란색 유채밭 근처에 서 있었다. 씽과 어머니 사이의 무언의 친밀감은 샤오의 마음에 위안이 됐다. 샤오는 주머니에서 성냥 한 갑을 꺼내 묘지 앞에 가서, 이슬에 젖은 나머지 황색 지전을 태워버렸다. 그는 막대기로 재 속에서 오그라진 종이들을 골랐다. 4월의 바람에 이 종이들이 날렸다. 회백색이 된 종이는 바람에 따라 새로 심은 히말라야소나무 근처와 씽의 다리 아래까지 굴러갔다. 씽은 허리를 굽히고 발로 뿌리를 덮은 새 흙을 밟아 평평하게 만들었다. 그녀는 날아오는 종이 재를 흙 속에 밟아 넣었다. 그

---

2) 相見恨晚 : 한 무제(武帝)와 주부언(主父偃)의 고사, 무제가 주부언을 만나 그 재능을 찬탄한 말이다. 그는 무제에게 발탁되어 일 년에 네 번이나 승진하는 등 무제의 인정을 받고, 후에 한의 대신으로 활동했다.

녀는 종이 더미가 굴러 오는 방향을 따라 고개를 들어 그를 한 번 바라보았다. 아주 빨리 … 샤오는 씽과 가까운 곳에 웅크리고 앉았다. 그의 눈앞에는 씽의 아름다운 모습만 보였다.

그들이 마을로 돌아올 때, 어머니와 씽은 샤오의 앞에서 걸어갔다. 경호원은 아마 아직 깊이 잠들어 있을 것이다. 샤오는 뒤에서 쫓아오는 (경호원의) 익숙한 발걸음 소리를 듣지 못해 다소 어색했다. 그러나 그의 눈앞에 전개되는 하늘은 돌연 광활해졌다. 마치 모든 것이 그의 시야 아래 있는 것 같았다.

그들은 아무도 말을 하지 않았다. 그의 등 뒤에서 해가 막 떠올랐다.

제 3 일

장례식이 끝나자 마을은 또 이전처럼 평온해졌다. 청신한 햇빛이 정오 즈음이 되자 점점 그 열기를 더해갔다. 지금은 농한기이다. 보리 이삭이 아직 돋아나지 않았다. 버드나무의 연한 잎도 아직 완전히 피어나지 않았다. 한가함을 참지 못한 농민들은 무심히 복숭아나무와 뽕나무의 가지를 쳤다. 오후, 마을은 저녁보다 더욱 평온했다. 씽은 마을 뒤의 차밭에 우전차(곡우인 4월 20일 전에 따는 차)를 따러 갔다. 그녀의 마른 모습이 먼 곳에 있는 반짝이는 도랑 옆에서 검은 점으로 정지될 때, 또 다른 사람이 마을 뒤의 나무다리를 건너 그녀가 간 길을 따라 차밭으로 갔다.

이날은 길면서도 짧은 하루였다. 샤오는 평소대로 아주 일찍 일어

났다. 마싼 아주머니가 그의 마당에 왔을 때, 샤오는 하수구 옆에 웅
크리고 앉아 소금으로 양치질을 하고 있었다. 경호원은 아직 깊게 잠
들어 있었다. 그제 저녁 그는 술을 너무 마셔 운구할 때 '뚜우'하는 나
팔소리와 사람들의 시끄러운 소리에도 깨지 못했다. 지금은 전황이
급전직하로 나빠져, 부대의 모든 장병들은 전에 없이 지쳤다. 샤오는
평소 부하들에게 엄격하게 대하나, 그 성정에는 온화한 면이 깊이 숨
어 있었다. 샤오는 전에 이 세상 물정을 모르는 젊은이(경호원)의 반
응이 너무 둔감해 매우 화를 낸 적이 있었다. 그러나 전쟁으로 그의
주변에 있던 낯익은 얼굴들이 연이어 떠나고, 항상 그의 곁을 지키는
경호원이 혼란스런 전쟁 중에서 유일한 동반자가 되자, 그는 이 우둔
한 경호원을 점차 용인하게 됐고, 평소 과묵한 이 부하와 점차 친해
졌다. 마싼 아주머니는 눈이 촘촘한 체 하나를 빌리러 왔다. 그녀는
작년에 쌓아 둔 유채 종자에 벌레가 생겨, 유채 종자들을 체로 거른
뒤 유채기름 짜는 곳에 보내려 한다고 말했다. 마싼 아주머니는 체를
받았으나 곧바로 떠나지 않았다. 그녀는 샤오에게 뭔가를 말하려고
했다. 샤오의 어머니가 밭에서 잡초를 뽑고 돌아왔다. 그녀의 머릿수
건 위에는 젖은 꽃잎들이 가득했다. 마싼 아주머니는 얼른 마당에 활
짝 핀 무궁화부터 리엔수이의 수위까지 거론하면서 적당히 말을 얼버
무렸다. 마싼 아주머니는 어머니와 말하면서, 샤오를 몇 번 쳐다보았
다. 왕년의 중매쟁이는 이미 과거의 아름다운 자태를 잃어버렸지만,
그녀의 은밀한 곁눈질은 여전히 젊었을 때의 모습을 상기시켰다. 마
싼 아주머니가 머나먼 산촌에서 샤오허로 시집온 그 해 가을, 그녀의
남편은 돌연히 (이곳을) 지나던 배를 타고 떠나버렸다. 그렇게 떠난

뒤 아무 소식도 없었다. 마을 사람들은 그가 그 배 위에서 접시 닦던 여자에 반해 떠났다고 말했다. 내막을 아는 사람은 그녀의 남자가 점점 심해지는 기근을 참을 수 없어 군에 입대한 것이라고 말했다. 이런 추측은 3년 뒤 사실로 증명됐다. 낯선 사람 몇 명이 그녀 남편의 시체를 가져왔다. 마을 여인들은 분수를 지키던 젊은 미망인을 눈물로 위로했으나, 마을 남자들은 또 다른 방법으로 그녀를 위로했다. 얼마 되지 않아, 마을 여자들은 그녀와 원수처럼 반목했다. 마을의 거의 모든 여자와 원수가 된 이 젊은 과부는 이상하게 어머니와는 귀한 손님처럼 서로 공경했다. 샤오는 그의 어머니가 자주 그를 데리고 강가에 외롭게 서 있는 그녀의 집에 갔던 것을 기억한다. 여자들 간의 많은 일들을 샤오는 이해할 수 없었다. 어느 날 밤에, 어머니는 종이로 만 담배를 깊게 피우면서, 마싼 아주머니와 서로 마주보고 흐느껴 울었다. 그들은 오래전 일들을 낮은 목소리로 말했다. 대부분 시간, 그들은 서로 아무 말도 없이 각자 자기의 걱정거리를 생각하며, 기나긴 회상으로 빠져들었다. 담장 밑 벌레소리가 그들과 함께했다. 샤오는 어린 양같이 친한 이 두 여인들의 침묵이 지루했다. 그는 어머니의 무릎 위에 엎드려 꿈나라에 빠져들었다. 먼동이 트려 할 때, 그들은 야경꾼이 시간을 알리는 징 소리로 깨어났다. 샤오는 마싼 아주머니가 몸을 굽혀 탁자 위에 꺼질 듯 흔들리는 등불을 불어 끄려 할 때, 푸른 적삼에 싸여 탁자 쪽으로 늘어진 부드러운 유방 그리고 여명 속의 아침 햇살이 작은 집에 점차 스며들어 오는 정경을 또렷이 기억한다.

마싼 아주머니는 어머니 두건 위의 꽃잎들을 털어 냈다. 어머니는 방 안으로 들어갔다. 마싼 아주머니는 샤오를 방 밖으로 데려갔다. 그들은 담 구석에 무성히 핀 살구나무 앞에 섰다. 마싼 아주머니는 주위를 한 번 훑어본 뒤, 목소리를 낮춰 말했다.

"싼쑨이 오늘 리엔수이 상류 아주 먼 수역으로 고기 잡으러 갔다네. 이틀 후에나 돌아 올 수 있을 거야."

마싼 아주머니는 말을 마치고 대나무 체를 들고 나갔다. 샤오는 부끄러웠다. 이런 수치심은 그가 어렴풋이 남녀의 일을 안 뒤, 어머니가 목욕탕에서 그의 몸을 씻길 때도 느꼈던 것 같았다. 여자들은 왕왕 복잡한 일을 너무 간단하게 생각하고, 간단한 일은 너무 복잡하게 상상한다. 샤오는 담 모퉁이에서 오랫동안 서 있었다. 그는 중매쟁이에게서 씽에 대해 더 많은 소식을 듣고 싶었다. 마싼 아주머니의 뒷모습이 점차 사라졌다. 그는 불만스러운 듯이 집으로 돌아왔다. 그는 마당 안 두 천죽(天竹)나무 화분 옆에 앉아, 하늘에 천천히 흘러가는 구름을 주시했다. 극도의 흥분과 어찌할지 모를 망연한 심경 속으로 빠져 들었다. 이런 심경은 씽이 대나무 바구니를 들고 하천의 버드나무 쪽에서 마을 뒤로 걸어가는 것을 목격한 뒤에야 사라졌다.

샤오허의 마을 뒤에는 광활한 평원이 있다. 평원의 끝은 거무스름한 방풍림으로 가려졌다. 씽의 차밭은 마을과 아주 멀리 떨어진 구릉 위에 있다. 구릉의 동쪽은 깊은 계곡이다. 계곡 물밑에는 녹색 풀이 가득 자라고 있었다. 샤오는 씽의 모습이 차밭에서 사라지는 것을 멀리서 보았다. 사방은 텅 비고 고요했다. 정오의 햇빛이 비추자, 풀잎과 보리 이삭의 잎은 다소 오그라진 뒤 고개를 숙였다. 샤오는 꿩 사냥꾼과 황구 한 마리가 리엔수이의 구불구불한 강줄기를 따라 느릿느릿 걷고 있는 것을 보았다. 그는 사냥꾼이 소똥을 줍고 있는 노인 옆에서 멈추는 것을 보았다. 노인에게 불을 빌리려는 것 같았다. 그 누런 개가 앞발을 들고 노인의 바지통을 핥는 것을 보았다. 그들은 몇 마디 말을 나누고 헤어졌다. 사람이 느끼기 어려울 정도로 미약한 바람에 짙은 차향이 실려 왔다.

샤오는 마싼 아주머니가 아침에 갑자기 방문해 만든 미혹 속으로 다시 빠져들었다. 그는 마싼 아주머니의 말이 그의 마음속에 오래 숨겨져 있던 의혹을 들추어냈다고 생각했다. 그러나 그것은 마치 또 하나의 다른 더욱 심오한 수수께끼를 만든 것 같았다. 그는 마싼 아주머니가 어떻게 아는 사람이 거의 없는 치싼의 지휘소를 기적처럼 찾아왔는지 상상할 수 없었다. 그녀는 또 어떻게 그의 마음을 추측할 수 있었을까? 그 외에 씽은 그 외딴 리엔수이 강변의 초가집을 간 적이 있는가? 위꽌의 그 여름날 장면이 또다시 그의 마음 속 깊은 곳에서 그를 곤혹스럽게 했다.

갈황색의 구릉은 마치 맑은 물 속에 드러난 벌거숭이 모래터 같았다. 샤오가 구릉에 접근할 때, 씽은 거의 아무것도 알아채지 못했다. 계곡 아래 물 찬 제비가 그녀를 놀라게 했다.

샤오는 살며시 그녀를 넘어뜨렸다.

검은 녹차 밭두렁 그늘진 틈 사이로, 그는 진흙 냄새를 맡았다. 그의 격동과 불안은 갑자기 사라졌다. 그는 태양으로 달궈져 지친 듯 잠들려 하는 대지 위를 기었다. 먼 곳에서 가까이로 박동하는 심후한 대지의 소리를 들었다. 따사로운 바람이 불자, 그는 옛적 민요가 기억났다. 이런 고요하고 평온한 느낌은 오래 이어지지 못하고, 샤오는 또 다시 끝없이 넓고 깊은 고독으로 빠져들었다. 씽은 그의 품에 안겨 흐느껴 울었다. 샤오는 그 울음소리와 그의 허리를 꼭 끌어안고 있는 두 손이 마치 그의 골수를 모두 빨아들이는 것 같았다. 그는 온몸이 차가워졌다. 그녀는 두 눈을 꼭 감고 있었다. 마치 깊이 잠을 자고 있는 것 같았다. 그가 그녀를 힘껏 안으면 안을수록 그녀는 마치 더욱 멀어지는 것 같았다. 그는 자기가 거대한 늪에 빠졌으며, 몸부림칠수록 그의 생명을 소진할 뿐이라고 느꼈다. 그는 온 몸이 열기로 뒤덮였다. 태어나면서 분리된 경험은 젊은 여인의 가슴 속에 신속히 퍼졌다. 샤오는 전에 없던 긴장과 피로를 체험했다.

물소의 뿔이 계곡의 모퉁이에서 나타났다. 그 뒤로 또 다른 뿔이 나타났다. 목동은 소 등 위에 앉아, 맨발로 등에를 쫓았다.

소를 모는 소년은 그들을 보지 못했다.

제 4 일

이날 샤오는 몽유하듯 씽의 붉은 집으로 갔다. 싼쑨은 아직 돌아오지 않았다. 저녁 무렵, 리엔수이 강물에 돌연 큰 바람이 불었다.

제5일

비는 깊은 밤에 내렸다. 샤오는 꿈속에서 리엔수이에 봄을 알리는
천둥소리를 들었다. 그가 잠에서 깨어났을 때, 사방에서 새 지저귀는
소리를 들었다. 비를 함빡 머금은 커다란 아카시아(자수)의 꽃망울들
이 힘에 겨워 소낙비에 깨끗이 씻긴 모래밭에 가득 떨어져 있었다.
꽃향기가 유혹적이고, 비 내린 뒤에 햇빛이 비추자 샤오는 낚시를 하
고 싶었다. 그는 부친이 오랫동안 사용하지 않은 낚싯대를 침대 밑에
서 뒤졌다. 연죽(燕竹)으로 만든 낚싯대는 이미 곰팡이가 슬었다. 그
연결 부분의 양철판도 습기에 대부분 누렇게 녹슬었다. 샤오는 마당
에서 주운 닭털을 오려 수면 위에 뜨는 낚시찌를 만들었다. 샤오가
낚싯줄을 정리할 때, 경호원은 집 밖 나무뿌리 밑에서 미끼로 삼을
지렁이를 한 병 잡아왔다. 곧바로 그들은 리엔수이 강변에 갔다.

샤오허는 리엔수이의 하류에 자리 잡았다. 리엔수이는 란(蘭) 강으
로 흘러가기 전에 있는 모퉁이어서, 물살이 세다. 수면 위에 떠 있는
채소 잎과 버들개지가 강물을 따라 조용히 흘러가다, 강바닥에 요철
이 있는 곳에서 갑자기 소용돌이 속으로 빨려 들어갔다. 리엔수이의
돌로 된 강둑에서 옷을 빨던 여자들이 물살이 센 곳에서 낚싯대를 드
리운 샤오를 보고 큰 소리로 웃었다. 그들은 샤오가 집을 떠난 지 몇
년 되지도 않았는데 낚시하는 요령을 모두 잊었다며, 그런 곳에선 수
초만 낚을 수 있을 거라고 말했다.

샤오는 여자들의 논란은 듣지 못했으나, 평소 과묵한 경호원의 충
고는 들을 수 있었다.

"이곳은 물살이 세니, 하류 쪽에서 물살이 느린 곳을 찾는 게 좋겠습니다."

"이렇게 물살이 센 곳에서는 전어나 꼬치고기를 잡을 수 있는 거야." 샤오가 말했다.

경호원은 더 이상 아무 말 하지 않았다. 샤오는 담배에 불을 붙였다. 그는 이런 곳에서 낚시하려면 인내가 필요하다는 것을 알고 있다. 그는 부친이 생전에 이곳에서 낚싯대를 드리웠다는 것을 기억한다. 일출에서 일몰까지 그의 아버지는 거의 아무것도 잡지 못하고 돌아왔다. 샤오는 잡목숲으로 가려진 짙은 그늘 아래서, 마을 상공을 나는 기러기떼와 조금도 움직이지 않는 구름을 응시했다. 그는 시선을 점점 마을 서쪽에 위치한 직각 형태의 붉은 담으로 옮겼다. 그곳은 씽의 집이다. 샤오는 이곳에서만 그 붉은 담을 넘어 마당 안의 모든 것을 정확히 볼 수 있음을 알고 있었던 것이다.

해는 이미 높이 떴다. 넓은 마당 안은 아무 소리 없이 적막했다. 대문은 굳게 잠겼고, 병아리 몇 마리가 처마 아래서 모이를 쪼고 있다. 어제 저녁 샤오가 씽의 마당을 떠날 때, 씽은 문가에 기대어 그를 애틋하게 바라보았다. 남풍이 수면 위를 스치니, 죽림에서 대나무 소리가 크게 났다. 멀리 보이는 차가운 별들 속에 흐릿한 달무리가 떠 있다. 씽의 웃옷은 단추가 열려져 있고, 머리는 어깨까지 풀어져 있었다. 샤오는 그녀를 응시했다. 봄의 밤이 쌀쌀해, 그는 몇 차례나 몸서리를 쳤다. 씽은 검은색 대문을 닫으며 만약 싼쑨이 오늘 밤에 돌아오지 않으면 내일 마당에 있는 빨랫줄에 대나무 바구니 하나를 걸어 놓겠다고 말했다.

봄빛이 따뜻하게 수면을 비추었다. 샤오는 불안하게 비온 뒤의 마당을 건너다보았다. 마당 빨랫줄에 대나무 바구니가 걸려 있지 않았다. 마싼 아주머니가 강 건너 버드나무숲에서 그에게 손 흔드는 것을 발견했다.

"네가 가져 온 미끼가 너무 작고 검다." 샤오가 경호원에게 말했다. "이 부근 물고기는 아주 빨라, 검은색 지렁이를 잘 보지 못한다. 가자, 돌아가자."

경호원은 알 수 없다는 듯이 샤오를 쳐다봤다. 그도 무료했다. 바람 한 점 없는 날씨로 졸음이 쏟아졌다. 샤오를 도와 낚싯줄을 정리했다. 그는 변덕스러운 여단장을 이해할 수 없었고 여단장의 마음을 전혀 알아차릴 수 없었다. 샤오허에서 보낸 짧은 며칠 동안 샤오가 겪은 모든 일을 그는 전혀 알아차리지 못하는 것 같았다.

정말 어린아이라고 샤오는 돌아가면서 가만히 생각했다.

마싼 아주머니는 쿠룩쿠룩 소리를 내며 물담배를 피우며, 샤오를 아무도 없는 곳으로 데리고 갔다. 오랫동안 아무 말이 없었다. 샤오는 그녀의 겁먹은 눈이 그를 피하고 있다는 것을 알았다. 발뒤꿈치를 든 그녀의 작은 발은 떨고 있었다. 중매쟁이는 탁한 목청을 낮추고 허둥대며 말했다.

그와 씽의 일이 탄로 났다. 어제 저녁 씽의 우는 소리로 이웃사람들이 매우 놀랐다.

싼쑨은 어제 저녁 늦게 돌아왔다. 샤오가 떠나고 얼마 지나지 않은 때였다. 꾸물꾸물 내리던 장맛비가 가랑비로 바뀌었다. 이런 밤에 돌아온 수의사는 눈치 빠르게 마당에 들어오자마자 이상한 낌새를 알아차렸다. 몸에서는 비린내가 몹시 나고, 연일 고기 잡느라 피곤했어도 그의 오감은 전혀 둔해지지 않았다. 그는 무거운 어망을 마당 닭장 위에 걸쳐 놓고, 씽이 세숫대야에 발 씻는 뜨거운 물을 가져와도 아랑곳하지 않았다. 씽이 비틀거리며 걷고, 얼굴에 홍조가 아직 남아 있는 것을 보자 더욱 의심했다. 그는 씽을 데리고 방 안으로 가, 창문 커튼을 내렸다. 씽의 두 다리가 가볍게 떨렸다. 그녀는 거친 수염이 가득한 두 뺨을 부드럽게 어루만진 뒤, 밥 하러 부엌에 가야 한다고 말했다. 침실에서 떠나려 할 때, 싼쑨은 그녀를 끌어 잡아당겼다. 그가 가볍게 손으로 밀자, 씽은 몇 걸음 뒤로 밀려 침대 가에 앉았다. 싼쑨은 민첩하게 씽의 옷과 신발을 벗기고 그녀를 안아 침대에 던졌다. 침대의 휘장을 바로 내리고, 탁자 위에 있는 등잔을 불어 껐다. 씽은 암흑 속에서 혁띠 푸는 소리를 들었다. 이 소리는 그녀를 전처럼 흥분시키지 않았다. 오히려 재앙이 다가온다는 것을 예감했다. 그녀는 자기도 모르게 울기 시작했다. 싼쑨의 젖은 몸이 그녀의 피부에 닿자, 씽의 몸은 감전된 것처럼 뻣뻣하게 굳어버렸다.

샤오는 주머니에서 모든 동전을 꺼내 마싼 아주머니의 손에 쥐어주었다. 연일 분주하게 뛰어다니는 노인에게 수고비를 주려는 것이 아니라, 편안하게 말하도록 하기 위해서였다. 마싼 아주머니는 손으로 동전들을 꼭 쥘 수 없었다. 그녀의 손가락은 마치 어린 짐승처럼 떨려, 동전 두 닢이 손가락 사이로 모래에 떨어졌다.

싼쑨은 굵은 줄로 씽을 대들보에 매달았다. 씽은 온 몸을 죽도록 맞은 뒤, 샤오의 이름을 실토했다. 이웃들이 씽의 곡성에 놀랐을 때, 이미 자정이 다 됐다. 그들이 붉은 담으로 둘러싸인 마당에 들이닥쳤을 때, 방문은 잠겨 있었다. 그들은 문틈 사이로 씽이 벌거벗겨져 매달려 있는 것을 보고, 문을 부수기 시작했다. 문은 새 은행나무로 만들어진 것이다. 그들은 커다란 두 개의 문고리를 부숴 구멍을 만들고 문에 난 구멍에 손을 집어넣어 빗장을 빼내려 했다. 그들은 갑자기 멈췄다. 문틈과 뚫린 구멍으로 안을 들여다보던 사람들은 모두 숨을 멈췄다. 무리 밖에 있던 사람들은 방에서 무슨 일이 발생했는지 아무것도 몰랐다. 싼쑨은 돼지 잡는 작은 칼을 기름 등불에 달궈, 씽의 하복부를 신속하게 도려냈다. 동작은 마치 모과에서 속을 들어내듯 매우 숙련됐다. 그녀는 격렬하게 몇 번 경련을 일으키더니, 의식을 잃었다.

마싼 아주머니는 물담배를 다 피웠다. 그녀는 자기의 설명에 놀란 듯 넋 잃은 표정을 지었다. 평소 성실하고 고지식한 젊은이가 저지른 황당한 행동이 정말 뜻밖이라고 느끼는 듯했다. 오늘 아침, 착한 여인 몇 명이 의식을 잃은 씽을 작은 배를 태워 그녀의 친정집 — 위짠으로 보냈다. 이런 일에 대해 마을 사람들은 전혀 이상하다고 생각지 않았다. 부정한 여인을 거세해서 친정집에 보내는 일은 종종 있는 일이었다. 마싼 아주머니는 샤오에게 더 많은 내용은 말하지 않았다. 그 중 가장 중요한 점은, 촌에서 사라진 싼쑨이 사방을 돌아다니며 그를 죽일 것이라고 말했다는 것이다.

제 6 일

샤오는 싼쑨이 마을에서 이미 사라진 것을 알았으나, 어제 오후 권총을 들고 씽이 살던 붉은 담 안을 한번 살펴보았다. 마당은 여전히 텅 비어 있었다. 그가 기이한 과일 향기 나는 이 붉은 집을 떠나려 할 때, 그림자 하나가 죽림 속에서 갑자기 나타났다. 그는 무의식적으로 권총을 꽉 잡았다. 총 안에는 모두 탄알 6발이 장전돼 있었다. 그는 지금 매우 화가 나 있었다. 그를 잡아 총알 6발을 모두 쏘고 싶었다. 죽림의 무성한 잎들이 마치 몸서리치듯 한 번 떨었다. 경호원이 안에서 걸어 나왔다. 샤오는 길게 안도의 한숨을 쉬었다.

그들이 집에 돌아왔을 때, 경호원은 샤오에게 매우 조심스럽게 치산(棋山)에 돌아가야 하지 않느냐고 말했다. 왜냐면 큰 전투가 곧 시작될 것이기 때문이다. 샤오는 화가 난 듯 권총의 손잡이로 탁자를 세게 쳤다. 어머니는 방 안 소리에 놀라 문을 밀고 들어왔다. 그녀는 이미 마을에서 발생한 일을 모두 알고 있었다. 그녀는 기회를 봐 아들에게 말하려고 했다. 그녀는 샤오가 경호원에게 화를 내며 눈을 부라리는 것을 보고 놀랐다. 그녀는 탁자에 다가가 권총을 집어 그녀와 가장 가까운 서랍 속에 집어넣었다.

샤오가 일어났다. 아무 말도 하지 않고 밖으로 나갔다. 어머니는 조심스럽게 따라 나왔다. 그녀는 아들과 이야기해야 한다고 느꼈다. 왜냐면 그녀는 싼쑨이 그녀의 아들을 죽이겠다고 떠들었다면 분명히 행동에 옮길 것이라고 믿었기 때문이다. 그녀는 성(姓)이 다른 이 집 후손의 품성을 매우 잘 알았다. 싼쑨의 부친 역시 본래는 본분을 지키던 어부였다. 그는 하찮은 말다툼으로 삼사십 명이 싸우게 한 적이 있다. 샤오는 어머니가 그를 따라오는 것을 의식하지 못했다. 그는 부친이 생전에 사용했던 방에 들어가 방문을 닫았다.

부친의 장례가 끝난 뒤, 어둡고 먼지투성인 이 방엔 아무도 들어가지 않았다. 샤오는 탁자 위의 등잔불을 켰다. 심지를 올렸다. 심지에 먼지가 쌓여 있었다. 샤오는 부친의 책상에 앉아, 벽에 걸린 부친의 반신상을 응시했다. 그림 주변에 검은 테두리가 붙어 있었다. 검은 테두리는 휘장을 잘라 정성껏 만든 것이다. 그는 어머니가 등잔불 아래서 바느질하는 모습을 보는 것 같았다. 이 마을 사람들은 아직 세상에 사진술이 발명됐다는 것을 몰랐다. 부친의 영정은 고약을 파는 한의사가 그린 것이다. 이 떠돌이 화공은 부친의 눈 주위를 빈약하게 그렸다. 그 밖에, 마고자도 너무 몸에 맞지 않아 보였다. 그는 원형과 다른 그림 속에서 화공이 부친의 눈빛에 신경을 많이 썼다는 것을 알 수 있었다. 그 심오하고 태연자약한 눈빛은 그에게 매우 익숙한 것이었다. 그가 집을 떠나기 전날 밤, 부친은 마당의 등의자에 앉아 성(姓)이 메이(楳)인 시인의 고체시 초록을 읽고 있었다. 부친은 만년에는 거의 매일 그 초록본을 보려 했다. 형이 황포군관학교에 가는 것을 부친이 무언으로 허락했다는 것을 그는 안다. 그는 부친이 이전처럼 그가 군에 입대하려는 의도를 간파하고, 그에게 지시하기를 희망했었다. 그날 그는 부친 주위를 오랫동안 배회했다. 부친은 그를 주의하지 않았다. 그때 그는 정원의 문을 통해 멀리 햇빛으로 눈부시게 빛나는 리엔수이 강물을 보았다. 강가의 적황색 모래터, 그 위에 걸쳐 있는 작은 배 그리고 그와 같이 군에 입대하기로 한 친구가 그에게 손을 흔들고 있는 것이 보였다. 그때는 황혼이었다. 그가 쑨췐팡 부하의 당번병으로 근무할 때, 부친이 무언의 허락을 할지 여부를 알 수 없었다. 후에 수많은 전투에 참가할 때, 그는 본의는 아니었으나 부친의 바람을 저버리지 않았나 하고 점차 회의하게 됐다.

부친의 갈홍색 의자는 낡아 연황색으로 변색됐다. 홍목(紅木)에 꽃이 조각된 높고 큰 책꽂이는 여전히 사람 모습을 비출 정도로 윤이 났다. 그는 책상 위에서 부친이 임종 전에 썼던 원고를 뒤적였다. 그 수고(手稿)는 "리엔수이 묵"이라 새겨진 벼루 아래 눌려 있었다. 그는 뒤적이다 한위(漢魏)의 탑본을 모사한 당지(唐紙) 연습장에서 아버지가 형에게 보낸 편지를 옮겨 적은 것을 발견했다. 붓에 먹을 적게 먹여, 글씨가 지나치게 메마르고 거칠게 보였다. 샤오는 이 편지 마지막 몇 줄에서 자기 이름을 발견했다.

샤오에 대해 부친은 이렇게 쓰고 있다.

> 나는 더 이상 샤오를 다시 볼 수 있을 것이라고 희망하지 않는다. 그의 군대는 얼마 지나지 않아 괴멸될 것이다. 나는 이제는 전처럼 그의 사망 소식을 들을까 걱정하지 않는다.

그의 부친이 행간에서 그를 꾸짖지는 않았지만, 샤오는 척추에 침을 맞은 것 같았다. 그는 수치심을 느꼈다. 그는 부친의 책상 앞에 멍청하게 앉아 있었다. 오후 시간이 마치 모래알처럼 흘러갔다. 천성이 오만하고 강인한 그는 억지로 자기를 진정시켰다. 그는 처음으로 샤오허에서 지낸 며칠 동안의 혼란스런 악몽에서 깨어난 것 같았다. 본래 그는 이미 더 이상 무엇을 기대하지 않았다. 그는 강렬한 승부욕을 느끼며 곧바로 부대로 돌아가려 했다. 그는 얼마 전에 본 전선의 전황 보고서를 생각했다. 쑨첸팡 부대는 북벌군의 공격을 받아, 이미 철저히 붕괴상태에 처했다는 것이다. 72사단과 31사단이 싸우지도 않고 투항한 것은 본래 군심이 흩어진 병사들에게 더욱 지울 수 없는 음영을 드리웠다. 샤오는 불길한 예감이 엄습해 오고 있다고 느꼈다. 하지만 이런 느낌은 곧 없어졌다. 감정적이고 환상 도취적인 그의 품성으로 인해 그는 얼마 후 시작될 전투에 희망을 걸었다. 그는 이미 다른 길이 없으니 모험하는 수밖에 없다고 생각했다. 이런 터무니없는 희망은 부친을 원망하고 조소하기 때문인지, 하늘에 계신 부친에게 자기의 잘못된 선택에 대해 용서를 구하려는 것인지 알지 못했다. 그는 바로 치싼에 돌아가기로 결정했다.

그가 일어나 부친의 서재를 떠나려는 순간, 그의 마음 속 깊은 곳에 아주 희미한 생각이 스쳐지나갔고, 그래서 그는 처음 생각을 또 다시 바꾸었다.

그는 씽이 생각났다.

그의 눈앞에 씽의 그 부드럽고 아득한 눈빛이 떠올랐다. 청신한 과일 향기가 그의 얼굴 앞에서 스쳐 지나가는 것 같았다. 그는 위꽌에서 보냈던 그 무더웠던 여름날과 강물 옆에 세워진 대나무 약방집이 기억났다. 전쟁의 불길이 흩날리던 전투 속에서 반복해 그녀의 모습을 떠올렸던 시간들을 생각했고, 그가 샤오허에 와 지냈던 며칠 동안 그녀에게 가져다 준 재난을 생각했다. 일종의 깊은 원죄의식이 그의 마음에서 암암리에 자라고 있었다.

저녁 무렵, 샤오는 어머니에게 오늘밤에 위꽌에 갈 것이라고 말했다. 어머니는 아들의 말이 의외가 아니라고 느꼈다. 그녀는 샤오가 위 꽌에 의학을 공부하러 간 뒤부터 그의 영혼은 그 사촌여동생에게 소리 없이 빼앗겼다는 것을 알았다. 하지만 그녀는 탁자 옆에 앉아 아무 말 도 하지 않았다. 넋이 나간 듯 샤오를 쳐다보았다. 몸을 떨고 있었다. 경호원은 술에 잔뜩 취해 있었다. 그는 샤오가 위꽌에 가려 한다는 것 을 희미하게 알았다. 그는 두 다리를 뻗어 침대에서 일어나려 애썼다. 그러나 머리를 조금 들었다가 다시 침대에 쓰러져 깊이 잠들었다.

위꽌은 샤오허와 20리 물길이다. 하루 밤이면 왕복이 가능하다. 샤 오가 대문을 나갈 때 하늘은 곧 어두워지려 했다. 그는 마을 중간에 텅 빈 부채형 건조장을 지나며, 리엔수이 강가에 정박해 있는 어선의 횃불들을 간간이 보았다. 그는 깊게 숨을 들이마시고, 발걸음을 재촉 했다. 그의 귓가에는 깊어 가는 밤중에 쌀 찧는 절구 소리가 들려왔다.

그가 리엔수이 강변에 도착해, 밤이슬을 가득 머금은 밤 동백꽃 속 에서 배의 닻줄을 풀려 할 때, 어둠 속에서 수십 명의 검은 그림자가 그의 뒤에서 신속하게 움직였다. 샤오가 머리를 돌리자, 싼쑨과 낯선 사람 몇 명이 돼지 도살용 칼을 손에 들고 그에게 다가왔다.

검은 그림자들이 천천히 앞으로 걸어왔다. 30센티미터쯤 되는 칼이 그들의 손에서 춤을 추었다. 샤오는 이미 강 끝으로 몰렸다. 그는 리 엔수이 강물이 조용히 흘러가는 소리를 뚜렷이 들을 수 있었다. 그는 재빨리 손으로 허리에 찬 빈 총지갑을 만졌다. 서둔 나머지 집에서 나올 때 총을 잊고 가져오지 않았다. 6발의 총알이 장전된 권총은 이 때 침실 탁자의 닫힌 서랍 속에 있었다. 싼쑨은 걸어오지 않았다. 그 는 가시나무에 기대어 나뭇잎을 씹고 있었다. 그는 그의 수하들이 샤

오를 포위해 찔러 죽이려는 것을 냉정하게 보고 있었다. 그는 잘게
썹어 부서진 잎을 내뱉고 재빨리 샤오를 향해 걸어왔다. 그는 돌연
무언가 생각이 난 것 같았다.

경호원은 어디 있지?

샤오를 둘러싼 몇 명의 검은 그림자들도 돌연 깨달은 것 같았다.
그들은 샤오를 내버려 두고 나무숲에 들어가 주위를 조심스럽게 수색
하기 시작했다. 그들은 경호원이 분명히 부근에 있다고 믿고 있었다.
싼싼이 칼끝으로 샤오의 턱을 겨누었다.

네 경호원은 어디 있나?

그는 술 취했다. ─샤오는 평온하게 말했다. 싼싼은 흥 ─ 하고 콧
소리를 작게 낸 뒤, 아무 말도 하지 않았다. 얼마 있지 않아, 나무숲
에 들어갔던 사람들이 하나씩 나타났다. 그들의 몸에 거미줄과 이슬
이 가득 묻었다. 이때 달이 구름 사이로 나타났다. 그들은 서로 상대
방의 얼굴을 분명히 볼 수 있었다. 싼싼은 그의 수하들이 아무것도
찾지 못했다는 것을 알았다.

그는 매우 의심스런 눈으로 샤오를 훑어봤다. 그는 샤오가 부대에
돌아가면서 경호원을 데려가지 않은 것을 이해할 수 없었다. 그의 눈
은 샤오의 얼굴을 뚫어지게 바라보았다. 갑자기 그는 입가에 다른 사
람이 알아차리기 힘든 표정을 지었다.

너는 위꽌으로 그 창녀를 보러 가려는 것이구나?

샤오는 아무 대답도 하지 않았다. 그는 눈앞에 전개되는 모든 상황
을 침착하게 바라보고 있었다. 동시에 그는 어둡고 무서운 미래가 이
미 은밀히 다가왔다는 것을 알았다.

침묵이 다시 그들을 감싸고 있었다. 한참 지난 뒤, 샤오는 가벼운 탄식 소리를 들었다. 쌘쑨은 이미 손에 쥐고 있던 돼지 도살용 칼을 리엔수이 강에 던져 버리고 몸을 돌려 가버렸다. 그는 나무숲으로 들어가기 전 고개를 돌려 그의 부하들에게 손을 흔들었다.

그를 놓아 줘.

아마도 이미 망가진 여인에 대한 샤오의 미련이 그를 감동시켰거나, 그의 내심 깊은 곳에 일어난 알 수 없는 무상한 감정 때문일지도 모른다. 쌘쑨은 샤오를 죽이려는 생각을 버렸다. 샤오가 몽롱하게 이런 모든 것을 생각하고 있을 때 그 사람들은 이미 밤의 장막 속으로 사라졌다.

제 7 일 (마지막 날)

샤오는 다음 날 아침에 위꽌에서 샤오허로 급히 돌아왔다. 하늘가에 희미한 자홍색 빛이 뿌옇게 비출 때, 그는 전처럼 밤 동백꽃 속에 배를 묶어 놓았다. 자욱한 물안개가 마을의 윤곽을 가리고, 물소가 강가 버드나무 숲에서 투레질을 하고 있었다. 우기 중이었으나 상쾌한 날이다. 샤오가 살며시 골목을 지나갈 때, 좁은 골목에는 그의 발자국 소리가 울려 퍼졌다. 마을의 대나무 울타리 옆에서 웅크리고 있던 개들도 짖지 않았다. 개들은 분명히 그를 아는 사람으로 보고 있는 것이다. 샤오는 이 마을에 왔던 첫날 아침을 회상하지 않을 수 없었다. 거의 완전히 똑같은 아침이다. 어제 저녁 강가에서 운 좋게 화를 면하자, 그는 기분이 좋았다. 여명의 부드러운 바람이 불었다.

샤오가 자기 집 마당 앞에 왔을 때, 어머니는 이미 일어났다. 그녀는 마당을 청소하고 있었다. 샤오는 어머니에게 인사를 하고 곧바로 집 안으로 들어갔다.

그가 방문을 넘어갈 때, 경호원이 탁자 옆에 앉아 그를 기다렸다. 평소 잠이 많은 이 젊은이가 이렇게 일찍 일어난 것을 보고 감탄하려 할 때, 경호원은 재빨리 서랍을 열고 권총을 들어 그를 조준했다.

샤오는 처음엔 경호원이 그와 장난을 치는 줄 알았다. 그러나 그는 즉각 경호원이 입가에 차가운 웃음을 짓는 것을 보고 상황이 심상치 않다는 것을 느꼈다. 이어서 그는 평소 말을 잘 못하던 경호원이 이제까지 한 말 중 가장 장황한 말을 들었다.

31사단이 도시를 포기하고 투항한 뒤, 나는 줄곧 당신을 감시하라는 명령을 받았다. 위꽌을 함락한 부대가 바로 당신 친형의 부대이다. 만약 누가 그에게 정보를 전한다면 리엔수이 하류 전체의 방어 계획은 허사가 될 것이다. 치산을 떠나 샤오허에 오기 전날, 만약 당신이 위꽌에 가면 반드시 당신을 총살하라는 사단장의 밀령을 받았다.

샤오는 마치 이미 화약의 유황 냄새를 맡은 것 같았다. 그는 억지로 자기를 진정시키려 애썼다. 그러나 밤새 바쁘게 돌아다녀 피곤했고, 갑자기 목숨을 위협받자 긴장되어 두 다리가 주체할 수 없이 심하게 떨렸다. 그는 모든 신경이 팽팽하게 죄어 오는 것 같았다. 목구멍이 거의 솜덩어리로 막힌 것 같았다. 그가 하고자 하는 말이 의식 깊은 곳에서 막혀버렸다. 이는 그가 배반을 승인하는 것과 다르지 않았다. 끝내 그는 떠듬거리는 어조로 한 마디 했다.

"나를 압송해 사단에서 심문케 해도 좋다."

경호원은 교활하게 웃었다. "당신의 군영에서 여단장을 총살하면 군심을 혼란시킬 수 있다. 게다가, 전쟁은 이미 시작됐다. 이미 시간이 없다."

샤오는 경호원이 말을 끝내기 전에 민첩하게 탁자를 걷어차고 몸을 돌려 집 밖으로 도망쳤다. 그가 마당으로 뛰쳐나올 때, 그의 어머니는 마당 문을 잠그고 닭을 잡으려 하고 있었다. 샤오는 마치 궁지에 빠진 이리처럼 마당 문으로 달아났으나, 이미 문빗장을 뽑을 시간이 없었다. 그는 어쩔 수 없이 몸을 돌렸다.

경호원은 권총을 들고 그에게 다가왔다.

날은 이미 갑자기 밝아졌다. 여명의 암홍색 빛이 사라진 뒤, 하늘엔 가는 비가 뿌리기 시작했다. 깊이를 알 수 없는 총구를 대면하자, 샤오의 눈앞에는 지난 일들이 강물에 떨어진 꽃잎처럼 움직이다 사라졌다. 그는 또 한 번 기습적으로 다가온 죽음의 깊은 공포와 망연한 상념 속으로 빠져들었다. 그는 도사의 애매한 충고를 기억했다. 지금 그를 지옥의 문으로 들어가게 하는 것은 술이 가득 찬 술잔이 아니라, 검은 총구였다. 그는 웬일인지 유감스러웠다. 그는 어머니가 가까운 닭장 옆에서 놀라 그를 쳐다보고 있는 것을 보았다. 그녀는 이미 그 암탉을 잡았다. 샤오는 어머니의 왜소한 몸을 쳐다보았다─닭을 잡느라, 그녀의 주름 가득한 바지에는 닭털과 흙이 온통 묻어 있었다. 갑자기 그녀를 안고 싶은 욕망이 강렬히 일어났다. 그가 총 소리를 듣는 순간, 축축한 액체가 그의 뱃가죽과 허벅지에 흘러내리는 것을 느꼈다.

경호원은 샤오와 세 발짝 떨어진 곳에서 아주 정성껏 총알 여섯 발을 모두 쏘았다.

장마철의 감각

雨季的感覺

거훼이 格非

* * *

삶에 흥미를 갖기 위해
얼마나 많은 노력을 해야 하는지
우리는 영원히 이해할 수 없다.

– 앙드레 지드, 《인간 양식》

1

진장(鎭長)은 아침 일찍 잠에서 깨어났다. 창밖에 비가 여전히 주
룩주룩 내리고 있었다. 방안은 아주 어두웠다. 그의 아내는 부뚜막에
서 한약을 달이고 있었다. 어제 저녁, 진장은 편두통이 또 발작했다.
그는 밤새 한숨도 못 자고 누워서 방밖의 빗소리를 들었다. 통증이
너무 심해 치아까지 흔들리는 것 같았다. 그는 자기 머리를 벽에 들
이박고 싶었다.[1]

"비가 이렇게 많이 내리는 것은 거의 10여 년만이지요." 그의 아내
가 부뚜막에서 말했다. "마당에 미꾸라지가 가득해요."[2]

진장도 이 비가 언제부터 내렸는지 분명히 기억할 수 없었다. 비가
까마득한 옛날부터 지금까지 내리는 것 같았다. 진장은 눅눅한 커튼
을 열고 비를 맞으며 조용히 서 있는 앞마당의 나무와 풀들을 보았
다. 제철에 핀 꽃들이 고인 물에 잠겼다. 하늘엔 검은 구름이 낮게 드
리워져 있었다. 지붕과 굴뚝 위의 하늘에 회색 담요가 떠 있는 것 같
았다. 비에 갇힌 초가집은 마치 물 위에 떠 있는 작은 배와 같았다.
"어제, 추(褚) 어른 댁에서 인편에 청첩장을 보내왔어요." 아내가 말
했다. "추씨 댁 큰아드님이 이번 달 15일에 결혼식을 한다는데, 무슨
선물을 보내야 할까요?"

---

1) 옮긴이 주 — 중국에는 벽에 머리를 부딪쳐 자살하는 경우가 종종 있다. 여기
서는 고통스러워 죽고 싶었다는 뜻이다.
2) 옮긴이 주 — 시골에 비가 많이 오면 마당에 미꾸라지가 나오는 경우가 종종
있다.

"오늘이 며칠이지?"

"5일이에요."

"그때 가서 생각하지." 진장은 허리를 펴고 말했다. "나는 요즘 바빠서 진사무소 일도 다 못하고 있어."

진장은 옷을 입은 뒤 수건을 들고 문지방 쪽으로 걸어가, 처마에서 흘러내리는 물을 받아 얼굴을 닦았다.[3] 그 후 그는 치자나무꽃 냄새가 나는 한약 한 그릇을 마신 뒤, 문 뒤에서 종이우산을 찾아 두루마기(長袍)[4] 끝자락을 잡고 장마 걱정을 하며 대문을 나섰다.

진장이 진(鎭)[5]의 학교 근처를 지날 때, 아침 수업을 받고 있던 학생들이 노래를 부르고 있었다. 새로 부임한 음악 선생 돤샤오푸(段小佛)가 창문에 서서, 퉁소로 반주를 하고 있었다. 셴싱하이(洗星海) 작곡의 〈이월에 오다〉란 곡을, 진장은 수없이 들었다. 그는 빗속에서 길을 조심스레 걸으면서, (이 노래를) 가볍게 흥얼거렸다.

사당을 개조해 만든 학교 건물은 멀리서 보면, 관 하나가 숲 속에서 조용히 엎드려 있는 것 같았다. 학교 뒤편에 넓게 펼쳐진 밭에는 다 익은 보리가 빗속에서 썩고 있었다. 보리밭과 진 밖의 호수 수로와 강의 지류가 하나로 합쳐져 물바다가 되자, 진의 농민들은 자주 집 밖에 나가 하늘을 바라보았다. 몇몇 사람들은 문지방에 쭈그리고

---

3) 옮긴이 주 — 중국 사람들은 세수 대신 수건에 물을 적셔 얼굴을 닦는 습관이 있다.

4) 옮긴이 주 — 長袍: 중국 전통의 긴 남자 옷.

5) 옮긴이 주 — 중국의 행정단위로 총인구가 2만 명 이상이며, 최소 2천 명 이상이 비농업인구인 소도시.

앉아 넋 나간 듯이 잎담배를 피우며 장마가 끝나길 기다렸다.

진사무소는 좁고 긴 연못가에 세워져 있었다. 2층인 이 건물은 너무 낡아, 갈라진 담 벽 틈새로 풀들이 자랐다. 풀들은 비에 젖어 청록색 빛을 띠었다.

진장은 진사무소에 들어가 우산을 접어 벽에 기대어 놓았다. 그는 왕비서가 황급히 위층에서 뛰어내려 오는 것을 보았다.

"오셨습니까. 진장님!" 왕 비서는 숨을 헐떡거리며 말했다. "지금 막 전화를 받았는데요."

진장이 직접 선발한 이 왕 비서는 평소 아주 침착하다. 그가 당황한 것을 보니, 특별한 일이 발생한 것 같았다.

진장은 왕 비서 뒤를 따라 위층으로 올라갔다. 그는 걸레를 찾아 책상에 들이친 물을 닦고, 의자에 앉았다. 두 손으로 관자놀이를 눌렀다.

"전화에서 뭐라고 했는데?" 진장이 물었다.

"어제 저녁 일본군 비행기가 메이리(梅李) 마을을 폭격했다고 합니다." 왕 비서가 말했다.

"메이리 마을을?" 진장은 두통도 잊은 것 같았다. 그는 얼른 일어나, 맞은편 벽에 걸려 있는 지도 앞으로 걸어가 몸을 구부리고, 지도에서 메이리 마을의 위치를 찾았다.

"어디에서 전화가 왔나?" 진장이 매서운 눈초리로 비서를 바라보았다.

"군에서 온 것 같습니다." 왕 비서의 어조가 좀 이상했다. "제가 묻기 전에, 전화선이 바람에 끊겼습니다."

"일본군이 뭐 때문에 메이리 마을을 공격했지?" 진장은 혼자 중얼거렸다.

"메이리는 일본군이 바다에서 상하이를 공격하는 요충지랍니다. 28사단이 그곳에서 방어하고 있답니다." 왕 비서가 낮은 목소리로 대답했다.

"28사단이 메이리에 주둔했다는 것을 나도 모르는데, 일본군이 어떻게 그 정보를 얻었을까?"

"듣자하니, 철새들 때문이라고 합니다."

"새? 무슨 새?" 진장이 화를 내려는데, 그의 머리가 또 다시 아프기 시작했다.

"사실은," 왕 비서는 망설이며 말했다. "일본군 정찰기가 메이리 호숫가에 서식하고 있던 두루미떼가 갑자기 사라진 것을 발견하고, 그곳에 중국군이 주둔하지 않았나 의심해 시험적으로 공격했다고 합니다."

"터무니없는 소리." 진장이 갑자기 웃기 시작했다. "쳇! 누가 어린 앤 줄 아나."

진장은 생각했다. 그는 메이리 마을에 가 본 적이 있었다. 그곳은 몇십 가구만 사는 어촌이다. 연말이면 남방에 운송할 제지용 풀을 쌓아 놓는 것 말고, 근방 수십 리에 아무도 살지 않는 황무지였다. 더욱이 지금 일본군이 멀리 허베이(河北)에 있는데, 천 리나 떨어진 먼 곳에 비행기를 보내 메이리 마을을 공격한다는 것은 정말로 황당무계한 일이다. 게다가 메이리는 신좡(莘庄)진과 60여 리밖에 떨어져 있지 않아 일본 공군이 메이리를 공습했다면 적어도 신좡진에서도 폭격소리가 들렸어야 한다.

"잘못 들은 것 아니야?" 진장의 말투가 곧 안정을 찾았다.

"저, …" 왕 비서는 우물쭈물 말했다. "사무실 밖에 빗소리가 너무 커서, 전화 속의 목소리가 분명치 않았습니다."

"이 일을 다른 사람에게 말했나?"

"진의 보안대에 이미 통지했습니다." 왕 비서가 말했다. "상황이 너무 긴급해서 …."

"네 멋대로," 진장은 화를 참느라 얼굴이 붉어졌다. "제기랄, 진장은 뭘 하라고, 모든 일을 자네 마음대로 처리하나?"

진장은 사무 책상에 돌아와 앉은 뒤 담뱃불을 붙였다. 습기 찬 사무실 안이 즉각 담배 냄새로 가득 찼다. 왕 비서는 멍청하게 창문 옆에 서 있었다. 어떻게 해야 할지 모르는 모양이다. 진장은 그를 아랑곳하지 않고, 창밖을 바라보았다.

"왕 비서 —." 잠시 뒤, 진장이 불렀다.

왕 비서가 깜짝 놀랐다. "진장님, 무슨 분부가 있으십니까?"

"어제, 추 어른 댁에서 인편으로 청첩장을 보내왔네, 큰아드님 추사오량(褚少良)이 5월 15일에 결혼을 한다는데, 무슨 선물을 보내야 할지 생각해 봐."

왕 비서는 젊지만, 진의 속사정에 정통했다. 추화이런(褚懷仁)은 누에업으로 가세를 일으킨 졸부지만, 진에서 그의 지위는 아주 중요했다. 왕 비서가 알기로, 추화이런이 없었다면 면화와 보리를 주업으로 하는 이 마을이 지금처럼 발전하지 못했을 것이다. 하루아침에 학교와 우체국이 세워지고, 도시로 통하는 도로가 닦였다. 심지어 추화이런이 협력하지 않았다면, 진장도 아직 들판에서 넝마를 줍고 있었을지 모른다.

여기까지 생각이 미치자, 왕 비서는 진장의 빈약한 경제사정과 추 집안의 빛나는 지위를 고려해야 한다고 생각했다. 그는 건의했다. …

왕 비서가 말을 마치기 전에, 진장은 손을 뻗어 그를 제지했다. 이 때, 왕 비서는 사무실 밖에서 심하게 떠는 듯한 자동차 엔진소리를 어렴풋이 들었다. 사무실 처마에 불던 바람소리가 그 엔진소리로 들리지 않았다.

왕 비서가 창가로 걸어갔다. 그는 진장의 시선을 따라 창밖을 엿보았다. 그는 지프(Jeep) 한 대가 진료소 옆 유실된 다리 가에 서 있는 것을 보았다. 아마도 급속히 늘어난 강물이 다리 난간을 훼손해서 진으로 가는 길을 찾지 못하는 것 같았다.

"비가 이렇게 많이 오는데, 누가 차를 몰고 신쭹에 왔을까?" 진장은 왕 비서를 힐끔 바라보았다.

"아마도 현(縣)6)에서 홍수 실태를 파악하려고 사람을 파견한 모양입니다." 왕 비서가 말했다.

진장은 양복을 잘 다려 입은 젊은이가 차에서 내려, 지프 주위를 천천히 도는 것을 보았다. 그와 가까운 곳에 있는 도로에는 농촌 여성 한 명이 버드나무 회초리를 들고, 큰 돼지 한 마리를 쫓고 있었다.

"왕 비서." 진장이 지시했다. "자네는 얼른 아래층에 내려가 보게, 군에서 파견한 사람을 태만히 접대하면, 나중에 해명하기 곤란하잖아."

왕 비서가 막 계단 입구로 내려가려 할 때, 진장이 다시 그를 불렀다. "가는 길에 진료소에 가서, 진통제 한 병 가져오게."

---

6) 중국의 행정단위로 진(鎭)의 상급 단위이다.

왕 비서가 나간 뒤, 사무실 밖은 비가 더욱 거세졌다. 진장은 비로 엄청나게 파인 연못을 얼이 빠진 듯 바라보며 걱정했다. 이 재수 없는 장마철에 사고가 없어야 할 텐데.

2

수업시간 종이 울린 뒤, 신좡초등학교 교장 겸 국어교사 부칸(卜侃)이 강의자료를 끼고 교실에 들어갔다. 그는 아침의 몽롱한 잠기운에서 아직 깨어나지 않았다. 보기 드문 큰 비가 10여 일이나 지속적으로 내리고 있는 것이다. 은행나무와 목면(木棉)이 비의 장막 속에서 깊은 잠을 자고 있었다. 교실은 어두웠다. 학생들의 얼굴에 나무와 같은 녹색 빛이 났다. 나뭇결무늬 벽돌을 깐 교실 바닥에 흙탕물이 조금 들어와 있었다. 오랫동안 수리하지 않은 지붕 한 곳에서 비가 새 빗물이 나무 양동이에 모였다 떨어지면서 단조롭고 텅 빈 소리를 내었다.

칠판에 습기가 차 지난 시간에 적어 놓았던 오선도가 이미 희미해졌다. 빗물을 머금은 분필이 끈적거리고 축축한 분말덩이가 되었다. 부칸은 어두운 교실에 어느 정도 적응이 되자 목을 가다듬으며 강의 준비를 시작했다. 교실 밖에서 쏴쏴 소리내는 빗소리와 가끔씩 하늘에서 울리는 천둥소리 때문에 부칸은 큰소리로 강의하지 않을 수 없었다. 그는 강의하는 목소리가 자기 입에서가 아니라, 아주 먼 곳에서 나오는 것 같았다. 부칸은 자신이 지금 꿈을 꾸고 있지 않나 하고 의심했다. 장마철에는 수목과 꽃들도 색이 바뀌니, 사람의 감각에도 어느 정도 편차가 발생할 것이다.

음악교사 돤샤오푸가 옆방에서 퉁소를 불고 있었다. 신좡마을에 전래되는 〈이월에 오다〉라는 노래는 사람을 우울하고 슬프게 했다. 부칸 교장은 퉁소의 리듬에 맞춰 교과서를 읽고 있었다. 바로 스즈춘(施蟄存)[7] 선생이 쓴 《장맛비 내리는 밤(梅雨之夕)》의 한 부분이다. 그는 거의 반쯤 읽다가 갑자기 멈추었다.

그는 교실 뒤편 창문가 좌석이 비었다는 것을 발견했다. 비가 소리를 내며 창호지를 때리고, 스며든 빗물은 창문턱을 따라 바닥으로 흐르고 있었다.

아직 출석하지 않은 학생 이름은 마이훙(麥泓)이었다. 신좡초등학교에서 나이가 가장 많은 학생이다. 이처럼 비가 계속 올 때, 학생이 늦게 오거나 결석하는 일은 이상한 일이 아니다. 그러나, 부칸 교장이 강의할 때면 습관적으로 이 여학생의 좌석을 바라보았다. 이미 시집갈 나이(15세)가 지난 처녀가 결석하자, 무언가 상실한 것 같은 느낌을 갖게 되었다. 신좡 일대, 남녀공학은 이미 오래 전에 시행되었으나, 마이훙은 공부할 나이를 훨씬 넘겼다. 부칸의 눈에 그녀의 늘씬하고 건장한 모습이 떠올랐다. 햇빛 찬란한 오후, 쌀가게 주인 마

---

7) 옮긴이 주 ― 施蟄存(1905~2003), 중국 현대파 작가, 문학 번역가, 학자. 작가가 수학했던 화뚱사범대학(華東師範大學) 중문계(中文系)의 교수로 재직했다. 즉, 작가의 은사이다. 《梅雨之夕》은 심리분석 작가인 그의 대표작이다. 이 소설은 성 심리와 무의식 등을 묘사했다. 격조가 청신하고 속되지 않은 작품으로 높게 평가되고 있다.

이 씨가 주쯔칭(朱自淸)[8] 선생의 친필 서신을 들고 마이훙과 함께 그의 사무실에 왔다. 그녀는 남색 바탕에 꽃무늬 있는 긴치마를 입고 있었다. 웃는 모습이 대담하고 경쾌하며, 몸에서 옅은 박달나무 향기가 났다.

부칸은 오랫동안 창밖의 파초를 바라보고 있었다. 잡생각이 점점 더 확대됐다. 학생들이 이해할 수 없다는 듯이 입을 크게 벌리고 그를 바라보고 있다는 것을 알았을 때, 부칸의 얼굴에는 남들이 알아차리기 어려운 수치심이 스쳤다.

어제 오후 강의가 끝나고 부칸이 교무실에 앉아 손톱을 깎고 있을 때, 멀리서 마이훙이 교사(校舍) 앞 화단을 따라 뛰어오는 것을 보았다. 그녀는 수업을 마치고 집에 가다가 다시 돌아오는 것 같았다. 부칸 교장은 무의식중에 그녀가 뛸 때 위 아래로 출렁이는 유방의 윤곽을 뚜렷하게 보았다. 부칸은 심장이 쿵쿵 뛰는 것을 느꼈다. 마이훙은 문으로 뛰어 들어오자마자 부칸을 잡아당겨 하마터면 기절해 쓰러질 뻔했다.

부칸은 한참 만에 그녀의 다리에 말거머리 한 마리가 들어갔다는 것을 알게 되었다. 부칸은 마이훙을 의자에 앉히고, 쭈그리고 앉아 그녀의 바짓가랑이를 말아 올렸다. 부칸 교장은 부드럽고 분별있는 어조로 마이훙에게 말했다. 거머리는 실은 무서운 것이 아니란다. 거머리 자체에 독이 없을 뿐 아니라, 혈액 중의 독소를 체외로 빨아 낼

---

8) 옮긴이 주―朱自淸(1898~1948), 중국의 현대 산문작가, 학자. 북경대 철학과를 졸업하고 칭화대 중문과에 교수로 재직했었다. 《배영(背影)》(1928)은 그의 대표작이다.

수 있단다. 그러나 부칸 교장은 마이훙을 안정시킬 수 없었다. 그녀는 안색이 창백해지고 두 눈을 질끈 감고 두 다리를 계속해서 떨고 입으로는 소릴 질렀다. 부칸은 어디선가 핀셋을 찾아, 그녀의 다리에서 말거머리를 집어내려 하였다. 그의 손이 아주 심하게 떨렸다. 그래서 그는 아무리 해도 그 말거머리를 집어낼 수 없었다. 그녀의 희고 기다란 다리에는 퍼런 혈관이 아주 많이 보였다. 부칸의 손이 비단결같이 부드럽고 매끄러운 그녀의 피부에 닿자, 목으로 짭짤한 맛이 올라왔다. 부칸 교장이 당황해하며 그 말거머리를 집어내는 동안, 그의 옷은 땀으로 다 젖었다. 창밖의 비가 점점 더 거세졌다. 창 앞의 가시배나무 가지가 바람에 흔들려 끊임없이 창호지를 두드렸다. 그는 지붕 위에서 흐르는 빗물 소리가 터무니없는 환각을 가져온다고 느꼈다. 부칸은 작은 병에서 알코올 솜을 꺼내 검붉은 상처에 발라 주었다. 마이훙은 간지러워 킥킥 소리를 내고 웃었다. 그녀의 웃음소리에 부칸은 깜짝 놀랐다. 그도 곧 웃었다. 바로 이때 진 외곽에 위치한 백거사(白居寺)의 벤지(辨機) 스님이 복도를 지나갔다. 그는 분명히 방금 일어난 장면을 보았을 것이다. 부칸은 문을 열고 그에게 해명을 하려고 했으나, 벤지 스님은 그에게 은밀한 웃음을 짓고는 멀리 가버렸다.

수업을 끝내려 하는데, 마이훙이 그제야 천천히 들어왔다. 그녀는 아무 말도 하지 않고 교탁을 돌아 자기 자리에 앉았다. 두 손으로 귓가의 젖은 머리를 묶었다. 얼마 지나지 않아, 부칸은 또 다시 익숙한 박달나무 향기를 맡을 수 있었다.

부칸 교장의 눈길이 겉돌았다. 그는 마이훙 있는 곳을 감히 바라 볼 수 없었다. 우연히 눈길이 닿아도 그의 적막한 마음에 참기 어려운 소용돌이가 칠 것 같아 겁이 났다. 그는 이미 반백이 넘은 나이인데, 이렇게 젊은이처럼 쉽게 흥분하는 것을 생각하니 다소 부도덕하다고 생각됐다. 사실 전혀 자책할 필요가 없었으나 그는 당황했다. 그의 말에 조리가 없어졌고, 수업 내용도 뒤죽박죽이 되었다. 얼마 후 이런 그의 비정상적인 태도는 앞에 앉아 있던 한 남학생의 경각심을 불러일으켰다.

이날 저녁 무렵, 귀가하는 길에서도 부칸의 머리 속에 차분하고 밝은 마이홍의 얼굴이 떠올랐다. 늦은 봄비가 마치 실처럼 계속해 내리자 사람들의 혼이 까마득하게 흩어지고, 꿈꾸는 것처럼 흐릿해졌다. 그의 집은 진의 진료소와 가까이 있었다. 홰나무 숲과 좁고 긴 연못은 진 사무실과 멀리 대면하고 있었다. 부칸이 집 문 앞에 와 보니 대문이 굳게 닫혀 있었다. 문 앞에 자귀나무(合歡樹)의 꽃잎이 비바람에 모두 떨어졌다. 부칸이 문을 밀어 보니 안에서 잠겨 있었다. 부칸 교장은 속으로 불길한 예감이 스쳤다. 그는 힘껏 대문의 구리 고리를 두드렸다. 잠시 후, 그는 아내가 때각 소리를 내며 나막신을 끌고 다가오는 것을 들었다.

물 미나리를 지고 가던 마을 아주머니가 문을 지나가면서, 부칸을 쳐다보고 말했다.

"왜요? 부칸 교장 선생님, 또 사모님과 싸웠어요?"

"그럴 리가요?" 부칸 교장은 빙긋 웃었다. "안사람이 목욕을 하고 있어요."

부칸은 집에 들어가자마자 마누라를 쳐다보고 투덜댔다.

"대낮에 뭐 하러 문을 닫아?"

마누라가 이 말을 듣자 그보다 더 화를 낼지 누가 알았겠는가.

"밖에 비가 이렇게 심하게 오는데, 문을 닫지 않으면 집이 물바다가 되잖아?"

부칸은 더 이상 불평하지 않았다. 그는 이런 재수 없는 장마철에는 진의 모든 사람이 화가 나 있다고 생각했다. 부칸은 손에 든 우산을 아내에게 주고, 곧바로 소변보러 후원에 갔다. 부칸은 요 며칠 소변보러 갈 때면 셴싱하이의 〈이월에 오다〉가 생각나 늘 한두 마디를 흥얼거렸다.

이월에 와요, 좋은 경치,
집집마다 파종하느라 바쁘고
…

부칸 교장은 처음 몇 구절을 부르고 더 이상 부르지 않았다. 그는 마당에서 물이 고인 곳에 뚜렷하게 남아 있는 두 사람의 발자국을 발견했다. 발자국은 채소 밭 대나무 울타리를 돌아, 담 벽의 문짝 부근에서 없어졌다. 부칸이 몸을 숙여 자세히 관찰해 보니, 발자국의 크기로 볼 때 한 사람의 발자국은 남자의 구두 발자국이었다. 방금 마누라가 문을 열 때 보인 이상한 태도를 생각하니, 갑자기 마음이 무거워졌다.

"오늘 누가 왔었나?" 부칸은 방에 돌아와, 무심한 척하며 물었다.

마누라는 머리를 치며 말했다. "내가 하마터면 잊을 뻔했네. 오늘 아침에 어떤 사람이 왔었는데, 당신을 찾아온 것이 아니라…."

"그렇다면 그는 뒷문으로 들어왔나 보네!" 부칸이 시샘하는 투로 말했다.

"당신 코는 사냥개 코보다 더 예민하네." 마누라는 불쾌한 듯한 표정을 지었다.

"오늘 아침 잠자고 있는데 후원의 나무문을 두드리는 소리가 들려 나가 문을 열어 보니 양복을 입은 낯선 사람이 문밖에서 서 있었어. 우산도 없이 온 몸이 비에 젖었더라고. 내가 무슨 일이냐고 물으니까, 자기는 시(市)의 사립탐정소의 탐정인데, 추사오량을 찾으러 신쫭마을에 왔다고 하데."

"탐정?" 부칸은 긴장되었다. "그가 뭐라고 말했어?"

"별 말 없었어." 아내는 트림을 하였다. "우리 집에서 잠시 비를 피하고 갔어."

마누라의 말에 부칸은 며칠 전 어떤 일이 생각났다. 그는 마치 이 탐정의 출현이 그 일과 관련된 것 같았다. 그러나 머리가 텅 빈 듯, 아무 생각도 나지 않았다. 이 적막하고 기나긴 장마철에는 사람의 기억력에도 곰팡이가 끼는 모양이다.

3

정오가 되자, 태양이 두꺼운 구름 속에서 얼굴을 드러냈다. 온 세상이 엷은 황색을 띠었다. 비는 여전히 주룩 주룩 내리고 있었다. 사선으로 내리는 비의 장막은 작렬하듯 따뜻한 광선에 솜털 같은 빛을 띠면서 호숫가 검푸른 숲 속에 밝은 환영을 드리웠다. 신쫭 마을 일대에는 날씨 변화가 적지 않다. 그러나 축축한 비가 보름 이상 내리자, 신쫭마을 주민들은 장마 속의 햇빛을 날씨가 좋아질 조짐으로 보았다. 그들은 분분히 집에서 나와 장마가 곧 그칠 것 같다고 서로 말했다.

추사오량은 마당(天井)9)이 바라보이는 다락방에 앉아, 10일 후 혼례가 그에게 가져다줄 평안과 행복을 생각하고 있었다. 마을 울타리에 갑자기 나타난 태양빛은 의심할 바 없이 상서로운 분위기를 더했다. 햇빛은 선홍색 창틀을 통해 들어 와 방안의 모든 것을 암자색으로 만들었다.

마당 파인 곳에 누런 흙탕물이 고여, 목화와 천축나무 몇 그루의 줄기가 반쯤 물속에 잠겼다. 처마 밑에 있는 흰색 비둘기 집에 회색 비둘기 몇 마리가 구구구 하며 울며, 집 밖으로 나와 밝은 햇빛에 기름진 깃털을 말렸다.

한 달 전부터, 추씨 집은 큰아들의 혼사를 준비했다. 매실이 푸른 잎에서 서서히 익어 갈 때면, 좀처럼 보기 드문 큰비가 예상치 않게

9) 옮긴이 주 — 안채와 사랑채 사이의 마당.

내린다. 중국 강남10)의 작은 진에서 조용히 사는 사람들은 거의 매년 이런 늦은 봄의 비를 겪어야 했다. 그러나 추사오량은 긴 장마철이 준비 중인 혼례에 우울한 분위기를 만든다고 생각했다. 그의 어머니는 하루 종일 집안의 거머리와 유충(油虫)과, 집 모든 곳에 나는 곰팡이 냄새를 원망하였다. 그녀는 여러 번 추사오량에게 말했다.

"만약 결혼식 날에도 비가 그치지 않으면, 배 몇 척을 빌려 사돈집에 가서 혼례품을 가져와야 할 것 같다."

금년의 장마는 이처럼 길었다. 추사오량은 매일 몽롱한 졸음에 지쳐 날씨가 맑아지기만 기다리며, 아무 일도 하지 않았다. 그의 책상에는 아직 보내지 않은 청첩장과 초청장들이 쌓여 있었다. 혼인날에 초청된 손님들은 이 마을의 친척과 양반과 관리들 외에, 거의 반은 외지에서 오는 사람들이다. 손님 명단은 그의 부친 추화이런이 직접 정했다. 추사오량은 줄줄이 이어지는 명단 말미에 자기 친구와 학우들의 이름을 더했다. 추사오량은 큰비로 신챵에서 외부로 나가는 도로가 막혀, 진의 우편집배원이 이 청첩장과 초청장을 외지로 늦게 보내지 않을까 걱정하지 않을 수 없었다.

일꾼 몇 명이 마당의 배수구를 뚫고 있었다. 역겨운 악취가 코를 찔렀다. 추샤오량은 창문을 닫으려 했다. 그는 여동생이 마당의 복도에 나온 것을 보았다. 그녀는 헐렁한 잠옷을 입고 있었으며, 잠에서 막 깬 것 같았다. 그녀의 뺨에는 아직 침대의 등나무 자국이 남아 있었다. 그녀는 머리를 빗으며, 그에게 손을 천천히 흔들었다.

---

10) 옮긴이 주 ― 중국 양쯔강 이남 지역.

"오빠, 집에 손님 한 분이 오셨는데, 아버지가 오빠를 불러." 여동생이 말했다.

"알았다." 추사오량은 대답하고 창문을 닫았다.

그는 아직 마지막 그룹의 초청장을 다 쓰지 못했다. 오늘이 이미 5월 5일이니, 결혼식 날까지는 겨우 10일밖에 남아 있지 않았다. 오늘은 무슨 일이 있더라도 이 초청장을 다 써서 부쳐야 할 것 같았다. 초청장 쓰는 일은 본래 집안의 경리에게 맡겨도 됐다. 그는 평소 아주 신중하고 세심하게 일하며, 글씨도 잘 썼다. 추사오량은 이 일이 장마철의 적막함을 몰아내는 제일 좋은 방법이라 생각해 이 일을 떠맡았다. 그러나 이 일은 그가 예상했던 즐거움을 주지 않았다. 거꾸로 나중에는 정말로 귀찮은 일이 됐다. 그는 부친의 초청장 가운데 이름과 주소를 잘못 적었을 가능성 때문에 걱정했다.

추사오량은 초청장들을 편지 봉투에 넣고 보슬비를 맞으며 진의 우체국에 갈 때, 방금 여동생이 한 말을 까맣게 잊었다.

진의 우체국에는 평소처럼 사람들로 붐볐다. 이 우체국은 설립된 당일부터, 잡담하기 좋아하는 사람들의 집합장소가 됐다. 그들은 진의 곳곳에서 들은 뉴스나 사적인 비밀 또는 소문 등을 교환했고, 조금씩 수정하여 전파시켰다. 밖에 나가기 불편한 장마철에도 사람들은 집에 편안히 앉아서 진에서 발생한 모든 사건의 전말을 상세히 알았다.

추사오량은 우체국 문으로 들어가자마자 분위기가 평소와 다르다는 것을 느꼈다. 우체국 홀의 긴 의자에 둘러앉은 사람들 중에 추사오량이 잘 아는 사람들 외에, 낯선 사람들이 몇 명 끼어 있었다. 이 사람들은 서로 귀를 맞대고 무슨 일인가 의논하다가, 추사오량이 들어오는 것을 보자 모두 말을 멈추었다. 추사오량은 그들이 뭔가 자기에게 감추는 일이 있다고 어렴풋이 느꼈다. 그는 바로 우체국 카운터 앞으로 걸어가 크고 작은 편지봉투를 그 안에 있는 여직원에게 주었다. 그는 그녀의 안색이 그다지 좋지 않은 것 같아 의아했다. 어제 오후 편지를 보낼 때는 그에게 만면에 웃음을 지었으며, 편지를 받을 때 그의 손등을 만지기까지 했다. 추사오량은 피부가 서로 닿을 때 느낀 기묘한 감각을 아직도 기억할 수 있다. 신창초등학교 교장 겸 국어교사인 부칸 선생이 그에게 한 말이 생각났다.

"한 남자가 결혼할 때가 되면, 세상 모든 여자가 아주 미묘하게 변한다."

우체국 직원은 편지 무게를 단 뒤, 우표 한 다발을 성의 없이 그에게 건네고는 몸을 돌려, 한 남자 동료와 수다를 떨며 그를 한 번도 쳐다보지 않았다. 추사오량은 속으로 생각했다. 여자는 본래 잘 변한다고 하지만, 기나긴 장마철에는 그 마음을 더 알 수 없구나.

추사오량은 이번에는 지나칠 정도로 신중했다. 그는 초청장 하나하나를 봉투에서 다시 꺼내 주소와 날짜를 자세히 검토했다. 모든 것에 착오가 없다는 것을 확인한 뒤, 겉봉을 부치고 우체통에 넣었다.

추사오량이 큰 짐을 벗은 듯 숨을 한 번 크게 쉬고 우체국을 떠나려 할 때, 오늘 저녁에 매주 한 번 하는 포커 게임이 있다는 것이 갑자기 생각났다. 그는 진사무소의 왕 비서가 일주일간 지속되는 비 때문에 이 일을 잊지 않을까 걱정되어, 카운터의 다른 한쪽으로 걸어갔다.

"선생, 전화 한 통 합시다." 추사오량은 점잖게 교환직원에게 말했다.

"어디 거실 겁니까?"

"진사무소의 왕 비서."

교환직원이 곧바로 전화를 연결했다. 추사오량이 수화기를 들고 말을 하려고 할 때, 그의 어깨에 무거운 압력이 느껴졌다. 그가 몸을 돌려보니 건장한 중년남자가 차갑게 웃고 있었다.

"선생, 우리와 같이 가 줘야겠어." 그 사람이 그에게 말했다.

추사오량은 정신이 없었다. 그는 상황이 심상치 않다고 느꼈다. 사람들 속에 섞여 있던 낯선 사람들 몇 명이 동시에 일어나 그를 에워쌌다.

"너희들 뭐 하려는 거야?"

중년 남자가 주머니에서 증명서를 한 장 꺼내 추사오량의 얼굴 앞에 흔들었다. "우리는 신짱보안대 사령부 사람들이다. 당신을 체포한다."

추사오량은 무의식적으로 이마 앞에 늘어진 축축한 머리카락을 손으로 어루만지고, 양복 넥타이를 고쳤다.

"당신들은 분명 사람을 잘못 본 거야. 나는 추사오량이야."

그 사복 군인들은 서로 쳐다보았다. 추사오량의 말을 이해하지 못하는 것 같았다. 추사오량은 급한 가운데 한마디 더 보충했다.

"나는 추사오량이야, 추화이런 어른의 맏아들이라고. …"

그가 말을 다 하기도 전에, 선글라스를 낀 한 사람이 그에게 다가와 아주 세게 따귀를 두 번 때렸다.

"제기랄!" 선글라스를 낀 사람이 아주 자신 있다는 듯이 말했다. "이 어른이 잡을 놈이 바로 너야."

추사오량의 안경이 땅에 떨어졌다. 그는 얼굴에 화끈거리는 통증을 느꼈다. 목구멍에 피비린내가 솟구쳐 올라 토하고 싶었다. 우체국 홀에서 잡담하고 있던 진의 주민들은 약속이나 한 듯이 차가운 눈빛으로 그를 바라보았다.

추사오량은 아마도 신좡마을에 아무도 모르는 비상사태가 발생했는지 모른다고 생각했다. 아마도 보안대 안에 공산당이 출현했는가? 며칠 전 그의 부친 추화이런이 그에게 말한 적이 있었다. 신좡의 옆마을인 융좡(永庄)과 다썅(大巷)에 농민폭동이 일어나 폭도들이 부자를 때려죽이고, 빈민을 구제한다는 구호를 내걸고 간음과 약탈 등 별짓을 다한다고 했다. 지금 이 비 때문에 여름 양식을 수확할 수 없을 것이고, 그렇게 되면 신좡도 혹시….

추사오량은 그 사람들에게 문밖으로 끌려 나간 뒤, 벽돌 조각이 깔린 길을 따라 보안사령부로 끌려갔다. 그는 길 양측에 사람들이 길게 늘어선 것을 보았다. 그 사람들은 그가 체포될 것이라는 소식을 먼저 알고 있었던 같았다. 거리 입구에서 우산을 쓰고 그가 끌려오기를 기다리고 있었다. 구경꾼들은 성대한 결혼식 전에 신랑을 체포하는 장면을 감상할 수 있어 아주 즐거워하는 것 같았다.

신좡의 보안사령부는 호숫가의 버려진 정원에 세워졌다. 이곳은 과거 강남 일대에 명성이 높았던 자수(織繡) 왕 탄원창(譚運長)의 시골 별장이었다. 추사오량은 사령부 문 앞에 끌려왔다. 그는 이곳 분위기가 전과 전혀 다르다는 것을 알게 됐다. 허리에 소총을 찬 사복 군인과 일반 군인들이 문으로 들락날락하는 것을 보았다. 뜰 밖 큰길에는 오토바이가 시끄러운 엔진소리를 내며 지나갈 때마다 물을 튀기고 있었다.

추사오량은 사복 군인에게 집에 전화를 걸게 해 달라고 여러 차례 부탁했으나, 냉정하게 거절당했다. 결국 그는 남향인 작은 빈방으로 끌려갔다. 그 방은 어둡고 습기 찬 방으로 빗물이 복사뼈까지 찼다. 물 위에는 물에 흠뻑 젖어 부푼 종이가 몇 장 떠 있었다. 마치 저수지 같았다.

거의 두 시간이 지났다. 추사오량은 자기가 무슨 잘못을 했는지, 그들이 왜 자기를 여기로 끌고 왔는지 도무지 알 수가 없었다. 마찬 가지로 그는 또 그들이 자기를 어떻게 처리할지도 몰랐다.

창밖은 넓은 갈대밭이었다. 그는 갈대가 안개처럼 넓게 펴져 있는 호수 건너 희미한 산들과 계곡에 은백색 장막과 군용 천막으로 가려 진 대포들을 볼 수 있었다. 만약 일본군이 바다에서 상하이를 공격 할 경우, 이 산속에 숨어있는 주둔군이 일본군을 저지할 제 2방어선 이 될 것이다.

대략 오후 3시경, 추사오량은 처벅처벅 발소리가 화원을 지나 자기 있는 쪽으로 오고 있는 것을 들었다. 좀 지나자, 진사무소의 왕 비서 가 한 군관의 인도 아래 이 방의 철문 앞에 왔다. 군관이 주머니에서 열쇠를 꺼내 문을 열었다. 그는 추사오량에게 어색한 미소를 띠며 말 했다. "오해였다. 추사오량. …"

군관의 가벼운 사과에 추사오량은 불쾌했다. 오늘 오후에 당한 억 울한 누명이 이런 인사치레 말로 해소될 리 없었다. 그는 왕 비서의 뒤를 따라 반은 밝고 반은 어두운 긴 복도를 지나 옥외의 푸른 풀밭에 다다랐다.

"그들은 무슨 근거로 날 잡았대?" 추사오량은 한시도 지체할 수 없 어 물었다.

"보안대에서 사람을 체포하는데, 무슨 이유가 필요한가?" 왕 비서는 자조적으로 반문했다.

"이 재수 없는 장마철에는 무슨 일이든 발생할 수 있어."

"진에 도대체 무슨 일이 발생했어?"

"지금까진 아직 불투명해." 왕 비서는 심각하게 말했다. "소식통에 의하면, 일본 공군이 어제 저녁 메이리 마을을 공습했다더군."

"⋯."

둘이 진사무소 근처에 갔을 때, 왕 비서가 추사오량에게 작별 인사를 했다. "난 진사무소에 아직 할 일이 남아 있어. 전송하지 못해 미안하네."

왕 비서가 앞으로 몇 걸음 간 뒤 갑자기 몸을 돌렸다. "오늘 저녁 8시에 너희 집에서 포커 치기로 한 것 잊지 마."

4

   진장은 신속하게 보고받았다. 오늘 오전 지프를 타고 신좡마을에 온 그 외지인은 조사결과, 시(市)에서 온 사립탐정으로 판명되었다.

   진의 목격자들이 제공한 정보들에 의하면, 이 사람은 30세 전후이고, 신체는 보통이고 양복을 잘 차려 입었고 손에 권총을 쥐고 있었다. 진장은 본래 편두통 때문에 이 일에 관여할 생각이 없었으나, 사건이 전개됨에 따라 관여하지 않을 수 없었다. 진사무소에 이 사람의 행적에 대한 비밀 보고가 연이어 접수됐다. 이 맹목적인 밀고자들이나 미행자들이 진술한 사실은 큰 차이가 있었다. 어떤 점들은 서로 모순되기도 했다. 진장은 이러한 모순된 상황을 종합하고 판단하기 전에, 진 주민들의 호기심과 과장하기 좋아하는 습관을 반드시 고려해야 했다. 또한, 보름 동안 계속해서 내린 비로 진의 주민들의 감각에 서로 다른 편차가 발생했다는 날씨 요소를 반드시 고려해야 했다.

   제일 먼저 탐정을 본 사람은 이 진의 절 백거사의 벤지 스님이다. 그는 새벽에 잠을 자다 꿈결에 붕붕거리는 지프 엔진소리를 들었다. 백거사는 강남 일대에 명망이 대단해, 벤지 스님은 이 사람이 외지에서 향 불공을 드리러 온 신도인 줄 알았다. 그가 옷을 입고 신도 맞을 준비를 하는데, 이 젊은이는 벌써 지프에서 내려 권총을 들고 차를 두 번 돈 뒤, 차 문을 닫고 절 밖 담을 돌아 진을 향해 걸어갔다. 벤지 스님은 정신을 수련하고 욕심을 절제하는 평소 모습과는 그다지 어울리지 않는 호기심으로 한참 동안 그를 따라갔다. 그는 이 탐정이 신좡소학교 교장 겸 국어교사인 부칸 선생님의 집에서 갑자기 멈춘 것을 발견했다. 이 탐정은 먼저 정원 담 밖에 나와 있는 은행나무 가지를 자세히 살피고 주위를 돌아본 뒤, 후문의 나무대문을 두드렸다.

벤지 스님의 묘사는 진장의 경각심을 불러일으켰다. 부칸은 북쪽 사람이다. 그는 타오싱즈(陶行知)11) 선생의 주장에 호응하여 신챵으로 와서 실험학교를 창립했다. 이 때문에, 진에서 그의 신분이 가장 복잡했다. 그의 행동도 특이하고, 스스로 고상한 척하여 가끔 추화이런의 큰아들과 바둑을 한두 판 두는 것 이외에 다른 주민들과 거의 왕래하지 않았다.

"이 탐정이 부칸 교장 집에 족히 두 시간은 머물렀습니다." 부칸의 이웃인 한 중년 여성이 벤지 스님의 말을 이어 계속 말했다. "오늘 오전 제가 집밖의 울타리에서 배수구를 청소할 때, 이 건장한 남자가 부칸 교장의 집 정원으로 들어갔어요. 그때 부칸 교장은 학교에서 수업을 하고 있었어요. 그의 아내는 평소 진에서 음탕하기로 유명한 여자로 남자만 보면 넋을 잃어요. 생각해 보세요. 남녀가 한방에서 무슨 좋은 일을 하겠어요? 게다가 밖에는 비가 그렇게 오는데. …"

이 여인이 관심 갖는 것은 탐정 신분이나, 그가 비를 맞으며 신챵에 온 목적이 아닌 것 같았다. 그녀가 흥미를 느끼는 것은 남녀의 섹스 스캔들이었다. 진장이 그녀의 말을 제때에 저지했지만, 그녀의 노골적인 표현으로 진사무소에 있던 사람들이 한바탕 웃었다.

바로 이때 진사무소의 왕 비서가 낡은 자전거를 끌고 문밖 나무숲

---

11) 옮긴이 주 — 陶行知(1891~1946) : 중국의 교육가. 1914년 도미하여 듀이에게서 수학하였다. '생활교육이론'이 그의 핵심적 교육사상이다. 어린 학생을 가르치는 교사를 육성하는 방법을 창안하였다.

에 나타났다. 그는 심각한 표정으로 방에 들어와 곧바로 진장 옆으로 가서, 그의 귀에 대고 무슨 말을 속삭였다. 진장이 잠시 놀란 표정을 지은 뒤 그를 향해 알았다는 듯이 손을 흔들었다.

뒤이어 신좡약국의 경리가 다른 단서를 제공했다. 이 양복을 입은 탐정이 정오 경 약국에 왔다. 당시 흐린 하늘에 갑자기 해가 밝게 비추었으나, 비는 끊임없이 내렸다. 가게 점원은 며칠 동안 아무 소리를 내지 않던 매화나무 새가 집 밖 울타리에서 시끄럽게 지저귀는 소리를 들었다. 그가 햇빛을 쬐려고 문밖에 나가는데, 맞은편에서 오던 탐정과 정면으로 부딪쳤다. 이 탐정은 그의 약국에서 인삼 6갑, 웅담 1쌍, 호골(虎骨) 소홍주 2병, 그 외에 나무상자를 샀다.

"권총을 허리에 찬 탐정이 큰비가 내리는데도 불구하고 시(市) 어디서나 볼 수 있는 약재를 사기 위해 천리나 먼 신좡에 왔다는 것은 바보라도 믿지 않을 것입니다."

경리는 진장에게 이렇게 의혹을 표시하고 그의 간략한 보고를 마쳤다.

마지막으로 진사무소에 와 정보를 제공한 사람은 진의 염색집 주인이었다. 신좡초등학교에서 공부하는 아들이 그와 같이 왔다. 남자아이가 전한 정보는 그 탐정의 행적에 관한 것은 아니었으나 가치가 없는 것도 아니었다. 진장은 열 살밖에 되지 않은 남자아이의 예민한 관찰력에 감탄했다. 오늘 오전 둘째 시간에 교장인 부칸은 매우 긴장돼 보였으며, 머리가 헝클어지고 입술이 검어지고 말을 뒤죽박죽 했었다고 한다. 또한 여러 차례 멈춰서 한숨을 쉬고 눈길을 어디에 둘지 몰라 했으며 교과서를 든 손은 끊임없이 떨렸다고 했다.

그의 부친이 보충해 말했다. "만약 학교의 다른 교사가 이런 모습을 보였다면 아마도 수면이 부족하거나 혹은 몸 컨디션이 좋지 않았기 때문일 것입니다. 그러나 부칸 교장은 30년 교육경력 있는 교사로 평소 강의할 때 사고가 아주 조리 있고 의관이 단정했었습니다. 이번에 그에게 아마도 어떤 특별한 일이 있었는지 모릅니다. 탐정이 마을에 왔고 또 부칸 교장의 집에 갔다는 이야기를 듣고, 우리 개똥이가 제공한 정보가 아마도 진장님에게 도움이 될 것 같았습니다."

염색집 주인은 말을 다 하고, 간절한 눈빛으로 진장을 쳐다보았다. 진장이 바로 그의 열성과 경각심을 높게 평가하자, 두 부자는 만족하여 진사무소를 떠났다.

진장은 자기 머리에 온갖 쓰레기가 뒤죽박죽 섞인 것 같았다. 아무리 생각해도 두서를 잡을 수 없었다. 일본군이 메이리 마을을 공습하고, 탐정이 출현하고, 부칸의 이야기와 추사오량이 체포되고…. 그는 손가락을 꼽으며 아침부터 오후까지 신쾅마을에 발생한 모든 것을 세어 보며, 그들 사이의 관계를 찾아내려 노력했다.

잠시 지난 뒤, 진장은 의자에서 일어나 진통제 몇 알을 먹고 왕 비서가 건네주는 뜨거운 물수건을 받아 이마 위에 올려놓았다.

"왕 비서, 자네 내 명함을 갖고 보안사령부에 가서, 먼저 추사오량을 석방시키게." 진장이 말을 하면서 문 옆에 있던 종이우산을 들었다.

"어디 가시렵니까?" 왕 비서가 물었다.

"부칸 교장 집에 한번 가 보려 하네."

진장이 부칸 교장 집에 갔을 때, 학교는 아직 끝나지 않았다. 교장 부인은 집에서 바느질을 하고 있었다. 진장이 온 것을 보고, 오랜 비에 지친 교장 부인은 얼굴에 즉각 홍조를 띠었다. 그녀는 진장에게 말했다. 장마가 오기 시작한 날부터 집 문밖을 나간 적이 없어 몸에 곰팡이가 낄 것 같아요. 그녀는 이 말을 할 때 소화가 안 돼 딸꾹질을 몇 번 했다.

"누가 아니랍니까." 진장이 장단을 맞추었다. "장마가 시작된 뒤부터, 난 매일 꿈을 꾸는 것 같습니다."

"연애하는 꿈은 아니겠지요?" 교장 부인은 생긋 웃었다. "어제 저녁 말거머리 한 마리가 내 바지통을 뚫고 들어가는 꿈을 꾸었어요."

교장 부인이 말한 꿈 이야기가 사실이라도, 진장은 그녀의 말 속에 분명히 유혹하는 뉘앙스가 있다는 것을 감지했다. 비가 비스듬하게 내려 열어 놓은 문짝을 통해 스며들었다. 청신한 푸른 풀 향기가 들어왔다. 그 중에는 비둘기똥 냄새도 섞여 있었다. 외지에서 온 이 여자는 이미 30세가 넘었으나, 몸은 여전히 처녀 같았다. 진장은 그녀의 치파오(중국식 치마) 밖으로 드러난 풍만한 허벅지의 흰색 피부를 뚫어지게 바라보았다.

"밖에 비가 저렇게 많이 오는데, 진장님이 직접 오셨으니 분명 급한 일이 있는 모양입니다?"

"별일 없습니다." 진장이 말했다. "지나가다 잠시 비를 피하려고."

"내가 대문을 닫겠습니다." 교장 부인이 살며시 말했다. "그러지 않으면 집이 물바다가 될 것 같습니다."

"닫지 마십시오." 진장이 웃었다. "교장이 곧 돌아와 대문이 닫혀 있으면, 혹시 의심할지 모릅니다."

아마도 집밖의 비바람 소리가 너무 커서인지, 교장 부인은 진장의 말을 제대로 듣지 못한 것 같았다. 그녀는 문 쪽으로 곧바로 걸어가 대문을 닫고 문고리를 걸었다.

집 안이 갑자기 어두워졌다. 진장은 한동안 교장 부인의 얼굴을 볼 수 없었다. 그녀의 몸에서 풍기는 과일 향기가 은은히 파고들자, 진장은 심장이 쿵쿵 뛰지 않을 수 없었다.

교장 부인은 원래의 나무의자로 돌아와 앉았다. 집게로 바늘함에서 바늘 하나를 꺼냈다. 그런 뒤 실을 바늘에 꿰려 했다. 장마철이라 실이 눅눅해져, 그녀가 아무리 해도 실을 바늘구멍에 꿸 수 없었다.

"내가 꿰어 보지요." 진장이 일어났다.

"할 수 있어요?" 교장 부인이 그를 보고 웃었다.

"더 작은 구멍에도 집어넣을 수 있어요." 진장은 자기 목소리가 떨리고 있다는 것을 느꼈다.

"허풍 떨지 마세요." 교장 부인은 부드럽게 말했다. "내 바늘구멍은 특별해서 …."

진장은 허둥지둥 그녀 옆으로 다가가 그녀 옆에 앉았다. 교장 부인은 이미 숨을 헐떡이기 시작했다. 진장은 그녀의 손에서 실을 받지 않고, 손을 그녀의 어깨에 올렸다. 교장 부인의 몸은 전율했다. 이어 그의 손은 그녀의 가슴으로 옮겼다.

"빨리 들어와요!" 교장 부인이 낮은 목소리로 재촉했다. "좀 있으면, 학교 수업이 끝나 부칸이 돌아와요."

그녀의 말에 진장은 놀랐다. 진장도 평소 신창에서 풍류를 즐겼지만 그녀처럼 이렇게 노골적으로 말하는 여자는 처음 보았다. 진장은 속으로 말했다. "부칸, 제기랄, 이번 일은 내 탓만이 아니다."

진장과 교장 부인이 침실로 가, 그가 막 그녀의 치파오 아래를 들추려 할 때 학교를 파한 부칸 교장이 집 밖에서 문을 두드렸다.

"두드리라고 해요, 신경 쓰지 말아요!" 교장 부인은 조급하게 말했다. "먼저 몇 번 하고 봐요."

진장은 그래도 진장다웠다. 그는 여인의 간절한 애원을 아랑곳하지 않고 재빨리 침대에서 내려와 옷을 입기 시작했다.

본래 교장 부인이 문을 열기 전까지 후원으로 도망칠 시간이 충분했다. 그러나 당황한 나머지 진장은 길을 잘못 들었다. 그는 방에서 혼자 뱅뱅 돌다 옷장을 열고 들어갔다. 교장 부인은 상황이 어쩔 수 없게 되자 옷장 문을 닫았다.

나프탈렌 냄새 때문에 진장은 재채기를 하지 않을 수 없었다. 그는 교장 부인이 나막신을 끌고 밖으로 나가 문 여는 소리를 들었다.

"대낮에 문을 닫고 뭘 하는 거야?" 진장은 부칸이 묻는 것을 들었다.

"밖에 비가 이렇게 많이 오는데, 문을 닫지 않으면 집이 물바다가 되지 않겠어?"

진장은 교장 부인이 이렇게 말하는 것을 듣고 안도의 한숨을 길게 쉬었다. 부칸은 더 이상 아무 말도 하지 않았다. 진장은 그의 발소리가 후원으로 가는 것을 들었다. 얼마 있지 않아 그는 부칸 교장이 후원에서 셴싱하이의 〈이월에 오다〉를 노래하는 것을 들었다.

"오늘 누가 왔었어?" 부칸이 방에 돌아와 무심히 물었다.

"하마터면 잊을 뻔했네. 오늘 아침에 누가 왔는데, 당신 찾는 사람은 아니야."

"그럼, 그가 후원에도 들어왔나 보네?" 부칸은 시샘하듯 말했다.

"당신 코는 사냥개보다 더 예민하네!" 교장 부인이 말했다. "오늘 아침 아직 자고 있는데, 후원의 나무문 두드리는 소리를 들었어."

진장은 귀를 쫑긋 세웠다. 그는 교장 부인이 내키지 않는 듯한 어조로 계속 말을 이어가는 것을 들었다.

"문을 여니, 양복을 입은 낯선 사람이 문밖에 서 있었어. 그 남자는 우산을 쓰지 않아 온몸이 비에 젖었어. 내가 무슨 일이냐고 물었지. 그는 자기는 시(市)의 사립탐정소 탐정인데, 추사오량을 만나러 신좡마을에 왔다고 말하던데."

"탐정?" 부칸은 중얼거렸다. "그가 뭐라고 했어?"

"다른 말은 하지 않았어." 교장 부인은 트림을 했다. "그가 잠시 집에서 비를 피한 뒤 갔어요."

이 탐정이 뭘 하러 추사오량을 만나려 했을까? 진장은 옷장 속에서 웅크리고 앉아 이유를 생각했으나 알 수 없었다. 그러나 그는 이 일을 더 이상 자세히 생각하지 않았다. 여전히 오늘 절호의 기회를 놓친 것을 원망하고 있었다. 개 같은 부칸, 조금만 늦게 왔으면 이 어른이 네 것을 차지했을 텐데….

"옷이 비에 젖었으니, 옷장에 가서 갈아입을 옷 좀 갖다 줘." 부칸이 말했다.

교장 부인이 놀라 잠시 말을 멈추었다가, 장난하듯 부칸에게 말했다. "난 밥하러 부엌에 가야 하니, 당신이 가서 찾아봐."

진장은 자기 귀가 잘못된 것은 아닌지 의심했다. 그는 이 여자가 왜 이 결정적인 순간에 이런 말을 하는지 알지 못했다. 늦은 봄에 끊임없이 내리는 비 때문에 진의 모든 사람의 행동이 이상해진 것 같았다. 그가 이런 황당한 상황에 어떻게 대처해야 할지 생각하기도 전에, 부칸 교장은 벌써 침실에 들어와서 옷장 문을 열었다.

진장은 히죽이 웃으며 옷장에서 나와, 놀라 자빠져 있는 부칸에게 말했다. "안녕하시유, 교장 선생."

5

등을 켤 시간이 되었으나, 백거사의 주지 벤지 스님은 평소와 달리 불당에 가서 새로 온 스님에게 불경을 강술하러 가지 않고, 등불을 들고 혼자서 절 문을 나와 진의 사립진료소를 향해 걸어갔다.

그는 배가 이상하게 아파 삼일 동안 계속 설사를 했다. 그는 장마 때문에 자기의 내장에 녹색 털이[12] 자라나지 않나 의심했다. 암홍색 등불이 다리 아래서 소리 내며 흐르는 물을 밝게 비추었다. 먼 곳의 집과 수목이 암흑 속에 갇혀 있었다. 다만 간혹 하늘에서 번개가 칠 때면, 진 외곽의 흐릿한 호수와 높게 걸려 있는 어망과 호수에 정박된 삼판선이 보였다.

비는 이미 확실히 잦아졌다. 거리는 텅 비고, 인기척 하나 없었다. 평소 낯익은 거리가 보슬비 자욱한 밤이 되자 완전히 다른 모습이었다. 양쪽에 비스듬히 서있는 나무 난간과 점포가 그의 눈에 낯설고 아득히 멀게 보였다. 음산한 찬바람이 불어오자, 그는 소름이 끼쳤다. 그는 기이한 일이 진의 한 모퉁이에서 아무도 몰래 발생할 것 같

---

12) 옮긴이 주 ─ 중국에서 어떤 신선이 득도한 뒤 몸에서 녹색 털이 났다는 말이 있다.

았다.

일 년 사계 중에서, 유독 봄만 되면 구름이 떠다니고 안개가 몸을 휘감는 환각을 느끼곤 했다. 봄날의 밤에는 마음을 가다듬고 수행하는 출가자도 사념의 욕망이 하루하루 커져, 오랜 세월 어렵게 수행한 공을 하루아침에 무너뜨리기도 한다. 봄날은 날씨 변화가 무상해 해가 밝게 빛나다가도 잠시 후면 비가 내린다. 수목은 신비하게 변하고 사람의 느낌은 누에 실처럼 섬세하게 바뀐다.

벤지 스님은 진사무소 부근에 있는 갈대 가득한 연못가를 지났다. 그는 멀지 않은 곳에 있는 사당에서 등불이 비치는 것을 보았다. 사당의 대문이 열려 있었다. 문 앞의 돌사자는 빗물에 젖어 있었고, 석류나무는 바람에 싸—싸 하는 소리를 냈다. 부칸 교장이 아마도 추화이런의 큰아들과 바둑을 두는 모양이었다. 벤지 스님은 최근 부칸 교장은 아내의 추문으로 망신을 당한 뒤, 종종 집에 돌아가지 않고 이 쇠락한 사당에서 밤새워 책을 보든가, 사람을 불러 바둑을 두며 무료한 세월을 보낸다는 소식을 들었다. 벤지 스님은 부칸 교장을 놀리려 이렇게 말했다. "인간 세상의 고통은 모래처럼 많으니, 세속을 뛰어넘어 불문(佛門)에 귀의하는 것이 낫습니다."

벤지 스님이 사당 문을 지날 때, 한 여인의 비명소리가 울창한 나무숲을 뚫고 적막한 밤하늘에 희미하게 들려왔다. 그는 발걸음을 늦추고 귀를 기울여 듣지 않을 수 없었다. 연이어 비가 나뭇잎을 때리는 소리와 바람이 우는 소리가 함께 들렸다. 그 울부짖는 소리는 낯익은 소리였다. 벤지 스님의 눈앞에 어여쁜 여인의 얼굴이 떠올랐다. 이 여인들의 모습은 지금과 같은 적막한 우기에는 아무도 몰래 그의 꿈에 자주 나타난다.

벤지 스님은 살며시 등불을 껐다. 그는 그 여인의 울음소리가 사당에서 들린다는 것이 믿을 수 없었으나, 그래도 들어가서 사실을 알아보기로 결정했다.

그는 몰래 사당으로 들어갔다. 마당에 있는 석정(石井) 상록수가 짙은 향기를 내뿜었다. 나무 옆에는 썩어 못 쓰는 나무탁자가 있었다. 그 위에는 미황색의 꽃잎들이 가득 흩어져 있었다. 벤지 스님은 마침내 그 불빛이 부칸 교장의 사무실에서 흘러나온다는 것을 알게 됐다. 불빛은 문밖 텅 빈 긴 복도와 처마에 달린 종을 비추고 있었다.

벤지 스님은 살며시 창 아래까지 갔다. 빗물이 흘렀기 때문에, 얇은 창호지 몇 군데가 물에 젖어 찢겨 있었다. 그는 조금 발돋움을 해야 방 안의 모든 것을 볼 수 있었다.

신좡 마을의 쌀가게 주인 마이 씨의 딸 마이훙이 방 안의 나무 기둥에 두 손이 뒤로 묶여 있었다. 그녀의 입은 헝겊으로 틀어 막혀 있었다. 오늘 아침 진에 온 그 탐정이 옆에서 팔짱을 끼고 서서 흥미진진한 양 소용없이 발버둥치는 마이훙을 바라보고 있었다.

벤지 스님은 흥분을 참기 힘들어 거의 소리를 지를 뻔했다. 신좡초등학교 교장 겸 국어교사 부칸이 가위를 들고 찰각찰각 소리를 내며 마이훙에게 다가간 뒤 탐정에게 비밀스럽게 눈을 깜박거렸다. "이년이 지금은 이렇게 사납게 발악하지만, 잠시 후면 나긋나긋하게 될 거야."

부칸이 먼저 마이훙 가슴 앞의 단추를 잘랐다. 풍만한 두 유방이 굴러 떨어졌다. 부칸은 그 중 하나를 손으로 무게를 쟀다. 얼굴에 만족스런 웃음을 띠었다.

"모과처럼 묵직한데." 부칸이 탐정에게 말했다.

이어서 부칸은 그녀의 두 바지통을 가위질했다. 벤지 스님은 마이홍의 왼쪽 다리에 깨알 정도의 붉은 반점이 있는 것을 보았다. 그것은 마치 물벌레나 말거머리가 물어 생긴 상처 같았다. 그 붉은 반점을 따라 위로 올라가다가, 벤지 스님은 마침내 사람에게 쾌락을 주는 검은 털 숲을 보았다. 잠시 후 팔뚝과 두 겨드랑이 이외에 마이홍의 몸 전체가 하나도 남김없이 노출됐다.

"우리의 계획은 완벽한 것 같아." 탐정은 득의양양하게 소녀의 풍만한 육체를 가까이서 관찰하고 있었다. 벌써 십 년 전부터, 그는 오늘을 기대하고 있었다.

마이홍은 여전히 죽어라 온몸을 버둥거렸다. 벽의 석회가 주르륵 흘러 떨어졌다. 부칸은 여전히 조심스럽게 나머지 옷을 가위질했다.

"우리 계획이 성공할 수 있었던 것은 강남 일대의 장맛비 때문인 것 같아." 부칸이 말했다. "장마 계절에는 개미도 잠잔다고 하잖아."

부칸은 이내 옷 벗기는 임무를 완료했다. 그는 다소 숨을 헐떡이는 것 같았다. 탐정은 병풍 옆에 있던 나무 탁자에서 면도칼을 집어 들고 마이홍에게 다가갔다.

빨리 이곳을 떠나 이 일을 진장에게 보고해야 할 것 같다고 벤지 스님은 속으로 생각했다. 만약 진장이 나중에 내가 알면서도 보고하지 않았다는 것을 알게 되면, 아주 심한 벌을 내릴 것이다. 벤지 스님은 진장의 성장과정을 안다. 쓰레기나 줍던 어린 깡패가 진장처럼 높은 자리에 오르고 십여 년 동안 신챵 마을을 통치하는 것은 완전히 물

샐 틈 없는 정보망 덕분이다. 그가 진장의 자리에 오른 뒤 진에 적어도 백여 명의 밀고자를 확보하고 있다. 벤지 스님은 그가 주지라는 것을 증명하는 도첩 때문에 밀고자가 됐다. 아무 일이 없을 때도 진장은 평소대로 은전을 지급했다. 그러나 바람이 불면 풀이 움직이듯 아주 작은 일이라도 발생하면, 진에서 발생하는 모든 것이 순식간에 그에게 보고된다. 한 번은 진장이 신좡을 시찰하러 온 군 감독에게 자랑했다. "신좡의 모든 집이 훤합니다. 공산당은 말할 것도 없고, 진에 바늘 하나 더 생겨도 내 눈에서 벗어날 수 없습니다."

벤지 스님이 사당을 떠나 지금 벌어지는 일을 진장에게 보고해야 하나 여부를 고민하고 있을 때, 이어 출현하는 장면을 보고는 그럴 필요가 전혀 없음을 알게 됐다. 왜냐하면 진장 본인이 담배를 입에 문 채 찻잔을 들고 병풍 뒤에서 나타났기 때문이다.

"일이 어떻게 진행되는가?" 진장은 만면에 웃음을 띠고 마이홍 앞에 다가가, 그녀의 엉덩이를 손바닥으로 한 번 쳤다.

"모든 게 순조롭습니다." 부칸이 공손하고 은밀하게 웃었다.

진장은 만족한 듯 고개를 끄덕였다. 그는 손에 들고 있는 찻잔을 부칸에게 건네주고, 넓은 옷소매를 걷었다. 벤지 스님은 놀랐다. 그는 진장 얼굴에 웃음이 갑자기 사라지고 흉악한 표정을 짓는 것을 발견했다. 그는 몸을 돌려 부칸의 따귀를 때렸다. 탐정은 너무 놀라, 뒤로 몇 걸음 물러나 그를 멍청하게 바라보았다.

"이 쓰레기 같은 놈들!" 진장은 차갑게 웃었다. "문밖에 중이 있는 것도 알지 못하나!"

벤지 스님이 어두운 불당에서 깨어났을 때, 날은 이미 황혼이었다.

그는 자기 바지 속이 끈적끈적하다는 것을 느꼈다. 입에서 흘린 침이 가슴 부분의 법복까지 적시었다. 벤지 스님은 오늘 오후 진사무소에서 돌아온 뒤, 정수당(靜修堂)에 와서 경을 읽다가 창밖의 빗소리 때문에 바로 잠들었고, 잠시 후 책상에 머리를 대고 깊게 잠들었음을 어렴풋이 기억했다.

새로 절에 들어온 스님 몇 명이 옆에서 무표정하게 벤지 주지를 바라보고 있었다. "사부님, 혹시 꿈을 꾸지 않으셨어요?"

"실패했구나." 벤지 스님이 탄식했다.

스님들은 서로 바라보며 어리둥절해 했다. 벤지 스님은 낙담한 듯 보충해 말했다. "내가 백거사에서 30여 년을 수행했는데, 아직도 꿈에 이토록 속된 사념이 가득하니, 내 일생 노력이 헛되었구나."

6

오월 사일 저녁 무렵, 초등학교 교장 부칸은 수업이 끝난 뒤 교무실로 돌아왔다. 음악교사 돤샤오푸는 여전히 창문 옆에 서서 퉁소를 불고 있었다. 아득한 퉁소 소리는 사무실 밖에서 요란하게 들리는 폭우 소리를 아주 아득하게 만들었다.

부칸은 나무창의 창호지가 물에 젖어 찢어지고, 빗줄기와 매화의 신 냄새가 남풍에 실려 와 방 안 책상에 있는 강의록을 적시는 것을 발견했다. 부칸은 서랍에서 오래된 신문을 꺼내 창문에 붙이려 했다.

부칸은 희미하게 기억나는 것 같았다. 이 신문은 일본 점령지에서 고통당하는 친구가 동북지역에서 보내온 것이다. 신문에 린펀(臨汾: 지역명)이 일본군에게 함락됐다는 소식이 실렸다. 신문 제4면에 실린 2천 자(二千字)가 안 되는 작은 뉴스가 부칸의 시선을 끌었다.

이름을 밝히지 않은 기자의 분석에 근거하면, 일본군이 하루 만에 린펀을 점령한 것은 일본 공군이 사전에 린펀 산악지역에 숨어 있던 29사단에 치명적인 폭격을 가했기 때문이다. 이 기습 폭격은 중국 주둔군의 정보가 유출되었기 때문이 아니라 완전히 의외의 사건 때문이었다. 일본군 정찰기가 본래 산악지역에 살던 두루미들이 갑자기 사라졌다는 것을 발견했고, (일본군)작전과는 조류가 대규모로 이동한 것으로 보아 중국군이 바로 그 일대에 집결해 있을지도 모른다고 의심했던 것이다. 일본군의 폭격은 분명 시험적인 것이었으나, 중국 주둔군은 엄청난 사상자를 냈다.

"불가사의한 일이다." 부칸은 혼자 중얼거렸다. 철새떼가 전쟁의

향방을 바꾸다니.

"뭐가 불가사의합니까?" 돤샤오푸의 퉁소가 갑자기 멈추었다. 그는 교장에게 다가갔다. 그의 손에서 신문을 건네받아 열심히 보았다.

"상상할 수 없는 일이다." 돤샤오푸는 얼굴에 놀란 표정을 지었다. "올해는 정말 이상한 일도 많네."

"그러나," 부칸 교장이 말했다. "봄가을, 두 계절에 새들이 대규모로 이동하는 것은 순전히 자연현상이다. 새들은 깃털로 공기의 온도 변화를 느끼면 서식처를 옮길 가능성이 있어."

"사람도 그렇지요." 돤샤오푸가 맞장구쳤다. "사람도 장마나 보름달 밤에는 마찬가지로 터무니없는 생각을 하게 됩니다."

그들이 이야기하고 있을 때 추사오량이 문을 열고 들어왔다. 그는 부칸하고 바둑을 두려고 온 것이다. 돤샤오푸는 얼른 천리 밖 신문을 추사오량에게 건네주며 말했다. "추 도련님, 이 신문 좀 보세요."

추사오량은 이때 골치 아픈 일로 시달리고 있었다. 그는 돤샤오푸를 거들떠보지도 않고 방 안의 등나무 의자에 힘없이 앉았다.

"신문을 집에 갖고 가서 아내에게 보여줘야지." 돤샤오푸는 문가에서 검은 우산을 들고 집에 돌아가려 했다. 그는 입으로 이렇게 말했으나, 속으로는 전혀 다른 일을 생각했다. "만약 이 소식을 지명만 바꿔 진사무소의 왕 비서에게 통지하면, 계집애 같은 이 친구 아마 혼비백산할 거야."

돤샤오푸가 나간 뒤 부칸과 추사오량은 평소처럼 차 탁자에다 바둑판을 올려놓고 바둑에 몰두했다.

16수까지 두고 부칸 교장이 머리를 들어 추사오량을 쳐다보았다.

"사오량, 자네 무슨 걱정이 있는 것 같아." 추사오량이 탄식한 뒤 손에 든 바둑알을 바둑통에 넣었다.

"그놈의 재수 없는 초청장 때문이지."

"초청장?"

"사실은," 추사오량이 해명했다. "삼일 전에, 시(市)의 한 사립탐정소에서 근무하는 동창에게 이번 달 15일에 신좡에 와 내 결혼식에 참가하라는 초청장을 보냈어."

"초청장?"

"그게 무슨 문제야?"

"그 초청장의 날짜를 내가 잘못 쓴 것 같아 걱정이야." 추사오량이 말했다. "내가 5월 5일로 쓴 것 같아."

"5월 5일이면 바로 내일이잖아." 부칸 교장이 생각에 잠긴 듯 문밖에서 비를 맞고 있는 파초를 보았다.

"장마가 모든 것을 엉망으로 만들었어." 추사오량이 원망하듯 말했다. "시(市)에서 오는 그 친구가 내일 허탕 칠 것 같아."

— 1994년

88

깡디스 산맥의 유혹

岡底斯的誘惑

마위엔 馬原

      * * *

믿든지 말든지 당신들 마음이다.
사냥 이야기란 본래 믿으라고 강요할 수
없는 것이다.

           − 라겔뢰프 (Lagelöfe)

1

이렇게 늦게 찾아오면 네가 욕할 것을 안다. 욕해도 어쩔 수 없다. 이번에는 무슨 일이 있더라도 너를 만나야 한다. 욕먹을 줄 알고 왔다. 도대체 문을 열 것이냐 아니냐? 어?! 비가 오잖아. 거짓말이 아니다. 창문 앞으로 와서 들어 봐. 내가 오줌 누는 소리가 아니다. 오줌을 이렇게 오래 눌 수 없지 않냐? 아이 참, 좀 일어나 봐. 정말 중요한 일이야. 세상에서 제일 중요한 일이고, 제일 큰일이다. 문을 빨리 열어라. 몸이 다 젖었다. 오들오들 떨고 있다. 잠자는 척하지 마라. 내가 자전거를 세운 뒤에 네 (방안) 등불이 꺼졌다. 내가 또 찾아 온 것을 넌 알고 있다. 너를 귀찮게 하려는 것이 아니다. 정말로 중요한 일이 있다. 정말이다.

나도 방금 들은 일이다. 듣고 잠이 오지 않았다. 난 속이 떨릴 정도로 흥분됐다. 이 일은 너무 중요한 일이다. 비 오는데 밖에 서서 문에 대고 말할 수는 없지 않느냐. 남이 듣는다. 누가 일부러 헛된 말을 하겠느냐?! 너를 속이면 내가 사람이 아니다. 아이 참! 서른 살이 넘은 사람이 맹세하는데, 뭘 또 생각하는가? 내가 솔직히 말하겠다. 내 탐험대에 널 참가시키려는 것이다. 내가 팀을 짜고 팀장을 맡으며, 고문이 한 명 있다. 우린 총 몇 자루와 좋은 사진기 두 대 그리고 배짱 좋은 사나이 몇 명이 필요하다. 너를 처음으로 생각했고 처음으로 초대하는 것이다. 난 네가 배짱 있다는 것을 안다. 너와 네 동생의 그 놀랄 만한 이야기를 들은 적이 있다. 루까오(陸高)는 의협심 강한 남자들의 우상이다. 내가 네 앞에서 널 치켜세우는 것을 봐라. 난 본래 이런 것을 싫어한다. 우리가 서로 안 지 10년이 됐으니 짧다고 할 수 없지 않느냐. 난 맞대고 네게 듣기 좋은 말을 한 적이 없다. 지금 내가 찾아왔는데 문도 열지 않으니 이런 말을 하는 것이다. 아마 넌 내가 야오량(姚亮)이라고 생각할지 모른다. 또 그렇다면 어떤가? 물론 내가 야오량이 아니지만. 야오량은 너와 루얼(陸二)에 관한 이야기를 말한 적 있다. 야오량이 우리들에게 너를 알려 주었다. 이 점 난 야오량에게 감사한다.

그런데 야오량이 왜 이 같은 말을 하려 했는지 난 줄곧 잘 몰랐다.
〈해변도 하나의 세계이다.〉

'해변도'에서 '도'란 무슨 뜻일까? 루까오가 대학에 진학할 것을 야오량이 일찍부터 알고 있지 않았을까? 네가 대학을 졸업하고 시짱(西藏: 티베트)에 가려는 것을 알고 있었을까? 루까오에 관한 이야기도 반드시 있으리라는 것을 알고 있다.

〈서부(티베트)는 하나의 세계이다.〉

그렇지 않으면 야오량이 왜 해변(동부)도 하나의 세계라고 말하려 했겠는가? 야오량은 분명 모든 것을 알고 있었다. 하나님 맙소사, 그런데 야오량이 누구지?

2

이 사람은 충뿌(窮布)이다. 충뿌는 중국어를 못하고, 너희들은 티베트 말을 못한다. 자네들은 차를 마셔라. 저녁에 나는 야오량(왜 또 야오량인가)에게 이 일을 말했다. 그는 나에게 너와 그 개에 대한 이야기를 말해줬다. 정말 감동적인 이야기였다. 당면한 일을 말하는 게 좋겠다. 밤새 온 것을 보면 자네들도 흥분한 모양이다. 나도 마찬가지다. 난 쉰 살이 됐다. 이른바 이미 천명(天命)을 아는 나이다. 나는 과거 18군 군부대에 있었다. 50년도에 티베트에 들어왔다. 자세히 계산할 필요도 없이 33년이 지났지. 티베트에 들어왔을 때, 난 군복을 막 얻어 입었던 어린 병사였다. 충뿔, 차 마시게. 난 (내륙으로) 돌아가고 싶지 않았다. 두 번째 인사조정 명단에 내 이름이 있었지. 난 돌아가려 하지 않았어. 난 남게 해달라고 요청했다. 난 위장병이 있고, 마누라도 없다. 난 결혼하지 않았다. 난 머리가 거의 다 빠져 버렸다. 좀 듣기 좋게 말하면 머리숱이 적다고 하고, 뒤에선 왕대머리라고 놀린다는 것을 안다. 이 나이가 되면 다른 사람이 무슨 말을 하든 관심 없어진다. 난 이곳이 익숙하다. 이곳은 고요하다. 아무 간섭받지 않고 책을 볼 수 있고 책을 쓸 수 있다. 자네들이 날 비웃는다는 것을 안다. 이름만 작가라고 나를 비웃겠지. 맞아. 난 작품을 오랫동안 발표하지 못했다. 내 극본은 모두 50년대에 쓴 것이다. 자네들 말로 말하면 정권을 찬양한 것들이다. 난 교육을 제대로 받지 못했다. 입대하기 전, 서당에서 3년밖에 공부하지 못했다. 입대 후 문화센터에서 학업을 보충했다. 난 가난한 집 출신이다. 공산당이 나를 교육시켰다. 난 당연히 공산당을 위해 찬가를 불러야 한다. 이 말은 진심이다. 차 마셔라.

난 담배를 피우지 않는다. 자네들을 위해 담배를 준비하지 못했어. 요즘 젊은이들은 모두 담배 피운다는 것은 안다. 이야기가 초점에서 벗어났군. 자치구(自治區: 중국 소수 민족이 자치하는 구역)에서는 나를 원로작가라 친다. 나이를 많이 먹었고, 작품이 적기 때문이지. 난 처음엔 군 문화공작대에서 프로그램을 편집했다. 군대생활 이야기로 만담이나 잦은 가락(快板)¹⁾을 만들기도 했다. 후에 단막극 한 편을 만들었는데, 군구문예공연에서 이등상을 탄 적 있다. 직장을 바꾼 뒤, 자치구문화국에 남아 작가로 있으며, 3막극을 완성한 적 있다. 1957년도의 일이다. 요즘은 일기 외는 아무것도 쓰지 않는다. 자네들이 믿지 못하는 모양인데, 난 편지도 쓰지 않는다. 편지 쓸 대상도 없다. 어렸을 때 부모님이 모두 돌아가셨다. 난 어려서 외할머니가 키웠는데, 외할머니는 글을 알지 못했다. 근 몇 년간, 난 일기를 13권 썼다. 사회의 중요한 일에 대한 것이 아니고 모두 내 개인의 잡다한 일만 썼다. 난 귀찮은 일을 당하기 싫다. 정치운동이 일어나 내가 지목될지 누가 알겠나? 온 집을 뒤지면 재미없지 않은가?

재작년 나는 오래된 물건을 치우다가, 쨍궈화(張國華) 군단장과 우리 문화공작대원들이 함께 찍은 사진을 찾았다. 그리고 상장도 찾았다. 난 뭔가를 써야 할 것같이 느꼈다. 나는 그동안 국민의 세금을 공짜로 먹었던 거다. 나는 글을 다시 쓰기 시작했다. 그러나 무엇을 써야 할지 몰랐다. 난 과거에 극본을 썼으니, 역시 극본을 쓰는 것이 좋다고 생각했다. 이번엔 아니다, 두 해나 시도했으나, 아직 두서가 잡히지 않는다. 난 글을 일곱 편 썼으나, 나 자신도 불만이다. 아마 일곱 편을 더 써야 할 모양이다. 이는 내 평생 마지막 작품이 될 것이

---

1) 옮긴이 주 — 대나무 쪽으로 박자를 맞추어 가며, 압운된 구어 가사를 간혹 대사에 섞어 부르는 비교적 박자가 빠른 중국 민간설창문예의 한 종류.

다. 난 잘 쓰려고 노력하고 있다. 내가 쓰고 있는 것은 티베트 영웅 창취지엔찬(强曲堅贊)에 관한 역사극이다. 난 이 티베트 민족의 영웅을 아주 좋아한다. 그는 원(元) 왕조 황제가 책봉한 대사도(大司徒: 호조판사)였다. 최근 몇 년 내 유일한 수확은 티베트 민족의 언어와 문화를 배운 것이다. 그리고 귀족, 유랑 예술인, 농민, 유목민, 상인 등 각계각층의 친구를 사귀었다. 충뿌는 내 사냥친구 중의 하나로, 전형적인 티베트의 강인한 사나이다. 난 충뿌의 의견을 구했고, 이 일을 믿을 만한 젊은 친구 몇 명에게 말하는 것에 그가 동의했다. 야오량이 대장이고, 충뿌는 첫 번째 대원이다.

3

   넌 그 산에서 태어났다. 산세는 대부분 평탄하고, 이름 모를 키 작은 식물들과 이끼만이 계절변화에 따라 자연색채를 드러낸다. 평탄한 산언덕은 이끼로 온통 뒤덮여 있다. 6월이 돼 이끼가 녹색을 띠기 시작하면, 산도 비취빛으로 물든다. 10월이 지나면 이끼가 황갈색으로 바뀌고, 산은 또 본래 색을 회복한다. 골짜기는 염분이 많다. 염토작물이라도 (이곳에서는) 잘 자라지 못한다. 초지가 적어 많은 가축떼가 살 수 없다. 너와 네 아버지는 산에 의지해 살았다. 초지에 가장 많이 사는 것은 쥐이다. 가는 곳마다 쥐구멍이 있다. 네가 총을 어깨에 메고 초지를 지나면 쥐들은 쥐구멍 속에 들어가 너를 엿본다. 너는 그 때문에 화를 내지 않는다. 너는 그들과 똑같이 이곳에서 세대를 거쳐 살고 있어 자연히 서로 평화롭게 살고 있는 것이다. 초지(草地)와 풀이 자라지 않는 소금밭 사이에 개천들이 구불구불 흘러 골짜기가 점점 풍요로워진다. 개천물이 토지의 소금기를 씻어내 소금밭이 점차 초지로 바뀌면 짐승들이 살기 시작한다. 너는 시냇물 사이에서 들토끼를 만나면 언제나 총을 왼쪽 어깨에 비스듬히 메고 알았다는 듯이 그들에게 회심의 휘파람을 분다.

너는 시냇물을 거꾸로 올라갈 경우가 많다. 너는 황갈색 혹은 청록색의 산언덕을 천천히 걷는다. 너는 물론 고지의 경치에 도취되지 않는다. 너는 깡디스 산의 사냥꾼이고, 산의 아들이다. 너는 사향이 비싸고 그 돈이면 총탄을 많이 살 수 있다는 것을 알면서도 멋진 사향노루가 눈치를 보며 가까이 지나가도 왜 총으로 쏘지 않는가? 너의 총엔 언제나 화약과 철 산탄이 가득하다. 너는 진귀한 약재인 사향노루의 배꼽에 흥미가 전혀 없는가? 산언덕은 줄곧 위로 향한다. 눈 덮인 산봉우리는 그다지 높아 보이지 않아, 마치 눈앞에 있는 것 같다. 그것은 이곳이 공기가 희박해 가시거리가 좋기 때문이다. 너는 이 산의 아들이다. 너는 이 산의 가장 높은 곳에 올라 간 적이 없다. 아무도 그곳에 도달한 적이 없다. 그곳은 태양 아래 밝게 빛나는 저 먼 곳이며, 그곳으로 가는 중간엔 위험과 신비가 가득하다. 특이한 기후와 눈사태, 깊이를 알 수 없는 크레바스(crevasse) 등이 있다. 너는 이런 것들을 안다. 이곳은 신성한 산이다. 이는 깡디스 주맥의 한 산이다. 비록 울창한 삼림이나 초지는 없으나 더욱 생명력 왕성한 생물을 키우는 이 산은 지구에서 가장 높고 가장 큰 고지이다. 사람은 그 중 가장 총명하며, 작은 동물과 각종 맹수도 있다. 너는 너의 아버지처럼 맹수의 천적이다. 하지만 너의 아버지는 그가 평생 싸웠던 스라소니의 발톱 아래서 죽었다. 너는 어려서부터 네 아버지의 말을 들었다. "갈색곰과 눈표범 그리고 가장 흉악하고 교활한 스라소니란 놈들이 있다. 작은 동물들은 살아가기 정말 힘들다. 우리는 이놈들을 더 힘들게 하면 안 된다. 우리는 갈색곰과 눈(雪)표범과 스라소니를 주로 잡아야 한다." 너는 네 아버지의 총을 받아 정식으로 사냥꾼이 된 뒤 작은 동물은 잡지 않았다. 사람들이 가장 싫어하는 여우도 잡지 않았다. 늑대는 사정을 봐 주지 않았다. 너는 더욱 흉악한 곰, 표범, 스라소니 같은 맹수들에 더 큰 흥미를 느꼈다. 멀리 떨어진 라싸의 모피상과 더 먼 네팔이나 인도에서 온 상인들은 모두 너를 알며, 모두 이 위대한 산에 오면 뛰어난 사냥꾼 충뿌를 찾는다.

갈색 곰 가죽 한 장은 300발 실탄 가치가 있고, 웅담 하나로는 상아 팔찌 한 쌍을 살 수 있고, 네 마리 곰 발바닥으로는 철 산탄 3세트를 바꿀 수 있다. 네 허리에 찬, 무늬 화려한 은장도(티베트 칼)는 얼마 전에 잡은 꼬리가 희끗희끗하고 긴 눈표범과 바꾼 것이다. 그 표범은 네 평생 본 것 중에 가장 큰 놈이었다. 그놈이 십 몇 보 떨어진 바위에서 너를 덮칠 때, 너는 전혀 피하지도 않고 침착하게 그 표범의 두 앞발 사이의 그 희고 부드러운 긴 털이 나 있는 곳을 조준해 방아쇠를 당겼다. 그놈은 허공에서 숨통이 끊겼으나 끝까지 너에게 달려들었다. 죽은 표범은 앞발톱으로 네 이마를 할퀴어, 네 얼굴에 용기를 나타내는 큰 상처를 남겼다. 미리 가격을 결정한 상인은 마을에서 너를 기다렸다. 그 칼이 너무도 멋져 넌 두 마리 표범이라도 응낙했을 것이라고 속으로 생각했다. 그 상인은 표범 뼈만으로도 그 은장도와 똑같은 칼 세 자루를 살 수 있다는 것을 넌 모른다. 뼈 외에 표범 가죽과 고기가 남는다는 것은 말할 필요가 없다. 그놈은 머리통이 호랑이같이 큰 눈표범이었다.

난 네가 곰 잡은 이야기는 말하지 않으련다. 수많은 명작가들이 곰 사냥에 대해 이야기해 왔다. 미국의 포크너(Faulkner)와 스웨덴의 라겔크비스트(Lagerkvist) 그리고 곰 잡는 늙은이를 그린 일본영화가 있다. 그러나 마을 사람들이나 이웃마을 사람들은 네가 주위 백 리를 공포에 떨게 했던 산의 제왕을 어떻게 제압했는가를 잊지 못한다. 그때가 네 일생 중 가장 빛났던 순간이었다. 그 곰의 가죽은 돌로 쌓아 만든 네 작은 집 벽 전체에 걸려 있다. 네 동료 두 명이 그놈에게 당해 묵사발이 된 것을 넌 잊지 못할 것이다. 넌 20일 동안 추격한 뒤 느꼈던 피로와 해방감을 잊지 못할 것이다. 난 네 곰사냥 이야기에 대해 말하지 않겠다고 말했다.

너와 네 아버지는 다르다. 네 아버지는 평생 스라소니를 잡았다. 넌 곰을 더 좋아하는 것 같다. 넌 곰처럼 건장한 아버지의 신체를 닮지 않아 곰을 더 좋아하는 것 같다. 곰은 보기에 우둔한 것 같지만 매우 영리하다는 것을 넌 잘 안다. 이번에도 갈색곰이라고 넌 처음부터 생각했다. 곰만이 이렇다고 넌 생각했다. 너를 불렀던 목축인도 이렇게 생각했다. 그들은 널 곰사냥꾼으로 초청한 것이다.

"그 곰은 정말 컸습니다. 이만큼이나 컸습니다."

이 사람은 팔을 높이 들어 곰의 크기를 표시했다. 곰의 키를 정확히 말하지 못할까 봐 발꿈치까지 들어 올려 보였다. 그는 정직한 목축인이다. 그가 곰에 겁을 먹었다고 넌 생각했다.

"그놈은 말랐지만, 힘이 대단히 세고 발바닥도 컸습니다."

그는 겁에 질려 있었다. 넌 곰과 곰발바닥에 대해 그보다 더 잘 안다.

"소떼가 놀라 소리치는 것을 듣고, 갑자기 겁이 났어요. 난 총을 들고 사방을 살펴보았습니다. 그놈을 보았을 땐 이미 늦었어요. 그놈은 어찌 된 일인지 먼 곳에서 단번에 눈앞에 나타났어요. 내가 총구를 들기도 전에 그놈이 총을 채 갔어요. 분명히 보았어요. 그놈의 손가락이 제 손가락보다 이만큼 길었어요, 이만큼."

그는 손으로 재면서, 그 곰의 손가락이 자기 손가락보다 두 배 길었다고 말했다. 그는 너무 놀랐던 것이다. 그는 정직한 사람이다.

"그놈은 정말 빨리 뛰었어요. 아주 멀리 있었는데 단번에 눈앞으로 다가왔어요. 나는 총을 들어 조준할 틈도 전혀 없었어요."

그는 양과 소를 모는 다른 동료들이 자기를 겁쟁이라고 놀릴까 걱정했다. 그가 놀라 기겁을 했으나 그를 탓할 수도 없다. 너는 곰이 추격할 때나 추격당할 때 어떻게 뛰는가를 이런 목축인들보다 더 잘 알고 있다.

"그놈은 힘이 정말 셌어요. 마른 나뭇가지 부러뜨리듯이 내 총자루를 부러뜨리고 총대도 구부렸어요."

넌 부러진 총자루를 보여달라고 말하고 싶지 않았다. 넌 그가 갖고 있지 않을 것이라고 생각했다. 분명히 그 손가락 긴 곰이 버렸다고 말할 것이라고 너는 생각했다. 그러나 그는 천막 속으로 들어가 부러지고 구부러진 총대를 가져와 네게 보여줬다. 당시 넌 확실히 놀랐다. 이러리라곤 예상치 못했다. 넌 경험 많은 사냥꾼이다. 넌 곧 경험으로 어떻게 된 것인지 알았다. 곰이 총을 바위에 부딪쳐 부순 것이다. 곰은 총을 제일 싫어한다. 넌 이렇게 된 것이라고 설명하지 않았다. 왜냐하면 그에게 창피를 주고 싶지 않았던 것이다. 모든 사람들이 곰을 무서워하지 않는 것은 아니다. 겁내는 것은 잘못이 아니다. 너는 곰을 안다. 넌 속으로 그를 이해했다.

그는 그 곰이 이상하게 자기를 해치지 않았다고 말했다.

"그 놈은 나를 상대하지 않고, 몸을 돌려 야크떼로 달려가, 나의 가장 큰 야크[2]의 뿔을 잡았어요. 그 야크의 뿔은 굵고 길었어요. 그 야크가 음메 하고 소리치며 힘껏 뿔로 치받았어요. 난 속으로 야크의 뿔이 그 곰의 뱃가죽을 뚫을 수 있을 것이라고 생각했어요. 그런데 그때 거의 놀라 기절할 뻔했어요. 그 곰이 야크를 마음대로 비틀어 단번에 쓰러뜨렸어요. 그놈은 정말 화가 난 것 같았어요. 이번엔 그 놈이 아예 야크의 두 뿔 양쪽을 힘껏 잡아당기니 뜻밖에 야크 대가리가 둘로 쪼개져 버렸어요! 하얀 뇌와 피가 한데 엉겨 목으로 흘러 나왔고, 주먹만 한 야크 눈깔도 삐져나왔어요. 난 정말 놀라 기절할 뻔했어요. 난 옆에서 서서 보고만 있었어요."

넌 왜 그가 이런 이야기를 지어내 말하는지 몰랐다. 목축인은 일반적으로 말이 적다. 보기에 그는 아주 착실한 것 같았다. 이 사람은 네가 알고 있는 목축인 중 말이 가장 많은 사람 중 하나였다.

"그 야크는 육칠백 근 나갔어요. 분명 육칠백 근 될 것입니다. 그놈은 야크의 뒷다리를 등에 지고 끌고 가버렸어요. 둘로 쪼개진 야크 대가리와 뿔은 그놈의 엉덩이 뒤에 늘어졌고, 피와 골수가 줄줄 아래

---

2) 옮긴이 주—중국 서북부에 사는 물소 같은 소.

티베트 야크

로 흘러 내렸는데 그놈은 전혀 개의치 않았어요."

"보름 뒤에 절벽 아래에서 둘로 쪼개진 뿔 달린 두개골을 봤고, 등골과 다리뼈가 모두 부러지고 골수도 깨끗이 먹어치웠다는 것도 발견했어요."

그가 말한 것도 2개월 이전의 일이었다. 그는 목격자로서, 마르고 키가 크고 손가락이 긴 곰을 말하고 있다. 그의 말에 의하면, 그 곰은 기어다니지 않고 걸어다니며 달리면 눈 깜짝할 사이에 사라진다. 그는 유일한 목격자가 아니다. 그 후 두 달 안에 이 곰을 본 사람은 또 네 명이나 있었다.

"바로 그가 말한 것처럼, 그 곰은 정말 빨리 달렸어요. 순식간에 눈앞에 나타났어요. 정말 빨랐어요. 난 어떻게 된 건지 몰랐죠. 그놈은 단번에 내가 쥐고 있던 양치기 지팡이를 채어 가 부러뜨렸어요. 그놈은 나타날 때처럼 순식간에 사라졌어요. 그놈은 이만큼 크고, 몸을 세우고 있었고 또 눈 깜박할 사이에 사라졌어요."

"전에도 이 지역에서 곰들이 소란을 피운 적이 있었지만, 그렇게 마르고 키가 크고 그렇게 손가락이 긴 곰은 처음 봤다네. 처음에 젊은이들이 말했을 때, 나도 믿지 않았어. 평생 난 곰을 많이 보았네. 내 눈으로 직접 보지 않았으면 뭐라고 해도 믿지 않았을 거야. 그날 밤, 한밤중에 개들이 갑자기 마구 짖기 시작한 거야. 개 짖는 소리를 들으니 뭔가 잘못된 것 같아 밖으로 나갔어. 이제 70이 다 된 내가 무엇이 두렵겠나. 난 분명히 곰이 소란을 피우는 것이라고 생각했어. 그날 달이 밝았어. 곰이 바로 양 우리 앞에 와 있더군. 달빛으로 그놈이 긴 손가락을 뻗치고 있는 것을 보았어. 난 그렇게 긴 손가락을 가진 곰은 본 적이 없어. 손이 아주 컸어. 그놈도 내가 나온 것을 보았어. 그놈은 양 한 마리를 들고 가버리더군. 조금도 조급해하지 않았어. 딴 사람들이 말하는 것처럼 그렇게 빠르지는 않았어. 마른 것을 보면, 아마 무척 굶었나 봐."

4

지금 난 다른 이야기를 하려고 한다. 루까오(陸高)와 야오량(姚亮)에 관한 다른 이야기다. 분명히 해둘 것은 야오량은 반드시 특정한 사람이 아니라는 거다. 야오량은 최근 몇 년간 루까오와 줄곧 같이 다니던 사람이 아닐 수도 있기 때문이다. 그러나 또 티베트에 와 일할 수도 있는 가상의 인물이다.

그렇다. 야오량이 티베트에 왔다고 가정할 수 있다. 3년 내지 5년 동안, 내지에서 티베트로 파견된 교사일 수 있다. 이렇게 정하자. 독자들은 루까오가 지구(몇 개 현으로 구성된 행정조직)의 체육위원회에 배치돼 간부로 일하고 있다는 것을 알고 있는 것이다. 체육위원회 옆은 경제계획위원회 건물이다. 루까오는 가끔 옆 건물에 가서 허드렛 일을 하곤 했다. 그래서 그는 이 건물에 아주 예쁜 티베트 처녀가 있다는 것을 안다. 그는 그녀가 이 건물에서 일하는 것은 알지만 어느 부처에서 무슨 일을 하는지는 모르며, 들은 적도 없다. 추측하건대 그는 쑥스러웠을 것이다. 총각이 새로운 곳에 가서 주위의 예쁜 처녀에 대해 묻고 다니는 것은 도리에 맞지 않는 것이다. 루까오는 30세가 됐다. 그는 평소 수염과 머리가 지저분하나, 잘 정리만 하면 사실 아주 멋진 청년이다. 키는 180센티미터가 좀 넘는다. … 난 그의 외모에 대해 더 이야기하고 싶지 않다. 그러지 않으면, 독자들은 분명 연애이야기인 줄 알 것이다. (이유는 분명하다. 먼저 예쁜 처녀가 등장하고, 다음에 다시 멋진 청년을 말한다면, 그렇지 않은가?) 연애이야기가 아님을 분명히 밝힌다.

야오량이 한번은 루까오 직장에 갔다가 그녀를 발견했다.

"저 처녀는 피부가 어쩜 저렇게 희냐? 너희 체육위원회 소속이냐? 저렇게 예쁜 티베트 처녀는 처음 봤다. 귀걸이를 달아 귀가 길게 늘어났네. 아마 비취인가 보다. 우리 할머니 말에 의하면, 좋은 비취 귀걸이는 금보다 더 비싸다고 해. 우리 할머니가 말했는데, …" 그의 할머니가 말하는 대로 놔두자.

연분일까? 경제계획위원회 강당에서 영화를 상영했다. 주임이 경제계획위원회 사무실에 전화를 걸어 표 몇 장을 부탁했다. 다른 사람이 아무도 없어, 하는 수 없이 루까오에게 가서 가져오라고 했다. 공교롭게도 그 처녀가 사무실에 있었다.

"주임님은 나갔는데, 무슨 일이 있어요?"

"실은 옆 건물에 있는 체육위원회에 있습니다. …"

"알고 있어요. 새로 온 대학 졸업생이죠. 표 가지러 왔죠. 앉으세요."

"아. 아닙니다. 주임님은 ….."

"어디서 왔어요. 동북(만주)지역에서 왔다고 하던데."

"랴오닝(遼寧)입니다. 거기는 티베트 족인가요?"

그녀는 부드럽게 웃으며, 고개를 끄덕였다.

"표준말을 아주 잘 하네요."

"저는 북경에서 7년 공부했어요. 앉으세요."

이때 루까오는 가늘고 긴 그녀의 눈썹을 보았다. 그녀의 코는 더 예뻤다. 가볍게 화장을 한 것을 알 수 있었다. 은으로 된 머리핀으로 머리를 올려, 녹색 귀걸이를 단 작은 귀가 유난히 눈에 들어왔다. 그녀는 정말 예뻤다. 입은 아주 작았고, 입술은 아주 얇았다. 목도 가늘고 길었다. 그녀는 아주 말랐다. 게다가 어깨에 걸친 연한 청색 털외투에 청바지를 받쳐 입어, 더욱 말라 보였다. 그녀는 말이 적고 무게가 있었으나 루까오는 마음이 흔들렸다. 그녀의 깊숙한 눈동자는 무슨 말을 더 하고 싶어하는 것 같았다. 루까오는 부자연스럽고 전에는 못 느꼈던 난감함을 느꼈다. 그는 표를 받은 뒤 인사를 하고 떠났다.

우리는 누구를 예쁘다고 하기도 하고, 누구보다 예쁘다고 말하기도 한다(물론 전제는 반드시 후자는 예쁘다고 공인된 사람이다). 이렇게 말할 경우, 논쟁이 일어나기 쉽다. 왜냐하면 각 사람의 심미안이 다르기 때문이다. 예를 들면, 영화배우 쨩위(張瑜), 천충(陳沖), 류샤오칭(劉曉慶) 중 누가 가장 예쁜가? 다섯 사람에게 물으면 최소한 세 가지 다른 결론이 날 것이다. 이 티베트 아가씨는 도대체 얼마나 예쁜가, 루까오도 분명히 말할 수 없다. 아무튼 그녀가 상당히 예쁘다고 그는 느꼈다. 그녀는 위의 세 영화배우나 다른 영화배우보다도 더 예뻤다. 종싼(叢珊)? 인팅루(殷亭如)? 쩐요우메이(眞由美)?

그는 잘못됐다고 생각했다. 그는 그녀는 영화배우를 했어야 했다고 생각했다.

그후 그는 그녀와 인사를 나누는 사이가 됐다. 서로 지나칠 때마다 그녀는 웃어줬다. 그는 말할 수 있는 듯한 그녀의 눈동자가 무엇을 말하려는지 정확히 알 수 없었다. (미안해요? 안녕?) 그는 반응을 보여야 할 경우 조건반사 식으로 고개만 끄덕였다.

야오량이 천장(天葬)3)을 보러 가자고 제의했다. 루까오는 천장을 찍은 사진 60장을 본 적 있다. 남녀 노인의 천장이었다. 천장은 티베트족 특유의 장례방식이고, 매우 신성하다. 친척들이 죽은 사람을 천장대에 모셔간다. 천장 사부가 새벽빛이 비추기 전에 사체를 잘게 해체한다(뼈도 포함한다.). 그 뒤 골수를 태워 독수리떼를 불러들인다. 첫 번째 햇빛이 산허리를 비출 때, 죽은 자는 이미 신의 독수리에 의해 하늘 정원으로 보내지게 된다. 이는 장엄한 재생의식이며, 미래에 대한 굳은 신념이며, 생명의 예찬이다. 사체를 해체하는 과정은 날이

---

3) 중국에서는 천장(天葬)이라고 하고 한국에서는 조장(鳥葬)이라고 한다. 시체를 들판에 내놓고 새들이 파먹게 하는 장사로 티베트인들의 풍습이다.

천장 장면 1

밝기 전에 진행된다. 사진은 그다지 분명하지 않아도 해체된 내장들을 볼 수 있다. 마치 의대생이 처음 사체해부에 참가한 것처럼, 사진을 본 뒤 루까오는 이틀 동안 먹기만 하면 토했다. 그러나 겨우 이틀이 지나자 그런 현상이 사라졌다. 루까오는 자기도 다른 사람처럼 피와 살로 만들어져 있고, 끝내는 죽지 않을 수 없다는 것을 알았다. 루까오는 자기도 죽으면 이런 의식을 할까 하는 생각도 해보았다. 그는 하늘로 올라간다는 전설을 믿지 않지만, 이런 장쾌한 상상을 좋아했다. 상상이 충만한 이런 의식은 그 자체로 그를 매혹시켰다.

그들은 천장대를 구경하러 가기로 했다. 천장대는 멀리 떨어진 교외 산 정상에 있었고, 십여 리 떨어져 있었다. 그들은 가기로 결정했다. 루까오는 자기 부처의 기사 허(何)군을 찾았다. 허 기사도 천장을 본 적이 없어 바로 승낙했다. 그러나 왕(王) 주임이 루까오에게 출장을 지시했다. 루까오는 라싸에 며칠 갔다 와야 했다. 그들은 루까오가 돌아오는 다음 날, 날이 밝자마자 천장대에 가기로 약속했다. 루까오의 출장은 왕복 1주일 동안이었다. 그 한 주일 동안, 그 아가씨가 차 사고로 죽는 사건이 일어났다.

그것은 일반적인 차 사고였다. 운전사가 음주 운전을 한 것이다. 허 기사는 그녀의 얼굴 전체가 문드러졌고, 피와 살도 형체가 남아 있지 않았다고 말했다. 허 기사는 그녀는 애국지사이며 대 귀족인 파랑(巴朗)의 딸이며, 그녀와 부모는 77년 노르웨이에서 귀국했으며, 그녀는 북경에서 공부했고 졸업한 지 얼마 되지 않는다고 말했다.

경제계획위원회는 내일 그녀를 위해 추모식을 치를 예정이었다.

밤에 야오량이 왔다. 그들은 허 기사를 찾아 갔다.

"그래도 내일 보러 갈까?"

"약속하지 않았나요? 왜 안 가죠?"

"가려면 일찍 일어나야 해. 허 기사, 차를 잘 정비해 놓게."

"새벽부터 오지 않으려면 자네 숙소에서 자야겠네."

"그럼 좀 일찍 주무세요."

"잡시다. 일찍 눕자고."

"저에게 알람시계가 있으니, 선생님들을 깨우겠어요. 4시 반에 일어나세요."

비가 오기 시작했다. 그들이 잠들기 전에 비가 오기 시작했다. 티베트의 여름 기후는 특이하다. 보통 대낮이나 밤에 비가 와 아침에 일어나면 공기가 아주 신선하다.

"그 아가씨가 죽었다는 소식, 들었나?"

"들었어."

"그녀는 내가 본 여자 중 제일 예뻤던 아가씨야."

"…."

"만약 다른 사람이 죽었다면, 별로 생각하지 않았을 거야."

"무슨 생각이 나는데?"

"그녀는 죽으면 안 된다고 생각해. 다른 사람은 죽을 수 있어도 그녀는 죽을 수 없어. 그녀는 죽어서는 안 돼. 그녀의 사망소식을 들었을 때, 나는 사고현장에 가지 않았어. 난 그녀가 죽은 모습을 보고 싶지 않았어."

"어떻게 된 거야?"

"내가 그녀를 사랑했었냐고 말하는 거야? 아니야. 그녀는 너무 아름다웠어. 그녀의 아름다움은 우리와 차원을 달리한다. 그녀는 하나의 상징이었어. 꽃, 수 독수리, 큰 바다, 설산 이런 것처럼 모종의 정신을 표상하고 있어. 아름다운 여성은 어떤 사람보다 더 생명의 존재를 직관적으로 느끼게 하고, 생활의 가치와 의미를 느끼게 할 수 있어. 이러면 좀 추상적이 되는데, 나는 어떤 때 여성들, 특히 그런 아름다운 여성들 때문에 인간은 생기가 살아나고 연속적으로 발전한다고 생각해. …"

"잡시다, 자. 내일 일찍 일어나야 하니까."

"자네가 출장 갔다 바로 돌아왔다는 것을 잊었네, 피곤하겠어."

루까오는 잠든 것 같은데, 야오량이 또 입을 열었다.

"자네, 자는가? 아마 추도회 때 유해와 작별하는 의식은 없었을 거야. 그녀는 티베트족이니, 내일 우리가 가 보려는 천장이 그녀의 천

108

장일지 몰라. 자네, 자는가?"

다음 날 돌아왔을 때, 경제계획위원회의 추도회가 막 끝났다. 루까오는 웬일로 영정 모신 곳에 가 보고 싶었다. 그것은 강당에 설치돼 있었다. 루까오가 갔을 때 사람들은 이미 모두 떠나고 아무도 없었다. 웃음을 띤 확대사진이 무대 정중앙 벽에 걸려 있고, 무대 위아래는 화환과 만장(挽帳)이 가득했다.

영정을 모신 곳은 본래 엄숙한 기분이 든다. 루까오는 자기도 모르게 슬픈 느낌이 들었다. 어젯밤 잠자기 전 야오량이 한 말이 중량감 있게 남아 있었다. 루까오는 사진에 다가갔다. 사진은 아주 크게 확대됐다. 20인치 가량 됐다. 그녀는 그를 생생하게 바라보고 있었다. 그는 그녀가 이미 죽었다는 것을 느낄 수 없었다. 사진 현상이 아주 잘 되어 명암이 분명했다. 표정도 아주 자연스러웠다. 그와 유일하게 대화를 나누었을 때 그 표정으로 돌아간 것 같았다. 부드럽고 가늘고 긴 목, 또렷한 입술선, 귀보다 좀 큰 감이 드는 귓바퀴, 예쁜 콧방울은 약간 벌어져 있었다. 특히, 움푹 들어간 눈동자는 여전히 전처럼 뭔가 말하려는 것 같았다. 그녀는 그렇게 바라보고 있었다. 그는 추도 글귀에서 그녀의 이름이 앙찐(央金)이란 것을 알았다. 티베트에 아주 흔한 여자아이 이름이다.

그는 피곤했다. 그는 돌아가서 옷을 갈아입고, 몸과 발을 씻고 싶었다. 그는 뜨거운 물에 발을 담근 뒤 이불 속에 들어가 잠을 자고 싶었다. 이날은 일요일이다. 쉬는 날이었다.

방금 내가 내지로 돌아가고 싶지 않다고 한 것은 이 극본을 완성해야 하기 때문일 뿐만 아니라(극본은 물론 완성해야 한다.), 다른 이유가 좀 있기 때문이다. 오늘 자네들이 오니 기쁘다. 다른 사람들에게 말한 적이 없는 내 개인이야기를 좀 하고 싶다. 애정이야기가 아니다. 난 말할 만한 러브스토리가 없다.

난 어렸을 때 신화이야기를 즐겨 들었다. (신화는) 어렸을 때는 모두 좋아하나, 나이가 좀 들면 더 이상 좋아하지 않는다. 신화란 전적으로 아이들에게 들려주기 위한 것이고, 어른이 아이를 달래기 위해 입에서 나오는 대로 지껄이는 것이라고 생각한다. 후에 창작을 하면서, 문학이론서에 신화는 민간문학으로 분류된다는 것을 알게 됐다. 이는 수많은 노동자들이 노동 후 남은 시간에 창작한 것으로, 선악과 시비에 대한 평가와 선택이며, 생활을 이상화한 개념과 동경이다. 과학의 시대에 사는 우리에게, 신화란 아주 요원한 것이다.

내지(중국 안)에서 막 온 사람이나 관광차 온 외국인들이 티베트에 오면 모든 것이 신기하다고 생각한다. 땅에 머리를 대고 절하는 사람, 불경(佛經)통을 돌리는 사람, 야크 기름과 돈을 헌납하는 사람, 팔각 거리에서 작은 판을 벌리고 경전을 외우는 사람, 포탈라궁 앞에서 경전을 조각하는 장인, 산상 바위에 채색된 거대한 신들, 라마사원의 금색 지붕, 야크, 무지개 색의 경전 깃발, 목욕(沐浴)축제, 말 경주 축제 등 한마디로 다 말할 수 없다. 처음 온 사람들은 둘러싸 구경하고, 실감나게 사진 찍을 것이다(아마 당신들도 그럴 것이다). 반드시 알아

야 하는 것은 이런 것들이 절대 신기한 일이 아니라는 것이다. 이곳에
사는 사람들은 수백만 년 동안 이렇게 살아왔다. 밖에서 온 사람들은
신기하게 생각한다. 이곳의 생활이 그들이 사는 곳과 완전히 다르기
때문이다. 그들이 어렸을 때 신화에서 들었던 아주 오래 전의 기억들
을 여기서 눈으로 확인하게 된다. 그들은 이해할 수 없다. 그러나 그
들은 이곳이 마치 디즈니랜드에서 모방한 성곽 같아 재미있어한다.
그러나 이곳은 누구나 자기 눈으로 직접 볼 수 있는 추억이 아니다.

　정부에서 시안(西安)에 당나라 성을 만들고, 그곳 식당과 여관과
다방에서 일하는 사람들을 모두 당나라 옷으로 입히고, 거리와 집도
모두 당나라식으로 지으려고 한다는 말을 들었다. 이는 관광지구를
개발하는 각도에서 고려된 것이다. 시안 부근의 명승고적은 전국 제
일이다. 당나라를 모방한 관광지구는 국가에 많은 외화를 벌어 줄 것
이다.

　당나라 복장을 입고 당나라 식 건축물에 살아도, 당나라 성의 주민
들은 여전히 현대인이다. 나나 당신과 같다. 그러나 여기는 다르다.
나는 티베트에서 생애 거의 대부분을 살았다. 그러나 나는 여기 사람
이 아니다. 난 물론 티베트 말을 할 수 있고, 티베트 족처럼 야크 우
유차를 마실 수 있고, 볶은 보리를 손으로 집어 먹고, 보리술을 마시
며, 그들처럼 피부가 검붉게 탔어도 나는 여전히 여기 사람이 아니
다. 이렇게 말한다고 내가 이곳을 사랑하지 않고, 이곳 티베트 동포
를 사랑하지 않는 것이 아니다. 나는 그들을 사랑한다. 나는 죽어도
그들을 떠날 수 없고, 이곳을 떠날 리 없다. 나는 이곳 사람이 아니라
고 스스로 말한다. 나도 친구들과 절하고 공양한 것이 한두 번도 아

니다. 나는 머리를 땅에 대고 절한 적은 없으나, 절해야 할 경우 똑같이 절을 할 것이다. 나는 티베트 사람이 아니라고 말한다. 왜냐하면 나는 그들 방식으로 그들의 생활을 이해할 수 없기 때문이다. 이런 것들은 나에게는 일종의 형식이다. 나는 그들의 생활습속을 존중한다. 그들이 그 속에서 이해하고 체험하는 것을 나는 다만 추측할 수 있을 뿐이다. 단지 이성이나 빌어먹을 그놈의 논리로 판단할 뿐이다. 우리가 그들과 — 여기 사는 사람들 — 최대한 근접하더라도 그저 이 정도밖에 이해할 수 없다. 그러나 우리는 스스로 개화됐다고 생각하고, 그들은 바보 같고 원시적이어서 우리가 계몽시켜야 한다고 생각한다.

당신들은 황혼에 라사의 팔각거리로 가, 경전통을 돌리는 행렬에 참가할 수 있다. 당신들은 가죽 티베트 옷을 입은 사람들과 인민복을 입은 사람들과 승복을 입은 사람들을 둘러볼 수 있을 것이다. 그들은 주변 사람들에게는 전혀 신경 쓰지 않고 믿음으로 충만해 앞을 향해 큰 걸음을 걷는다. 한 번, 두 번, 세 번 계속해서 돈다. 당신은 공허하고 무료할 것이다. 밥 잘 먹고 할 일 없어서 여기까지 와 두리번거리는가 생각할 것이다. 당신은 잘못 왔구나 — 여기는 내가 와야 할 곳이 아니구나 — 하는 생각이 들 것이다. 당신들에게 말한 이런 것들은 모두 내가 직접 경험한 것들이다.

미국인들은 인디언들에게 보호구역을 만들었다. 이 보호구역은 살아 있는 사람을 실물로 하는 문화박물관이다. 여기는 — 세계 지붕인 티베트 칭하이(靑海) 고원 — 완전히 다른 정경이다. 우리의 백팔십만 동포는 사회주의로 진입하고 과학과 문명시대로 들어가는 동시에 그들 특유의 방식으로 여전히 자신들의 신화세계에 살고 있다. 그들은 수돗물(도시의 경우)을 마시고, 고무신을 신고, 자동차를 몰고, 쓰촨(四川) 배갈을 마시고, 녹음기의 전자음악에 따라 춤을 춘다. TV에서 중국과 세계의 크고 작은 일을 본다.

나는 습관과 풍속(형식)만으로 그들을 존중하는 것은 부족하다고 생각한다. 내가 그들을 사랑하고, 그들을 진정으로 이해하려면, 그들의 세계로 들어가야 하는 것이다. 그들 삶 전체가 신화이고, 그들의 일상생활도 신화나 기담과 뗄 수 없는 관계라는 것을 알 것이다. 신화는 그들 생활의 장식이 아니라 그들의 생활 자체이며, 그들이 존재하는 이유와 기초이다. 그들은 이러한 것들로 다른 족이 아니라 티베트 종족이 되는 것이다. 미국은 어떤가? 지리와 물질의 차이 외에, 미국과 세계 다른 민족은 무슨 차이가 있는가? 아무 차이도 없다(이 부분에서 궤변술을 사용한 것을 용서하라—작자 주).

(작자 다시 주—소설 중에서 작가가 이렇게 길게 자기 느낌을 늘어놓는 것은 혐오스런 것이나, 이미 말해버린 이상 철회하고 싶지 않다. 다음에는 이런 일이 없을 것이다.)

봄에 한 달 동안 아리(阿里)에 갔었다. 난 소규모 지질탐사대의 차를 타고 티베트 서쪽 무인지구에 갔다. 공교롭게도 그곳도 깡디스 산맥의 연장구역이다. 보통 때처럼 탐사대가 야영지를 세우면 난 지질탐사대를 떠났다(그들도 그들의 일이 있었다). 난 건조식품과 침낭을 등에 지고 서쪽으로 떠났다. 나는 나침판과 망원경 그리고 오래된 모제르총을 휴대했다.

이곳 지리상황은 비교적 복잡하다. 초지가 있고, 멀게는 수천 리

이어져 있는 대산맥이 있고, 사막이 있고, 말라버린 소택지가 있다. 첫날 난 사람을 만나지 못했다. 사람이 남긴 흔적을 찾을 수 없었다. 만약 다음날에도 사람 흔적을 찾지 못하면 돌아가야 한다. 내가 휴대한 양식은 겨우 4일용뿐이기 때문이다. 다음 날에도 여전히 사람 흔적을 찾을 수 없었다. 그러나 크지 않은 호숫가에 도착했다. 하늘이 날 도운 것이다. 먼저 호수 물맛을 보았다. 담수였다. 따뜻한 담수였다. 난 걷다 지쳤다. 날도 어두워졌다. 난 풀이 자라지 않는 모래 둥지에 자리를 잡았다. 난 불을 켜려 하지 않았다. 여기는 마른 풀밖에 없다. 난 밤새 건초를 넣으며 불을 지킬 수 없었다. 내 침낭은 아주 좋은 것이다. 친구가 준 한국전쟁 때의 전리품이다.

낮에는 아주 따뜻했으나, 밤이 되자 기온이 영하 20도 안팎이나 됐다. 나는 침낭에 들어가 입구 지퍼를 닫았다. 잠을 좀 잔 뒤 용변을 보러 일어나려 했다. 무거운 것이 몸을 짓누르고 있는 것을 느꼈다. 지퍼를 올리자 축축한 얼음 덩어리가 얼굴 전체로 흘러내렸다. 눈이 내린 것이다. 난 머리를 털고 밖에 나와, 머리를 박고 용변을 봤다. 머리를 들자, 난 놀라 어안이 없었다.

눈이 이미 멈춘 지 좀 됐다. 온 천지가 흰색이었다. 공간이 아주 밝아 먼 곳까지 볼 수 있었다. 가까운 곳에 있는 호수의 수면이 마치 끓는 물처럼 흰 수증기가 돼 하늘로 높게 치솟아 올랐다. 하늘은 어두운 청색이었고, 달은 없었다. 별들은 낮게 떠 있었고, 하늘에 가득했다. 하얀 수증기 기둥이 하늘로 치솟아 마치 별들에 닿은 것 같았다. 하늘하늘 위를 향해 떠올랐다. 이 정경을 본 사람은 아무도 없을 것이다. 심지어 내가 이런 경치 앞에 있다는 것을 믿을 수 없었다. 이는 남색 장막으로 통하는 길이며, 별들로 연결되는 통로였다.

나는 몇 가닥 남지 않은 흰 머리를 걸고 당신들에게 맹세한다. 그 길은 바로 내 앞에 있었고, 그날 밤 지도에도 없는 작은 호수 앞에서 이렇게 바보 같은 아이처럼 한참 동안 서 있었다. 나는 호수에 다가가지 않았다. 가까이 가면 그 신기루가 사라질까 걱정됐기 때문이다.

나는 다시 침낭으로 들어갔다. 이번에는 머리를 밖으로 내놓았다. 별들이 반짝이는 것을 바라보았다. 나는 꿈도 꾸지 않고 잠에 들었다. 아주 깊게 잠들었다. 들오리들이 꽥꽥 소리를 질러 잠에서 깨어났다. 이때 돌아갈 필요가 없다는 것을 알게 됐다. 난 일어나 살이 오른 누런 오리 두 마리를 사냥했다.

들오리들이 호숫가에서 물장난 치고 있고, 호수 가운데에선 여전히 흰색 수증기가 치솟아 올랐다. 나는 지난 밤 흥분했던 것이 우스웠다. 이것은 온천 호수에 불과했던 것이다. 지열이 풍부한 청장(靑藏) 고원에 이런 정도의 작은 온천이 어디 하나뿐이겠는가. 그러나 밤에는 정말이지 천당에 있었던 것 같았다. 날씨는 맑고 바람은 없었다. 태양이 비추자 기온이 바로 상승해, 한낮이 되자 반 인치나 되던 봄눈이 흔적도 없이 녹아 사라졌다. 풀이 난 강 주변이 모래 지질이라 바로 스며들었던 것이다.

4일째 되던 날 낮, 나는 거대한 양(羊) 대가리가 있는 소택지 주변으로 걸어갔다. 더 이상 앞으로 갈 수 없었다. 내가 멈춘 곳은 그것과 대략 300~400미터 남짓 떨어졌다. 나는 소택지 주변을 따라 걸으면서, 접근할 수 있는 길을 여러 모로 찾았으나 실패했다. 그것에 접근할 수 있는 길은 전혀 없었다.

그것을 나는 전날 밤 발견했다. 당시 암홍색의 석양이 천천히 지평선으로 미끄러져 가고 있었다. 석양이 더 이상 눈을 자극하지 않을 때, 그 실루엣이 갑자기 나타났다. 나는 망원경으로 보았으나 석양빛 때문에 분명치 않았다. 단지 무언가 평지에 우뚝 솟아 있는 것만 흐릿하게 보였다.

그것은 정말로 거대한 양의 대가리였다. 커다란 두 뿔은 이미 절단됐다. 수백 미터 바깥에서 목측(目測)한 결과에 의하면, 그것은 높이가 20여 미터나 돼 보였다. 5배율 망원경으로 보니, 그것은 분명히 돌로 만들어진 것이고 표면이 심하게 부식돼 보였다.

처음에 나는 이것을 돌 조각상이라고 생각했다.

아니다. 만약 조각상이라면 어떻게 이곳까지 올 수 있는가? 크기가 수천 톤으로 보이나, 주변에는 그만한 암석이 없었다. 또 이곳은 소택지다. 그것은 소택지 안 수십 미터 안에 세워져 있다. 이것이 돌 조각상이 아닌 첫째 이유이다. 둘째 세계 각 민족의 종교 토템 중 양대가리를 조각한 것은 아직 없었다. 하물며 이렇게 거대한 조각상이 있단 말인가. 셋째, 망원경으로 보면 양대가리의 모든 부분이 진짜와 비율적으로 같았으며 섬세했다. 형상도 매우 비슷했다. 아래턱이 물이 고인 소택지에 잠겨 있었다. 동양의 그림과 조각은 주로 의미와 정신을 전달하고, 서양고대예술 작품만이 실제 모양을 중시하니, 이것이 설마 희랍 석조물이란 말인가? 네 번째는…… 다섯째는……. 그것은 분명 석조물이 아니었다.

이런 결론이 나자 곧 다른 생각이 떠올랐다.

그것은 선사시대의 생물일 수 있다. 공룡이나 양각룡 등으로 불릴 수 있는 것이 아닐까? 정말 유감인 것은 내가 사진기를 가져가지 않아 이 진귀한 모습을 남길 수 없었다는 점이다. 내가 말해도 아무도 믿지 않았다. 지질탐험대 대원도 믿지 않았다. 다른 사람들도 믿지 않았다. 내 정신에 이상이 생겼다고 한다. 내가 과대망상증에 걸린 모양이다. 이는 내 자가진단이다.

내가 전에 관련부처에 편지를 썼으나 회신이 없었다.

그렇다면 더 이상 진지할 필요가 없다. 농담이나 이야깃거리로 말할 따름이다. 그러나 충뿌는 어떤가? 충뿌도 정신이상인가?

6

이것이 또 전부가 아니고, 그들이 너를 부른 이유가 아니다. 너는 그들을 따라 산에 올랐다. 그들은 너에게 아주 큰 돌더미를 가리켰다. 넌 그들이 보여주는 것을 보았다.

그것은 하늘을 향해 뻗쳐 있는 말의 짧은 다리다. 둥근 발굽과 짧은 고동색 털. 그들은 이것이 바로 그 곰이 잡아먹은 말이라고 말했다. 아마 단번에 다 먹지 못해 돌더미에 묻어둔 것 같았다. 다음에 찾을 수 있도록 다리 하나를 밖에 남겨 표시해 둔 것이다. 그들은 이것을 아침에 발견하고, 바로 너를 부른 것이다. 그들은 너를 수호신이라고 여겼다. 그들은 너를 신처럼 믿었다. 네가 그들을 위해 그 마른 곰을 죽여 줄 것이라고 믿었다.

너는 그놈을 죽여야 한다는 것을 알게 됐다. 너는 물론 그놈을 죽일 수 있다. 왜냐하면 넌 곰사냥꾼이기 때문이다. 너는 그놈을 죽일 수밖에 없다. 그들은 총을 지닌 두 사냥꾼이 남아 너를 돕도록 했다. 너는 그들을 설득해 돌려보냈다. 곰 한 마리 잡는 데 여러 사람이 필요치 않다. 사람이 많으면 사망자만 늘릴 가능성이 있다. 지난번에 산의 제왕인 곰의 거대한 손에 맞아 목숨을 잃은 동료를 생생하게 기억하고 있다. 넌 혼자 남아, 말이 묻힌 돌더미 근처에 몸을 숨겼다. 이렇게 많은 사람이 오면, 곰이 반드시 냄새를 맡게 된다는 것을 너는 안다. 그놈은 단기간 안에는 나타나지 않을 것이다. 그놈은 굶주리거나, 먹이를 찾지 못할 때 나타날 것이다.

너는 졸 수 없었다. 네가 졸면 넌 또 제 발로 찾아온 좋은 먹이가 될 것이다. 그들의 말이 생각났다. 첫째 사람이 말했을 때 넌 전혀 믿지 않았으나, 다른 사람들도 첫째 사람과 똑같이 말하자, 넌 그들의 말을 믿지 않을 수 없었다.

그렇다면 분명히 한쪽이 틀린 것이다. 너 아니면 그들이다. 넌 당연히 자기가 옳다고 믿겠지만, 그들 모두가 거짓말을 했단 말인가? 알 수 없는 노릇이었다. "때가 되면 알 수 있으리라. 내가 그놈을 잡으면 그놈이 사람 손가락같이 긴 손가락을 갖고 있는지 알 수 있을 것이다." 너는 그놈을 죽일 수 있을 것이라고 확신했다.

정적이 이상하게 주위에 감돌았다. 넌 사냥꾼이다. 평소 넌 늘 혼자이니 고요하고 적막한 것에 익숙하다. 넌 사실 오래전부터 정적에 익숙해 있다. 그런데 이번은 달랐다. 이번은 다른 때와 다르다고 느꼈다.

산 정상은 평소와 같았다. 눈부신 흰색이 너를 미혹시켰다. 이때 넌 개를 동반시켰어야 좋았을 것이라고 생각했다. 넌 왜 사냥개를 기르지 않는지 자기도 알 수 없었다. 너는 깡디스 산맥 전체에서 사냥개를 기르지 않는 유일한 사냥꾼이며, 가장 용맹한 사냥꾼이다.

넌 문득 깨달았다. 매와 흉악한 모습의 대머리 독수리가 없는 것이다. 이전까지 너는 정적 속에서, 맑은 하늘에 갈색 매 몇 마리가 연처럼 천천히 선회하면 이동하는 매의 그림자로 하늘과 흰 구름과 눈 쌓인 산 정상 간의 위치를 가늠했다. 그러면 천지에 생기가 돌고, 대자연은 너의 살아 있는 동반자가 된다. 넌 개 한 마리를 길러야겠다는 생각이 들었다.

대략 반시간이 지났다고 생각했다. 넌 작은 동물들을 전혀 보지 못했다. 평소에는 토끼와 대머리 독수리, 황색 양과 노루가 불시로 너와 인사를 했었다. 그들은 네가 자기들을 해치지 않을 것을 안다. 한번은 네가 모닥불 곁에서 총을 닦고 있는데, 예쁜 잿빛 여우 한 마리가 모닥불을 지나다 뜻밖에 멈추어 섰다. 넌 그놈과 한참을 서로 마주 보았다. 그 후 여우는 사람들이 말하는 것처럼 증오할 정도로 교활하지 않다고 단정했다. 넌 그 여우의 눈빛을 통해 네가 완전히 이해할 수 있는 부드러움과 선량함을 느낄 수 있었다. 지금 그놈들은 다 어디로 갔는가?

또 작은 전갈도 있었는데, 그놈은 하마터면 네 목숨을 앗아갈 뻔했다. 넌 평평한 바위에서 졸고 있었고, 누가 너를 간질이는 것을 느꼈다. 너는 눈꺼풀 사이로 그놈이 네 코끝에 위풍당당하게 서서 위엄 있게 주위를 살피는 것을 보았다. 넌 감히 움직일 수 없었다. 감히 눈을 크게 뜰 수도 없었다. 감히 숨을 크게 쉴 수도 없었다. 그 전갈은 자기가 그토록 잔인하게 너와 농담을 하고 있는지 전혀 모르고 있는 것 같았다. 넌 그놈이 꼼짝하지 않고 서 있을 때 공격할 수 없었다. 그때 넌 그놈도 너처럼 준비하고 기다리고 있는지 염려됐다. 넌 그놈이 움직이기를 기다렸다. 움직일 때가 바로 그놈이 취약할 때이고, 그놈이 아무 일 없다고 느끼고 긴장을 푸는 때이다. 그놈이 결국 움직였다. 넌 기습적으로 팔을 움직여 그놈을 쳐 버렸다. 그 전갈은 부서진 돌 틈에서 발버둥 치며 다시 일어나려고 했다. 넌 다가가 그놈을 밟아 버리려고 마음먹었다. 그러나 넌 왠지 모르게 고개만 절레절레 흔들고 말았다. 지금 이유 없이 그놈이 생각났다. 아마도 네가 이 정적을 참을 수 없기 때문인지 모른다.

이때 넌 그들의 말에 문제가 있다는 것을 깨달았다. 그 곰이 사람을 해치지 않은 점이다. 모두 다섯 사람이 그놈을 봤다. 그놈이 매우 잔인하다고 한결같이 말했다. 그러나 그놈은 다섯 사람 중 누구에게도 아무런 상처를 입히지 않았다. 이것이 중요한 부분이다. 또 자세히 보면, 그놈은 한 번은 총을 빼앗아 부러뜨렸고 다음번은 몽둥이를 빼앗아 부러뜨렸다. 게다가 언제나 먼저 이렇게 행동했다. 그렇다면 그놈이 총을 안단 말인가? 사람이 든 몽둥이가 자기에게 치명상을 입힐 수 있다는 것을 안단 말인가? 그렇지 않다면, 그놈은 왜 언제나 먼저 총을 부수는 것인가?

넌 곰을 안다. 곰은 총명하나 이렇게 구체적이지 않다. 곰은 사람을 해친다. 특히 총을 든 사람은 해치려 한다. 곰이 손가락이 없다는 것은 누구나 안다. 곰은 언제나 직립해서 뛰지 않는다. 가장 큰 갈색 곰도 그들이 말하는 만큼 키가 그렇게 크지 않다. 그들이 말하는 만큼 그렇게 마른 곰은 없다. 넌 이 부분에 오해가 있다고 생각했다.

넌 처음으로 그놈은 곰이 아닐 거라고 생각했다. 곰이 아니라면 무엇이란 말인가? 이렇게 커다란 짐승이 곰 말고는 호랑이밖에 없다. 그러나 호랑이는 깡디스 산맥의 동남 산기슭의 삼림지대에나 있다. 그들이 말하는 것이 곰이 아니라면 호랑이는 더욱 아니다.

그만 생각하자. 그놈을 보아야 그것이 무엇인지 알 수 있을 것이다. 넌 아버지로 생각을 옮겼다. 아버지가 사망할 때 그는 겨우 열한 살이었다. 그해 넌 정식으로 아버지의 의발(衣鉢)을 전수받은 셈이다. 넌 자기의 총을 갖게 되었다(그 총은 일찍이 아버지의 손에서 백 리 부근의 맹수들을 두려움에 떨게 했었다).

어린 스라소니 한 쌍은 노루 세 마리를 성공적으로 습격하고, 풀밭에 누워 긴 혀로 상대방의 털에 묻어 있는 혈흔을 꼼꼼하게 핥았다. 배부르게 먹고 마신 그들은 따가운 햇볕을 쐬자 잠이 쏟아졌다. 마른 풀과 색상이 비슷한 호화로운 모피는 수시로 경련하듯 떨었다. 이때 네 아버지는 의도적으로 소리를 내 그들을 놀라게 했다. 수컷 스라소니는 총신이 햇볕 아래 번쩍이는 것을 분명히 보았다. 그놈은 뒷발을 천천히 구부리고, 앞다리는 앞으로 기울이고 머리를 땅에 댄 채로 엎드려 있었다. 네 아버지는 그놈이 도망치려 한다는 것을 알았다. 둘째손가락에 배인 땀이 방아쇠를 적셨다. 암컷 스라소니는 이 짧은 순간에 소리도 없이 몰래 근처의 풀숲으로 뚫고 들어갔다. 이제 큰일 난 것이다. 수컷 스라소니는 사냥꾼을 바로 공격하지 않았다.

결과는 알 만했다. 암컷 스라소니가 측면에서 포위 공격했고, 수놈은 그 사이에 시간을 벌었다. 네 아버지의 총소리와 비명은 근처에서 노루를 잡던 사냥꾼들에게 들렸다. 막 포식을 한 스라소니는 네 아버지의 사체를 끌고 가지는 않았다.

네 아버지는 너무 오만했기 때문에 죽었다. 통상 사냥꾼은 단발총으로 맹수 한 쌍을 공격하지 않는다. 네 아버지는 자기 용맹을 너무 믿었던 것이다. 단발의 실수도 상상하지 않은 것이다. 스스로 곰처럼 강한 체력과 기백을 가졌다고 자신했다. 그는 여러 차례 표범과 스라소니들을 쌍으로 잡았다. 총알 단 한 발로 한 놈을 해치우고, 사냥칼로 다른 놈과 육박전을 한 것이다. 살아서 도망친 놈 외에, 그는 매번 동시에 두 놈을 해치웠다. 그들은 그의 얼굴과 몸에 무수한 상처를 남겼다. 그는 이를 자랑스러워했고, 오만하게 된 것이다.

이때 네 아버지를 생각하는 것은 유익한 일이다. 지금 넌 그들이 절대 허튼소리를 한 것이 아니라고 믿게 됐다. 그들은 흥미 끄는 이야기를 만들어 너와 농담할 필요가 없다. 게다가 너의 도움을 요청했다. "내가 그들의 말을 불신하다니, 정말 멍청했다." 넌 자책하기 시작했다.

넌 총을 휴대한 것이 잘못이라는 것을 의식하기 시작했다. 넌 일어나 총을 바위 사이에 집어넣는다. 그 바위틈은 네가 몸을 숨긴 곳과 멀다. 그놈은 사람을 적으로 만들고 싶지 않은 것이다. 이는 쉽게 알 수 있다. 그렇다면 왜 또 사람에게 의지해 사는 가축들을 습격하는가? 그놈은 사람과 가축의 종속관계를 이해하지 못한다고 해석할 수 있다. 너는 생물의 먹이사슬의 원리를 이해하지 못하지만, 사람만이 풀밭을 갖고 있고 야크와 양을 갖고 있다는 것은 안다. 그놈은 이런 것들을 이해하지 못하는 것이다. 그놈이 가축과 들짐승을 공격하는 것은 모두 그 자신 생존의 필요에 의한 것이다. 그놈은 가축과 들짐승을 구분하지 못한다. 그놈은 그것을 몰라 사람의 적이 된 것이다. 그놈은 사람과 적이 되고 싶지 않으나, 무의식중에 사람에게 손해를 끼치는 것이다.

이번엔 네가 맞았다. 넌 자부심 강한 사냥꾼의 아들이고, 역시 곰 사냥꾼이다. 더욱 중요한 것은 넌 인간이라는 것이다. 너의 두뇌로 또 다시 강자가 됐다. 그놈은 소리 없이 나타나 돌 틈에서 말의 잔해를 꺼내, 잘게 부순 뒤 입에 넣고 아삭아삭 씹었다.

넌 분명히 보았다. 그놈은 정말 사람들이 말한 만큼 크고 앙상하게 말랐다. 그러나 그놈은 힘이 아주 세다는 것을 알 수 있었다. 그놈 몸에 털은 비교적 적었고, 머리는 곰처럼 크지 않았다. 입도 곰처럼 앞으로 나오지 않았다. 그놈의 긴 손가락은 사람과 똑같이 민첩했다. 그놈은 게걸스럽게 먹다가 갑자기 머리를 들어, 네가 숨어 있는 곳을 주목했다. 넌 아예 걸어 나와, 천천히 같은 속도로 그놈을 향해 가까이 걸어갔다. 태양이 네 뒤편에서 점점 떨어졌다. 그놈의 얼굴이 갑자기 어두워졌다. 해가 지기 전 가장 밝은 순간, 낙조 빛이 낮게 비추자 넌 아주 분명히 그놈의 전체 모습을 볼 수 있었다. 지금은 모든 것이 지나갔다. 그러나 널 바라보는 그놈의 눈빛은 완전히 네게 익숙한 인간의 표정이라는 것을 포착할 수 있었다.

그놈은 그렇게 바로 달아났다. 넌 돌아가 바위틈에서 총을 꺼냈다. 그놈은 정말 주민들이 말한 것처럼 빨랐다. 순식간에 사라졌다. 그놈은 너보다 1.5배 정도 키가 컸다. 넌 그놈도 사람이라고 단정했다. 물론 피부에 긴 털이 나기도 했지만, 그놈은 분명히 인간이었다. 넌 주민들에게 아무 말도 하지 않았다.

넌 대머리가 곧 될 한족(漢族) 친구가 생각났다.

7

지금 여러분들은 알았을 것이다. 충뿌는 히말라야 설인(雪人)이라
고 하는 야생 인간을 만난 것이다. 야인(野人)에 대한 이야기는 기이
한 이야기 란에서나 볼 수 있는 허황된 전설이다. 히말라야 설인은
일찍이 세계 각지에 알려졌으나, 이런 기이한 일을 진짜로 여기는 사
람은 아무도 없다. 세계각지에는 야인에 대한 단서가 계속 발견된다.
많은 나라에서 전문 과학탐험대를 파견해 거액을 들여 조사했으나,
죽거나 산 야인의 전체 모습을 본 적은 없었다. 소문이나 흩어지고
파손된 이른바 '물증'만 찾았을 뿐이다. 우리나라(중국)에는 또 후베
이성(湖北省) 선농쟈(神農架)에서 야인에 대한 소문과 단서가 발견된
바 있다. 더욱이 중국 '야인' 조사연구협회가 결성됐다고 들었다.

설인

설인의 발자국

야인의 신비를 이해하는 것은 과학적으로 매우 중요한 가치가 있다. 아마도 이로써 인류 기원의 신비함을 풀 수 있을 것이다. 야인은 세계 4대 신비 중의 하나이다. 버뮤다 삼각지, 비행접시, 야인, 그리고 네 번째는 무엇인지 여러분 중에 누가 아십니까?

8

허(何) 기사가 와서 루까오를 흔들어 깨웠다. 루까오가 시계를 보니 정각 네 시 반이었다. 밖에는 쏴쏴 빗소리가 끊이지 않았다. 루까오는 옷을 입고 야오량을 깨웠다. 야오량은 처음엔 몽롱해 투덜댔다. "누구야, … 뭐야." 그리고는 바로 일어났다.

"몇 시야? 아직 괜찮아, 시간 안에 갈 수 있어. 오랜만에 일찍 일어나 보네. 일찍 일어나기 정말 힘드네. 자넨 언제 일어났나? 허 기사를 깨우러 가세. 그는 분명 아직 자고 있을 거야."

루까오가 문을 열고 밖으로 나갔다. 비가 많이 오지 않았다. 날이 아직 칠흑같이 어두워 한참 지나서야 눈이 적응됐다. 허 기사는 대문 앞에서 자물쇠를 열었다. 북경 지프가 문가에 서 있었다.

"아니, 비가 아직도 오잖아? 루까오."

루까오는 아무 말도 하지 않았다. 야오량은 밤이 깊고 다른 사람들이 모두 잠자고 있다는 것을 신경 써야 했다. 그는 옷을 입고 나왔다. 루까오는 방에 들어가 전등을 껐다. 허 기사가 엑셀을 가볍게 밟아 차를 몰고 도시 밖으로 나갔다.

그들 세 사람은 모두 천장대(天葬臺: 鳥葬하는 곳)에 가본 적이 없었다. 시산(西山)이 있다는 것만 알 뿐이다. 야오량의 학교는 서쪽 근교에 있었다. 야오량은 큰길을 통해 시산 아래까지 가도록 차를 인도했다. 헤드라이트의 빛은 단속적으로 내리는 가는 빗줄기에 비쳐 가물거렸다. 아주 아름다웠다. 산기슭에 도착하자 차는 큰길을 벗어났다. 바위 바로 옆에 있는 좁은 길을 따라 북쪽으로 올라갔다. 산길에 기복이 있어 (차가) 심하게 요동쳤다. 차는 천천히 갔다. 티베트식 작은 집을 지나자 길이 잘 보이지 않았다. 마치 띠(풀)가 듬성듬성 자란 소금 모래톱에 올라선 것 같았다. 야오량은 등불을 비추며 샤오 허를 격려했다.

"방향은 대체로 맞아. 가세. 길은 없어도 큰 도랑은 없으니, 앞으로 가도 별문제 없을 거야. 조금만 더 가면 거의 도착할 거야. 산기슭을 따라왔고 갈림길도 없었으니 잘못 왔을 리 없어."

큰 방향은 틀리지 않았다. 헤드라이트 불빛은 앞에 있는 경사진 언덕을 비췄다. 언덕은 좌우로 길게 늘어져 있어 돌아갈 수 없었다. 야오량이 자발적으로 차에서 내려 비를 무릅쓰고 길을 찾았다. 그는 언덕 꼭대기를 빠른 걸음으로 올라갔다. 빗속에서 한참을 멍하니 서 있었다. 그는 몸을 돌려 차를 향해 낙심한 듯 손을 흔들었다. 그것은 관개용 수로였다.

어떻게 할까? 아마도 앞으로 조금만 더 가면 도착할 것이다. 그렇다면 차를 두고 걸어서 갈 수 있다. 수로에는 목판 하나로 된 다리가 있었다. 사람 한 명은 걸어갈 수 있었다. 그러나 앞으로 얼마나 가야 도착할지 누가 알겠는가? 여기서는 아무런 소리도 들을 수 없었다.

날이 밝기까지는 두 시간밖에 남아 있지 않았다. 지금까지 아무도 오지 않았을 리가 없다. 허 기사는 운전수라 차가 걱정됐다. 지금은 이미 다섯 시다.

"이렇게 하자. 다시 시내로 돌아가서 북쪽으로 간 뒤 다시 서쪽으로 돌면, 이 수로를 돌아갈 수 있을 거야. 왕복 20여 리니까, 차로 가면 20분도 안 걸릴 거야? 어떻게들 생각해?"

그렇게 할 수밖에 없었다. 그들의 차가 다시 도로에 들어서, 헤드라이트를 비추자, 옷을 화려하게 차려입은 사람들이 앞에서 오고 있었다. 비가 다시 세차게 내렸다.

"관광객들이다, 홍콩 관광객들인 모양이야. 그들도 분명히 천장(天葬)을 보러 가는 것일 거야. 멈추게. 내가 가서 물어봐야겠어. 그들 중에 가이드가 있을 거야."

그들에겐 가이드가 없었다. 게다가 그들은 모두 우비도 없었다. 10여 명 정도 되는 그들은 모두 오리털 재킷을 입고 있었다. 이미 다 흠뻑 젖어 보였다. 그들도 사전허가를 받지 않았다. 천장(天葬)은 외부인에게 개방하지 않는다는 것을 그들과 우린 모두 몰랐다. 그들은 걸어서 가니 넘어갈 수 있을 것이다. 여기서 시내까지 11리(5km)이니, 그들은 아마 한 시간 이상 걸은 것 같았다. 우리 차는 시내로 되돌아갔다.

루까오는 시계를 보았다. 야오량은 재수 없다며 한마디 욕을 했다.

비가 내리는 밤이라 기온이 아주 낮았다. 허 기사는 돌아가서 솜옷이라도 가져오겠냐고 두 사람에게 물었다. 루까오는 관두라고 말했다. 그는 다시 주위 사람들을 시끄럽게 하고 싶지 않았다. 시내를 나와 삼거리를 막 지나려고 하는데, 허 기사는 삼거리 근처에서 무언가 검은 것을 목격했다. 그는 차를 세웠다. 그와 야오량은 그 검은 그림자를 향해 함께 걸어갔다.

"취객이 아닐까? 차에 친 사람인가?"

허 기사는 자기 말에 놀랐다. 야오량은 개의치 않고 앞으로 걸어갔다. 야오량은 고개를 돌려 허 기사에게 마대포라고 말했다. 허 기사도 앞으로 다가왔다. 두 사람 모두 줄로 묶인 마대포를 열고 싶어하지 않았다. 루까오가 또 저쪽에서 경적을 울렸다.

"가세, 돌아가. 서둘러 가세."

"그래요. 날이 곧 밝을 테니."

다시 차를 몰 땐 아무도 말을 하지 않았다. 차는 북으로 향한 뒤 서쪽으로 갔다. 이 길은 간이도로였다. 비는 멈추지 않을 기세였다. 오락가락했다. 비는 차 유리창을 향해 간단없이 들이쳤다. 반대쪽에서 트랙터가 왔다. 쌍방 모두 차등을 끄고 길을 양보했다. 앞에는 같은 방향으로 트랙터 한 대가 가고 있었다. 허 기사는 경적을 울려 비켜 달라고 요구했다. 길이 너무 좁아 상대방도 양보할 수 없었다. 허 기사는 하는 수 없이 운이 없다고 스스로 탓하고, 트랙터 뒤를 천천히 따라갔다. 루까오와 야오량은 뒷좌석에서 몸을 웅크리고 잠에 들려는 것 같았다. 차 안이 추웠으나, 그들은 솜옷을 입지 않았다.

허 기사가 낮은 목소리로 그들을 불렀다.

"아니, 저런, 앞에 가는 트랙터를 봐요."

지프의 헤드라이트는 빗속을 뚫고 앞에 가는 트랙터에 연결된 트레일러의 윤곽을 비추었다. 그 안에는 세 사람이 무언가를 어깨에 걸치고 앞차를 등지고 앉아 있었다. 얼굴을 헤드라이트가 비추는 방향으로 향하고 있었다. 그러니까 지프 안에 있던 세 사람과 마주한 것이다. 비가 많이 왔고 그들의 어깨에 무언가를 걸치고 있어, 차 안의 사람들은 트레일러에 있던 사람들 얼굴을 똑똑히 볼 수 없었다.

"천장에 가는 사람들 아닐까?"

"누가 알겠나? 정말 더럽게 춥네."

"제가 저들을 한참 봤는데요. 오른쪽 두 사람은 움직이는데, 왼쪽 모서리에 있는 저 사람은 조금도 움직이지 않고 있어요. 죽은 사람 아닐까요? 선생님들이 주무실 때, 나 혼자서 보기 겁이나 깨운 것입니다."

"겁주지 마. 설마 그렇게 공교로울까?"

루까오는 잠자기 전 야오량이 한 말이 생각났다. 정말로 그녀의 사체가 아닐까? 정말 그녀의 천장이라도 보러 가야 할까? 모든 것이 가능하다. 한 주일 전, 그녀가 죽을지 생각할 수 있었는가? 세상일은 예상하기 힘든 것이다. 허 기사는 천장에 갈 가능성이 있다고 말했다. 왜 가능성이 없단 말인가? 그렇지 않으면 저 트랙터가 비를 맞으며 한밤중에 길을 서둘러 갈 필요가 어디 있는가? 더욱이 밤길이다. 티베트의 생활 리듬은 아주 느리다. 짐을 운반하려면, 이렇게 퍼붓는 비를 맞으며 갈 필요가 없다. 더욱이 또 밤길이다. 만약 천장에 간다면 그녀가 아니라는 법이 어디 있는가? 시간 차이가 많이 나지 않는다. 만약 그녀라면, 그래도 보러 가야 할까? 야오량의 말이 맞다. 얼마 전까지만 해도 생생하게 살아 있던 예쁜 아가씨의 죽은 모습을 본다는 것, 대자연의 완벽한 존재가 둔중한 칼에 잘려 고깃덩어리가 되는 것을 본다는 것은 분명히 기분 좋은 일이 아니다. 루까오는 앞의 차 왼쪽 모서리에 있는 것이 그녀라면, 더 이상 보러 가지 말자고 결정했다.

야오량과 허 기사는 흥미롭게 관찰하고 분석했다.

"앞의 트랙터가 도랑을 건널 때 자세히 보세요. 트랙터 머리가 언덕을 기어오를 때, 트레일러가 뒤로 기울어지면 차를 세울 테니 자세히 보세요!"

"도랑에 들어간다. 도랑에서 나간다. 차를 멈춰. 에이!"

여전히 정확하게 알 수 없었다. 그러나 분석에 진전이 있었다. 트랙터가 왼쪽으로 돌아 작은 길로 들어섰다. 이 길은 천장대로 가는 방향과 일치한다. 허 기사는 다소 득의양양했다.

"내가 뭐라 했습니까? 분명히 천장하러 가는 것입니다. 왼쪽에 있는 것이 사체가 분명합니다. 이렇게 오랜 시간 동안, 흔들거리고 비도 맞았는데, 보세요, 저 사람이 움직인 적이 있어요?"

"뭐라 해도 난 믿지 않네. 시신을 차 바닥에 뉘어 놓지, 저렇게 앉혀 놓을 필요가 뭐 있어? 또 시신이 저렇게 얌전하게 앉아 있을 수 있어? 사람이 죽으면 굳기 때문에 기본적으로 앉을 수가 없어. 게다가 차가 저렇게 흔들리는데."

"고정시키면 되잖아요."

"어떻게 고정시켜? 사자(死者)의 유족들이 줄로 시신을 묶는 것에 동의할 것 같아? 자네도 찬성하지 않을 걸세. …"

제삼자인 루까오는 재미있었다. 한쪽 편을 드는 것은 사람의 천성이다. 논쟁을 하다 보면, 사실 자기 자신이 확신하지 않아도 상대방을 설득하려 한다. 그들도 그처럼 추측하고 있을 뿐이다. 어떤 수수께끼의 답도 두 가지 가능성이 있다. 옳거나 틀린 것이다. 그러나 누가 확신할 수도 없는 일을 절대적으로 믿는다 말인가? 아무도 없을 것이다. 그러나 한쪽 편을 든다는 것이 나쁜 일도 아니다. 사람들은 머리를 쓴다. 자기가 논쟁에서 이기려고 자기에게 유리한 일들을 모두 끄집어낸다. 논쟁이 마지막에 도달하면 상대를 설복시킬 수는 없어도 사실은 오히려 분명하게 된다. 그리고 따지고 말다툼하는 것도 통쾌한 일이다. 바로 전에 야오량과 샤오 허가 춥다고 한 말도 잊게 하지 않았는가.

차는 산길을 따라 올랐다. 도중에 낙석이 잔뜩 깔린 얕은 도랑도 넘어갔다. 이때 앞에 있는 산 중턱에서 불꽃이 일어났다. 세 사람은 안도의 숨을 내쉬었다. 동이 아직 트지도 않았고, 사람들도 아직 도착하지 않았다. 시간상 아무 문제가 없었다. 보아하니, 그들이 운이 나쁘지 않은 모양이다.

다소 불만인 것은 비가 계속 내린다는 점이다. 천장(天葬)을 볼 때 비에 젖게 생겼다. 그들은 옷을 적게 입었는데 날씨는 또 추웠다.

9

야오량의 추천을 거쳐 루까오가 이 소대의 대장이 됐다. 야오량도 흔쾌히 부대장을 맡았다. 결국 네 사람은 각기 다른 직책과 직위를 맡았다. 충뿌는 가이드를 맡고, 노 작가는 당연히 고문을 맡았다. 그들은 출발하기 전에 각각 장총 한 자루씩 빌렸다. 반자동인 장총 세 자루와 충뿌의 구식 총을 더하자 막강한 화력을 갖추게 됐다. 계획에 따라, 그들은 사진기 두 대와 필름 10통, 그 밖에 압축 건조식품을 준비했다.

출발 전에 그들은 각종 가능성에 대해 재삼 논의했다. 기간은 얼마나 하고, 단서를 발견하면 어떻게 할 것인가. 그놈을 보면 총을 쏠 것인가, 어떻게 사진을 찍을까, 죽이면 어떻게 처리하는가, 사진은 어떻게 보존하는가 등이다. 상상하자 힘이 열 배로 솟구쳤다. 그들은 위험하게 될 가능성에 대해서도 논의했다. 루까오와 야오량은 가족에게 편지를 써 상황을 설명했다. 또 고려해야 할 것이 무엇인가?

3일 후, 그들은 충뿌가 있는 현에 도착했다. 충뿌가 설인(雪人)을 발견한 산자락의 그 유목촌에 도착했다. 충뿌는 그들을 위해 장막을 빌렸다. 그들은 이 유목촌을 근거지로 부근 수십 리 계곡을 돌았다. 그들은 여기서 4일간 묵었다.

그 동안 내지에서 온 두 젊은이는 노작가와 충뿌가 서로 만나게 된 이야기를 알게 됐다. 그들은 설인과 만나는 기회를 갖지 못했다. 각자의 일과 다른 이유로 인해 그들은 5일째 되는 날 돌아갔다. 그들은 조금도 낙심한 것 같지 않았다. 그것이 충뿌들의 생활이며, 챵빠(强巴)와 양쩐(央金)들의 생활이다. 그 4일 동안의 경험으로 그들 세 사람은 각각 충분히 책을 쓸 수 있었다. 노작가와 두 젊은 작가의 책은 얼마 후 곧 세상에 나올 것이다. 그 밖에 루까오는 설창(說唱: 노래와 말로 이야기를 하는 예술의 일종) 예술가에 관한 실제 이야기를 쓸 것이다. 이 이야기는 설인과 양각(羊角) 용에 대한 이야기는 하지 않아도,

거대한 산맥인 깡디스를 유혹적인 땅으로 만드는 데 충분하다.

이야기는 그들이 묵었던 유목촌에서 발생했다.

10

그들은 너무 낙관했다.

트랙터는 이미 불더미 앞에 가서 멈추었다. 엔진을 끄지 않아 계속 쿵쿵 소리를 냈다. 북경 지프는 대략 300미터 정도 뒤에서 천천히 따라갔다. 불더미 주위에 사람 그림자가 움직이는 모습을 볼 수 있었다. 허 기사는 다소 주저했다.

"차는 여기다 세우지요. 앞에 경사가 너무 심해요."

"겁이 나나? 트랙터도 올라갈 수 있는데, 북경 지프가 못 올라간단 말인가? 자넨 왜 이렇게 … ."

"됐어요. 올라가면 될 거 아니에요."

산길은 정말로 경사가 심했다. 허 기사는 저단 기어를 넣고 올라갔다.

어떤 사람이 다가왔다. 차를 향해 거칠게 소리쳤다. 허 기사는 브레이크를 밟고 루까오는 차에서 내렸다. 상대방은 대략 40세가량 됐다. 중국어로 루까오에게 소개장을 요구했다. 루까오는 이 사람은 티베트 사람이라고 생각했다. 루까오는 무슨 소개장이냐고 성질을 참고 물었다. 상대방은 갑자기 화를 냈다. 큰 소리로 자치구 경찰국에서 발급하는 소개장이라고 소리를 질렀다. 그는 그제야 알아차렸다. 티베트 사람들은 천장(天葬)을 공개하지 않는 것이다. 특히 외부사람이 보는 것을 금하는 것이다. 루까오는 그래도 먼발치에서 잠시 볼 것이고, 그들의 일에 영향을 끼치지 않을 것이라고 참을성 있게 말했다. 그는 더욱 화를 냈다. 바로 티베트 말로 루까오에게 떠들어댔다. 보아하니 말로 될 것 같지 않았다. 루까오는 차로 들어가 허 기사에게 차를 돌려 돌아가자고 말했다.

차는 방금 정차했던 곳에서 1마일 떨어진 곳으로 갔다. 허 기사가 차 문을 잠그고, 세 사람은 도보로 위로 올라갔다. 이때 남쪽에서 번쩍이는 불빛들이 앞뒤로 흔들거리며 이쪽을 향해 다가왔다. 손전등 불빛이었다. 손전등을 든 사람들의 그림자를 희미하게 볼 수 있었다. 야오량은 그 홍콩 관광객들이 도착한 것으로 추측했다. 세 사람은 서서 홍콩 관광객이 오길 기다렸다가 함께 산 중턱에 있는 불더미 쪽으로 향했다.

"모두 같이 갑시다. 우린 사람이 많고, 저들은 적습니다."

그들은 거의 모두 흠뻑 젖었다. 여자 몇 사람은 얼굴이 창백하도록 얼어붙었다. 이슬비의 명실상부한 위력이었다. 허 기사는 차에서 내리자마자 춥다고 소리쳤다. 홍콩 관광객들은 (천장을) 공개하지 않는다는 것을 아는 모양이었다. 그들은 가까이 가는 것을 서두르지 않았다. 다섯 사람은 아예 불더미를 돌아 측면으로 산에 올랐다. 높은 곳에서 내려다보는 것도 괜찮은 방법이라 여겨, 루까오 일행 세 사람도 그 다섯 사람을 쫓아 위로 올라갔다.

하늘은 점점 밝아지는데, 가는 비는 여전히 멈추지 않았다. 높은 곳에서 일행들을 보니 정말 뭐 같았다. 뭐와 비슷한가? 망설이고 낙심하다가 도둑놈 심보가 또 발동했다. 조망 각도가 좋아지니, 불더미

천장 장면 2

쪽이 다소 분명하게 보였다. 군대트럭 한 대와 뒤에 온 트랙터가 있었고, 불더미 주변에 사람이 적지 않았다. 대략 십여 명이 됐다.

어떤 사람이 불을 껐다. 앉아 있던 사람이 일어나 두 대의 차 주변에서 움직였다. 여섯시 반이 됐다. 이곳과 사람들이 있는 아래까지는 200~300미터 떨어져 있다. 이곳에서 꺼진 불더미 가까운 곳에 커다랗고 평평한 돌층계가 있는 것이 희미하게 보였다. 그것이 천장대(天葬臺)인 모양이다. 천장대는 그들이 본래 생각했던 것과는 달리 산꼭대기에 있지 않았다. 그것은 산 중턱의 거대한 돌계단에 불과했다.

여기는 너무 멀었다. 아래에서 움직이는 사람들이 뭐를 하는지 분명히 보이지 않았다. 사체를 올리고 있는지 모른다. 아님, 이미 사체를 해체하기 시작했는지 모른다. 루까오는 좀더 가까이 가기로 결정했다. 다른 사람들도 이렇게 생각하는 모양이었다. 모두 앞으로 움직였다. 사전에 약속하지 않았으나, 아무도 말을 하지 않았다. 야오량은 능이나 묘지에 갔을 때가 생각났다. 그런 때는 웃고 떠들기 좋아하는 아가씨들도 입을 다문다. 무엇이 그들을 침묵하게 하는가? 죽은 자에 대한 경외심? 결코 그렇지는 않을 것이다. 야오량은 다른 이유가 또 있을 것이라 생각됐다. 분명히 다른 무엇이 있는 것이다. 예를 들면 삶과 죽음 사이의 경계선을 생각할 수 있을 것이다. 일반적으로 사람들에게 이런 경계선은 아주 까마득하게 느껴진다. 그런데 이때는 구체적이 된다. 분명히 사람들은 이런 곳에 오면 더 뚜렷하게 경계선을 느끼게 되고, 농담조로 말하면, 문 안팎에 한 발씩 걸치며 경계선 위에 서 있는 것이다.

"한 치(寸)를 얻으면 한 척(尺: 寸의 열 배)을 바란다"라는 말과 "뱀이 코끼리를 삼키는 것처럼 욕심은 끝이 없다"라는 말은 비슷한 말이다. 아마 그들이 있던 곳에 가만히 있었다면 아무 일도 없었을 것이다. 신 사과라도 없는 것보단 나은 것이다. 이런 이치는 아주 명확한 것이지만, 정말로 이해하는 것은 그렇게 쉬운 일이 아니다. 모두 하나를 얻으면 열을 바라는 마음 탓이다. 그들은 쫓겨난 후에야 이런 격언들의 의미를 이해하게 됐다.

천장(天葬)을 주도하는 사부가 결국 단단히 화가 났다. 앞치마를 두른 남자 세 명이 부근 산 주위에 있던 사람들을 향해 화를 내며 소리쳤다. 언어가 통하지는 않았지만 욕을 하고 있다는 것은 알아차릴 수 있었다. 앞으로 향하던 사람들은 모두 멈췄다. 그리고 사태의 발전을 조용히 살폈다. 이때 그들이 똑똑했다면 스스로 얌전히 돌아갔으면 좋았을 것이다. 화가 난 사람이 융통성을 보이지 않으리라는 것은 모두 알고 있었다. 똑똑한 사람이라면 이런 상황에서 환상을 가지면 안 되는 것이다. 사실 그들은 모두 똑똑한 사람이 아니다. 모두 꿈을 꾸고 있는 것이다.

해는 아직 떠오르지 않았다. 지금은 꿈을 꾸는 때인 것이다.

그들이 몸을 숨기자 천장(天葬) 사부는 더욱 분노했다. 그들은 부근에 있는 사람들에게 돌을 던지기 시작했다. 돌이 하늘을 향해 날지는 않았다. 단지 겁만 주고 사람을 다치게 하려는 것은 아니라는 것을 알 수 있었다.

담이 작은 사람은 이미 철수했다. 허 기사는 제일 먼저 철수했다. 북경 지프가 산 아래 자갈밭에 서 있는 것이 보였다. 루까오는 좀 다급해져 허 기사에게 큰 소리로 차를 돌려오라고 소리 질렀다. 천장(天葬) 사부는 마치 양떼를 모는 것처럼 사람들을 몰아냈다. 루까오와 야오량 그리고 뚱뚱한 홍콩 젊은이 하나가 가장 뒤에 처졌다. 야오량은 달갑지 않아 몇 번이고 뒤돌아 멈추어 섰다. 그 결과 결국 다리에 돌을 맞았다.

야오량은 시비를 따지려 했다. 상대방은 중국어가 아니고 티베트말로 그를 향해 지독하게 떠들어댔다. 게다가 또 허리를 숙여 돌을 집었다. 그러자 조금 앞에 갔던 홍콩 관광객들은 뛰어 내려갔다. 천장(天葬) 사부 두 명도 뒤로 돌아갔다. 나이가 좀 많은 사부(돌을 야오량에게 던진)만 아직 사람들 뒤를 쫓고 있었다.

경사로가 아주 미끄럽고 질퍽거렸다. 뒤따라오는 사람들은 갈지자 걸음을 걸었다. 루까오는 몹시 추워 몸서리쳤다. 겉옷이 물에 젖어 덜덜 떨었다. 야오량은 뒤에서 따라왔다.

그 천장(天葬) 사부도 걸음을 늦췄다. 그들은 거리가 멀어졌다. 야오량은 루까오를 툭 쳤다.

"이렇게 돌아가고 말 거야?"

루까오도 멈췄다. 돌아보니 천장 사부는 위에 서 있었다.

천장(天葬) 사부는 그들이 가지 않는 것을 보고 또 소리를 치며 쫓아왔다. 야오량은 발을 구르며 목청껏 상대방을 향해 소리쳤다.

"또 돌을 던지면 가만있지 않을 거야!"

상대방은 마침내 중국어로 말했다.

"가만있지 않으면 어쩔 거냐!"

라고 말하면서 야오량에게 돌을 던졌다. 이번엔 사람을 겨눈 것이다. 돌은 야오량의 머리에서 2피트 정도밖에 떨어지지 않은 곳에 떨어졌다. 야오량도 고개를 숙여 돌을 두 개 주웠다. 천장(天葬) 사부는 티베트 말로 크게 소리쳤다. 멀리 천장대 주변에 있던 사람들이 모두 일어났다. 돌아가던 두 천장 사부도 뒤돌아 이곳으로 뛰어왔다. 루까오는 야오량을 세게 잡아당겼다. 그들도 빨리 뛰기 시작했다. 루까오는 뛰면서 차 안에 앉아 있던 허 기사를 향해 손을 흔들었다. 허 기사는 차에 돌이 맞지 않도록 먼저 출발하라는 것으로 알고, 시동을 걸어 앞으로 먼저 출발했다.

루까오와 야오량은 빨리 뛰면서 뒤에서 날아오는 돌들을 피해야 했다. 홍콩 관광객들은 모두 멈추었다. 그들 둘은 그들 뒤를 따라잡았다. 쫓아오던 천장(天葬) 사부들은 홍콩 관광객들에겐 관심을 두지 않고 그들 둘만 추격했다. 천장(天葬) 사부들이 그다지 빨리 뛰지 않자, 그들도 속도를 줄였다.

"괜히 성가시기만 했잖아."

"기분 더럽네."

"그래도 돌을 던지면 안 되지."

"난 그냥 겁만 주려던 거야."

"여긴 소수민족 지역이란 것을 잊지 마."

"오늘은 정말 재수 옴 붙었네. 이럴 줄 알았으면 멀어도 산 위에서 볼 것을 그랬어. 잘 보이지 않아도 못 보는 것보다는 나은데."

"뛰지 마. 쫓아오지 않아. 돌을 줍지 말아야 했어."

신 사과라도 먹지 못하는 것보단 나은 것이다.

정말 그런가? 루까오는 꼭 그렇지 않다고 생각했다. 야오량이 한 말은 과거로 사라졌다. 그러나 루까오는 지금도 단정할 수 없었다. 트랙터(혹은 군부대 트럭) 안에 있던 것이 그녀였을까? 물론 야오량은 추도회가 오늘 열리니, 오늘 아침에 그녀를 천장(天葬) 했는지 물으면 알 수 있을 것이다. 그러나 지금은 알 수 없었다. 그는 알고 싶었다. 이때 루까오는 올 때 차에서 생각했었던 것과 달리 자기가 그 처녀의 천장을 몹시 보고 싶어한다는 것을 알게 됐다.

날은 이미 밝았다. 그러나 검은 구름이 하늘을 덮었다. 게다가 이슬비도 계속 내렸다. 야오량은 얼굴색이 푸르게 변했다. 루까오는 자기도 별 차이가 없으리라 생각했다. 그들의 옷도 비에 완전히 젖었다. 위아래 치아가 덜덜 떨렸다. 허 기사는 앞에서 그들을 기다렸다. 차에 탔어도 떨지 않을 수 없었다. 야오량은 또 원망했다. 허 기사는 루까오에게 물었다.

"돌아갈까요?"

야오량은 말을 가로채 "가자, 가"라고 말했다. 그들은 돌아가기로 했다.

루까오는 무슨 소리를 들었다. 돌아보니, 그 천장(天葬) 사부가 차를 향해 손을 흔들고 있었다. 그는 샤오 허에게 차를 멈추라고 했다. 차가 멈추는 것을 보고, 천장(天葬) 사부는 그들을 향해 걸어오면서 손을 흔들고 무엇이라고 말하고 있었다. 야오량은 빨리 출발하라고 했다. 만약에 차를 부수면 어떡하느냐고 말했다. 루까오는 그런 것 같지 않다고 말했다. 그에게 무슨 일이 있는 것 같고, 아마 차를 얻어 타고 시내로 돌아가려는 모양이라고 말했다. 야오량은 그래도 허 기사에게 출발하라고 재촉했다. 야오량은 그가 차를 얻어 타려고 한다해도 그런 위험을 무릅쓸 필요가 없다고 말했다. 만에 하나, 차가 부서지기라도 하면 어떡하냐고 걱정했다. 루까오는 자기가 내려가 보려고 했다. 야오량은 차를 멈추는 것에 반대했다. 그들의 풍속을 해쳤으니 너를 때려죽일 수도 있다고 말했다.

차는 결국 도로 위로 올랐다. 천장(天葬) 사부는 그래도 차 뒤에서 손을 흔들었다. 차가 속도를 내자, 더 이상 뒤를 바라보지 않았다.

이야기는 여기서 끝난다고 볼 수 있다. 이는 루까오와 야오량 탐험대의 첫 번째 탐험이었다. 그들은 여기서 수년간 일할 예정이다. 기회는 많을 것이다. 그들의 두 번째 탐험은 원시인을 탐사하는 것이다. 두 번의 탐험 모두 결과 없이 끝나버린 것이다.

그들은 두 번째 탐험을 한 뒤 각자 깡디스 산에 관한 이야기를 썼다. 그것은 몇 년 뒤의 일이다. 그 외에 루까오가 소리를 하는 예술인에 대한 이야기를 썼다고 들었다. 이 이야기를 말하기 전에 천장대를 떠난 뒤 있었던 의외의 에피소드를 먼저 말하고자 한다.

"그때 난 아직 군부대 수송연대에서 차를 몰았어요. 한 번은 브레이크가 고장 나 사고를 일으켰어요. 티베트족 사내아이를 치었죠. 그때 사내아이의 아버지는 내 머리를 잡아 차 앞 범퍼에 찧었어요. 난 그때 18세였고 키가 작았어요. 난 겁에 질렸었죠."

"중대장이 앞에서 되돌아왔어요. 난 구해달라는 눈빛으로 중대장을 바라보고 있었죠. 그가 내 대신 사정을 해주기 바랐어요. 중대장은 나와 같은 고향 사람으로 평소엔 나를 자기 동생처럼 대해 줬었어요. 티베트족들은 군 간부들은 존중했었어요. 중대장은 날 위해 변명을 해주지 않았어요. 그가 앞으로 다가오자, 사내애의 아버지는 손을 멈추고 나를 풀어줬어요."

"정말 뜻밖에, 중대장이 내게 다가와 내 뺨을 모질게 때렸어요. 난 바로 고꾸라지고 어리둥절했어요. 난 그의 얼굴이 그렇게 무서운 것을 처음 봤어요. 평소에 그는 좀 여성스럽기까지 했거든요. 다른 동료들은 차를 타고 가고, 중대장과 나는 남았어요. 중대장과 진(鎭) 파출소에서 온 경찰이 나를 경찰국으로 압송했어요."

허 기사는 고개를 숙여 계기판을 보았다.

"큰일 났네! 기름이 떨어졌나 봐요!"

"아쉬운 대로 돌아갈 수는 있지 않아?"

"안 되겠어요. 기름을 넣지 못했어요. 어제 저녁 계기판 확인하는 것을 깜빡 잊었네요. 이곳에 들어가서 좀 얻어 보죠!"

그곳은 교외의 한 공장이었다.

"지금 천장(天葬) 사부가 쫓아오면 큰일인데."

"여기 차고가 어디 있습니까?"

공장에서 나온 사람이 방향을 알려 줬다. 허 기사는 차를 세우고, 세 사람은 차고에 기름을 얻으러 갔다.

이때 야오량은 엉뚱하게 따뜻한 죽 한 그릇을 먹었으면 좋겠다고 말했다. 정말 하늘은 사람이 원하는 바를 들어 준다. 루까오는 뜻밖에 건물 안에서 나온 사람에게서 죽 한 그릇을 얻어먹었다. 이 사람은 루까오와 같은 차를 타고 티베트에 들어온 대졸 출신이었다. 이 공장에 배치돼 엔지니어 조수 노릇을 하고 있었다. 마침 아침 시간이었다. 그는 루까오와 반갑게 서로 안부를 물었다. 그 뒤 온몸이 꽁꽁 언 이 세 사람을 전기난로로 안내했다. 그는 죽을 쑤고, 그들은 몸을 녹였다. 또 옆 사무실에 가서 배갈을 한 병 얻어오고, 통조림 두 통을 땄다. 허 기사는 운전을 해야 하기 때문에 술을 마실 수 없다고 말했다. 주인은 루까오와 야오량과 함께 술을 몇 잔 마셨다. 그런 뒤 공장 운전수를 찾아 기름을 좀 얻었다. 이곳은 시와 10리가 되지 않았다. 주인은 손을 흔들며 조심해 가라고 외쳤다.

정말 흡족했다. 비록 젖은 옷을 아직 입고 있었지만 마음은 아주 따뜻했다.

그들이 차를 몰아 공장 마당을 나올 때, 뒤에 앉아 있던 야오량은 그 홍콩 관광객들이 천장대에서 그들 있는 곳으로 오는 것을 보았다.

"저 사람들은 끝내 봤는지 한번 물어 보자!"

"천장 사부가 도대체 왜 손을 흔들었는지 물어 보자."

그들의 홍콩 말(아마도 광동과 광서 말일 것이다)을 제대로 알아들을 수 없었다. 그러나 그들의 의기소침한 표정을 보니 그들도 천장대에 접근하지 못한 모양이었다. 그 뚱뚱한 청년이 허 기사와 무언가를 의논하려는 모양이었다. 그는 어깨를 떨고 있던 아가씨를 가리키며 허 기사에게 차에 태워 보내달라고 부탁하는 모양이다. 그녀는 차 뒷좌석에 앉았다. 야오량은 닭 내장처럼 가는 그녀의 다리를 보았다. 그녀는 꽁꽁 얼어붙었다. 홍콩 관광객들과 비교하면 그들의 처지는 훨씬 나은 것이다.

그녀는 동료들에게 손을 흔들었다. 야오량은 허 기사에게 아까 말을 계속하도록 재촉했다.

"그 후에 어떻게 됐나?"

"후에 사내아이 부모가 경찰국에서 쫓아왔어요. 사내아이의 숨이 끊어졌어요. 그들은 그애가 죽은 것을 보고 쫓아온 겁니다."

"정말 큰일 났네?"

"그애 엄마가 교통경찰 중대장과 연대장을 만났어요.

'그를 풀어줘요. 내 아들이 죽었지만, 그를 풀어줘요.'

그 엄마는 울면서 그들에게 말했어요.

'부탁합니다. 그를 풀어줘요. 고의로 그런 것이 아니에요. 부탁합니다. 그를 풀어줘요.'

그렇게 난 풀려났어요. 운전면허가 5개월 정지됐어요. 티베트족은 진심으로 선을 추구하는 것이고, 그들이 부처님에 기도하는 것은 진심이라고 후에 중대장이 내게 말했어요."

허 기사는 그녀를 여행국초대소(숙박시설 — 옮긴이 주)까지 보내줬고, 그녀는 차에 내려 서툰 표준말로 "고마워요"라고 말했다.

야오량은 학교로 갔다. 그는 재수가 없었다고 생각했다.

차에는 루까오와 허 기사 두 사람만 남았다.

"자넨 그 엄마의 양아들이 되어야 하네."

"그렇게 했어요."

11

이곳엔 뜬쭈(頓珠)와 뜬위에(頓月) 형제에 대한 이야기가 전해진다. 이 이야기는 티베트 연극으로 만들어지기도 했다. 뜬쭈와 뜬위에는 아주 아름다운 이름이다. 그러나 이 이야기는 아주 오래된 이야기다. 너무 오래돼서 나이가 가장 많은 노인도 이 이야기를 증조부에게서 들었다고 한다.

보통 사람들도 환생하는지 난 모른다. 그러나 이 쌍둥이는 분명히 뜬쭈와 뜬위에라고 불렸다. 다소 주제넘게 단정하면 이 형제가 국왕이 될 수는 없을 것이다. 아마 이는 바로 이른바 하늘의 뜻이다. 뜬쭈는 양치기였고, 동생 뜬위에는 차를 모는 운전수다. 뜬쭈에 비해 한 시간 늦게 나왔다.

다른 쌍둥이와 다르게 이 형제는 모습이 완전히 달랐다. 뜬쭈는 실제로 형다웠다. 키가 크고 얼굴도 컸다. 갈색의 큰 얼굴은 방금 조각칼로 깎아 만든 반 완성품 석고상 같았다. 뜬위에는 세심했다. 형과 정반대였다. 머리끝이 뜬쭈 목젖에도 못 미쳤다.

처음에 뜬위에도 형처럼 양을 쳤다. 그는 웃길 잘했고, 활동적이었다. 그의 양들도 형의 양보다 활동적인 것처럼 보였다. 사람들은 언제나 시산(西山)의 암벽 위에서 그의 붉은 모자를 볼 수 있었다. 붉은 모자 앞에는 구더기처럼 꾸물꾸물 움직이는 누런 양떼들이 있었다. 시산에는 큰 바위들이 많았다. 듬성듬성 보이는 초록색은 버드나무나 잔디이다. 시산에는 양(羊)만이 갈 수 있는 길이 있다. 종합하면, 뚠위에는 활발하고 활동적인 청년이다. 그는 체격이 크진 않지만 아주 민첩하고 튼튼하며 노래를 잘 불렀다. 노랫소리가 아주 듣기 좋았다.

마침내 어느 날 뚠위에가 뚠쭈를 찾아와 살며시 말했다.

"나, 군대 가기로 했어."

"엄마에게 말했니?"

"말하려고 해. …"

그들이 앉은 곳은 천막과 멀지 않았다. 옆은 바로 양 우리이다. 그들은 누워있었다. 바닥은 딱딱하게 얼어붙은 건초지이다. 뚠위에가 다시 일어났다.

"내 생각에 … 형, 엄마가 날 보내 줄까?"

그는 본래 뚠쭈가 어떻게 대답할지에 관심이 없었다. 단지 혼자서 생각하고 말하는 것이다.

"내 생각에 … 엄마는 날 보내 주지 않을 거야. 분명히 보내지 않을 거야."

그는 거의 확신하고 있었다. 그는 또 갑자기 뚠쭈를 주먹으로 툭 쳤다. "말해 봐, 형?"

"어떻든 엄마에게 말씀드려야 해."

"엄마는 분명 날 보내 주지 않을 거야. 엄마가 날 보내 줄 리 없지.

그러나 난 반드시 갈 거야. 나는 이곳을 떠나 보려고 해. 내지(중국 내) 각 처에 돌아보고 싶어. 청두(成都)에도 가고, 시안(西安)에도 가고, 베이징(北京)과 상하이(上海)에도 가 봐야지. 난 바다도 보고 싶어."

"그럼 엄마에게 말해 봐."

"난 기술도 배우려고 해. 나는 차를 운전하고 싶어. 난 운전을 제일 하고 싶어. 어렸을 때부터 생각했어. 차를 운전할 수 있다면, 어디든 갈 수 있잖아. 난 반드시 르카쩌(日喀則)에 운전해 갈 것이고, 헤이하이(黑海)도 가고, 라싸(拉薩)도 가고, 싼난(山南)도 가고 창두(昌都)도 갈 거야. 물론 우리 족의 전체 아리(阿里)⁴⁾도 갈 거야."

"넌 언제 엄마에게 말할 거니?"

"난 저녁에 차 전조등을 켜고 노루를 사냥할 거야. 내가 9살 때, 궈(郭) 반장의 차를 탄 적이 있는데, 지금 생각해도 정말 재미있었어. 바로 남쪽 초원에 노루 십여 마리가 살았어. 헤드라이트를 비추니까, 그놈들은 목을 길게 빼고 영리한 모습으로 바라보다가 차가 가까이 가자 도망치더라고. 정말 이상하게도 그놈들은 일직선으로만 뛰고 방향을 바꾸지 않는 거야. 그놈들은 차 헤드라이트가 비추는 방향을 따라 뛰지, 어두운 곳으론 뛰지 않는다고 궈 반장이 말했어. 이놈들이 운이 나쁜 거지. 그날 저녁 우리는 노루 다섯 마리를 잡았어. 정말 재미있었지."

"내일 엄마에게 말씀드려. 조심스럽게 말해. …"

---

4) 옮긴이 주 — 아리 지역은 시짱(西藏)의 서부에 위치하며, 평균 해발 4,500 미터 이상이다. "세계 용마루의 용마루" 혹은 "서장의 서장"이라고 부른다. 지형이 독특하고 호수가 많으며 매우 아름다운 설산이 있다.

"그때가 되면, 형은 땔감을 등에 질 필요가 없어. 내가 차로 형을 서쪽 삼림으로 데려다 줄께. 거기서 장작을 한 차 가득 싣고 올 거야. 시산(西山) 정상에서 서쪽 삼림을 볼 수 있었어. 너무 멀어 잘 보이진 않지만, 넓고 울창한 삼림지역만 볼 수 있었지. 난 또 신의 호수(神湖) 물이 태양 아래 반짝이는 것도 보았어. 정말 봤어. 그 거대한 삼림엔 분명 나뭇가지와 마른 나뭇잎이 엄청 많을 거야. 내가 보증해. 내가 반드시 형을 데리고 갈 거야. 엄마가 겨울 내내 때도 충분한 땔감을 한 차에 가득 싣고 돌아올 거야. 그러면 형은 더 이상 땔감을 짊어질 필요도 없고, 소똥을 주울 필요도 없을 거야. 형, 그럼 기쁘지 않겠어?"

"난 기쁘지. 엄마하고 말할 때 조심스럽게 말해. 너무 조급해하지 마, 엄마가 걱정한다."

"때가 되면 난 니무(尼姆)도 데리러 올 거야. 그때가 되면, 그녀의 아버지도 내게 시집보내는 것에 동의할 거야. 형은 어떻게 생각해? 그녀의 아버지가 벌써 말했어. 니무를 운전수에게 시집보내겠다고. 니무가 그러는데, 그녀의 아버지는 약속은 꼭 지킨대. 형은 어때? 니무는 날 사랑해. 그러나 그녀는 그녀의 아버지 말을 들어야 해. 그녀는 나에게 무슨 일이 있어도 운전을 배우라고 해. 내가 운전 배우러 가면, 니무를 집으로 데리고 올 수 있는 거야."

"엄마도 니무를 좋아해, 네가 엄마에게 말씀드려. 분명히 좋아하실 거야. 그런데, 말할 때 주의해야 해. …"

"난 니무네 집에도 땔감을 실어 줘야 해. 그녀의 아버지가 바로 이 것을 원한 거야. 난 그녀의 집에 운반해 줘야 해. 그러나 솔직히 말하면 난 좋아하지 않아. 나는 그녀의 아버지를 싫어해. 정말 싫어. 형, 하지만 싫어도 실어 줘야 해. 그렇지 않으면 니무가 화를 낼 거야. 난 니무가 화내는 일은 하기 싫어. 난 그녀를 기쁘게 해주고 싶어."

"넌 어떻게 엄마에게 말할 거니? 엄마는 널 좋아하고, 네 노래 듣기를 좋아하는데, 네가 가면 엄마가 널 그리워할 거다."

"그렇게 되면 난 공연을 많이 보러 갈 수 있어. 생각 나, 가무단이 공연하러 왔을 때, 난 그들을 삼백여 리나 따라다녔어. 공연을 연달아 일곱 번이나 봤어. 그들이 멀리만 가지 않았어도 나는 그들을 따라다녔을 거야. 일곱 번을 봤어도 부족했어. 그들의 공연은 정말 좋았어. 그들은 라싸(拉薩)에 살고 있어. 깡디스 산의 저쪽이야. 앞으로 난 자주 라싸에 가서 그들의 공연을 볼 수 있을 거야. 차를 타고 가면 되는 거지. 라싸엔 가무단이 많다고 해! 티베트 희극(戱劇)단, 곡예단, 또 연극단이 있대. 난 공연마다 가 볼 거야. 형, 형도 데려다줄께. 참, 형은 공연 보는 것을 좋아하지 않는다는 것을 잊었네. 그럼 내가 영화를 보여 주지. 영화 보러 라싸에 가는 거야. 라싸에는 매일 영화를 상영한다던데. 형은 영화 관람을 좋아하잖아."

"뚠위에, 난 노래를 잘 못 부르잖아. 엄마는 젊었을 때 노래 부르는 것을 좋아했어. 지금은 늙으셔서 네 노래 듣는 것만 좋아해."

"형, 난 중학교를 졸업하지 않은 것이 후회돼. 중학교에서 배운 지리 과목을 전부 잊었어. 이번에 내가 여러 곳을 가려는데, 지리 과목을 잘 배웠다면 좋았을 거야. 아쉽게도 졸업을 하지 못했고, 배운 것도 다 잊었어. 아이! 난 청두, 시안, 베이징, 상하이 그리고 거얼무(格爾木)만 알 뿐, 다른 곳은 모두 잊었어. 난 바다가 어떻게 생겼는지 늘 보고 싶었어. 마팡옹(瑪旁雍) 신의 호수보다 더 크다고 들었어. 초원 전체보다 더 크고 끝이 보이지 않고 기계로 움직이는 큰 배로 한 달을 가도 끝에 도달하지 못한대. 난 바다를 너무 보고 싶어. 형, 형은 그렇지 않아?"

"나도 그래. 그러나 엄마는 어떡해. 엄마가 널 그리워할 거야."

"엄마는 날 그리워하시겠지. 나도 엄마가 보고 싶을 거야."

"엄마가 울 거야. 엄마는 분명 항상 눈물을 흘릴 거야."

"알아." 뚠위에가 말했다. "나도 알아."

양치기 개가 소리 없이 기어와, 두 형제 사이에 얌전히 엎드렸다. 그들이 말하는 것을 개가 듣지 못하게 하려는 것인지, 아니면 할 말을 다 했기 때문인지, 뚠위에는 더 이상 자기의 희망을 말하지 않았다. 뚠쭈도 동생이 언제 어떻게 엄마에게 말하려 하는지에 대해 더 이상 묻지 않았다. 별들은 그들의 머리 위에서 천천히 자리를 옮겼다. 양피로 만든 티베트옷은 밤이슬에 촉촉이 젖었다. 그들은 시계가 없으나 날이 곧 밝을 것임을 안다.

이날 저녁 동생 뚠위에는 분명 좀 흥분했다. 평소 그는 형 뚠쭈처럼 말을 많이 하지 않는다. 목동의 노래를 부르기 좋아하고, 잘 부른다는 점이 다르다.

어느 날 밤, 영화 상영대가 왔다. 모두 영화를 보러 갔다. 이때 양우리 부근에 뚠위에와 니무 처녀가 앉아 있었다. 별과 달이 성근 밤이다. 날씨가 더욱 추웠다. 그들은 오랫동안 아무 말도 하지 않았다. 뚠위에는 사실 말이 많은 청년이 아니었다.

니무는 밤에 외출하기 힘들다. 그녀의 아버지가 금지하고 있다. 아버지는 그녀의 영화관람을 금지할 수 없었다. 아버지 자기도 영화를 봐야 하기 때문이다. 그래서 니무도 외출해 뚠위에에게 온 것이다. 이틀 후면 뚠위에는 떠날 것이다.

뚠위에는 새로 지급받은 군용 웃옷을 니무에게 걸쳐 줬다. 니무는 그래도 떨지 않을 수 없었다. 뚠위에가 그녀를 꼭 안아도 여전히 벌벌 떨었다. 영화가 끝나려면 아직 멀었고, 엄마와 뚠쭈가 돌아오기에도 아직 일렀다. 그와 니무는 천막 속으로 들어갔다. 뚠위에가 손을 뻗어 성냥을 찾아 기름등을 켜려고 했다. 니무는 그를 껴안았다. 천막 안은 아무 빛도 없었고, 아무 소리도 없었다.

독자들은 분명 뚠위에가 원하는 바를 이루었다는 것을 짐작할 것이다. 그는 운전병이 됐다. 뚠위에는 물론 노래를 부르며 떠났다.

12

부근 백 리 목장지에, 뚠쭈에 관한 각종 전설이 퍼져 있다. 순진하고 성실한 양치기 뚠쭈가 뜻밖에 이곳의 유명인사가 된 것이다.

늙은 과부 취쩐(曲珍)이 작은아들 뚠위에를 공부시키기 위해 큰 아들 뚠쭈와 온갖 고생을 다 한 것을 마을 사람들은 모두 알고 있다. 지금 작은 아들이 외지로 나가 중대장이 된 것이다. 취쩐이 헛고생하지 않은 것이다. 두 달마다 한 번씩 그녀는 아들의 돈을 송금받았다. 고향 사람들도 뚠위에가 차를 운전하는 중대장이 된 것을 알고 있다.

차도 운전하고 중대장이 됐으니, 뚠위에는 정말 장래가 유망한 것이다. 고향 사람들은 이 청년이 출세하리라는 것을 일찍부터 알 수 있었다.

그렇다면 뚠쭈는 어떤가? 그는 글은 모르나 체격이 건장하고 과묵한 청년이었다. 그는 분명 공부한 적이 없고, 어려서부터 양 꼬리만 끌고 양떼를 따라 다녔다. 그는 아버지가 없다. 그의 아버지는 나그네였다. 아버지는 엄마에게 달콤한 하룻밤과 쌍둥이를 남겼을 뿐이다. 엄마조차 아버지의 모습을 기억하지 못한다. 엄마는 그의 왼쪽 뺨에 일 인치 정도 되는 칼 흉터가 있었다는 것만 기억한다. 엄마는 그가 대장장이라고 말했다.

뚠쭈와 그의 양떼는 한 달 동안 실종된 적이 있었다. 그 뒤로 뚠쭈가 음유시인이 됐다고 한다. 이는 불가사의한 일이나, 고향 사람들은 이구동성으로 증언했다. 그는 고향사람들에게 《거사얼 왕》(格薩爾王)을 불러주기 시작했다. 이는 세계에서 가장 길다고 할 만한 티베트족의 영웅서사시이다. 이를 연구하는 학자들에 의하면, 《거사얼 왕》전부는 천만 혹은 수천만 행에 달한다. 하루도 교육받은 적이 없는 양치기 청년 뚠쭈가 이 영웅서사시를 노래하기 시작한 것이다. 이 일은 정말 그토록 불가사의한가?

비교적 많이 떠도는 설이 있다. 뚠쭈와 그의 양떼가 신의 지역으로 잘못 들어갔을 때, 뚠쭈는 저도 모르게 잠이 들었다. 평평하고 큰 바위 위에서 잠이 들었다(이 세부사항은 아주 중요하니 주의 바랍니다). 주변에 풀밭이 아주 좋았다. 또 들꽃도 아주 많았다. 한마디로 신의 지역이었다. 신의 산, 신의 호수, 신의 독수리와 신의 물고기와 같은 것이다. 전설은 티베트민족 특유의 아름다운 신화 색채를 지니고 있다. 그는 잠을 잤다.

그가 일어났을 때, 양떼들은 여전히 평화롭게 풀을 뜯고 있었다. 그는 팔굽으로 몸을 일으켰다. 지친 몸으로 망연히 사방을 바라보았다. 이때 그는 이곳이 처음이란 것을 알았다. 전혀 온 적이 없었던 곳이었다. 그런데 이곳은 천혜의 목장이었다. 물과 풀도 풍부했고, 경치도 아름다웠다.

해가 높이 떴으나 서둘지 않았다. 그는 양떼들에게 한 번 더 먹이려 했다. 게다가 그는 너무나 피곤했다. 그는 다시 누웠다. 이때 뚠쭈는 잠자지 않았다. 졸리지 않았다. 하늘은 특별히 높았다. 공기가 드물게 투명했다. 마치 며칠 연속으로 이슬비가 내린 뒤처럼 청명하고 투명했다. 흰 구름도 있었다. 마치 조각난 하다(哈達)5) 처럼 가늘고 조각난 구름이 떠 있었다. 그는 배가 고팠다. 손을 허리춤의 짠바(糌粑)6) 주머니에 집어넣어, 짠바를 동그랗게 만들어 입에 한 입 집어넣었다. 저 멀리 보이던 검은 점이 구름을 지나더니 곧바로 하강했다. 점점 커졌다. 매가 그를 사체로 여긴 것이다. 순식간에 매가 그의 얼굴을 쪼았다. 뚠쭈는 얼른 일어나 30센티 길이의 티베트 칼을 빼들었다. 매는 놀라 방향을 바꿔 날아갔다. 구름은 더욱 엷었고 더 반짝였다. 점차 희미해졌다. 매는 다시 검은 유성으로 바뀌어 때론 신속히 때론 유유히 하늘을 날았다. 하늘은 놀랍도록 푸르렀다.

뚠쭈는 일어나 호수로 걸어가, 두 손으로 맑은 물을 몇 번 떠먹었

---

5) 옮긴이 주 — 티베트 족이 경의와 축하의 뜻으로 사용하는 흰색, 황색, 남색의 비단 수건.
6) 옮긴이 주 — 청과 맥을 볶은 가루를 수유차나 청과주에 개어 먹는 경단으로 티베트 족의 주식이다.

다. 그 뒤 배를 두드리니, 아주 상쾌했다. 그는 돌연 노래를 부르고 싶었다. 전에는 이런 적이 없었다. 그는 노래하기 시작했다. 전에는 언제나 뚠위에가 노래를 불러도 그는 따라 부르지 않고 묵묵히 다른 일을 했었다. 그가 듣고 있는지 아닌지 아무도 몰랐다. 그는 전혀 흥미를 보이지 않았다.

이번엔 그가 노래를 부르고 있었다. 그는 그냥 노래 부르고 싶었다. 계속해서 노래 부르고 싶었다. 게다가 그는 거사얼(格薩爾)을 불렀다. 그는 거사얼의 기이한 이야기를 노래하고 있었다. 그는 조금도 이상하지 않았다(그를 잘 아는 사람들을 분명 놀라게 하는 부분이다). 마치 스승을 모시고 이 웅혼한 민족서사시를 수년간 배운 것 같았다. 더욱 놀라운 것은 오히려 그가 사람들이 의아해 하는 것에 놀라는 것이다. 그는 사람들이 왜 이렇게 하찮은 일에 크게 놀라는지 몰랐다. 그가 보기에, 거사얼(格薩爾) 왕에 대해 노래하는 것은 그가 할 수 있는 가장 자연스런 일인 것이다. 그는 왜 부르지 않는가? 왜 부르지 못하는가? 사람들은 왜 누가 그에게 가르쳐주었는지를 묻는가? 젖 빠는 일을 누가 가르쳐줘서 하는가?

고향 친지나 엄마가 한 달 동안 그가 실종됐었다고 말할 때, 뚠쭈는 그들이 황당한 이야기를 하는 것 같았다. 엄마가 어떻게 된 거지? 또 친척들은? 엄마가 야위었다. 몰라보게 말랐다. 이는 정말 사실 같지 않았다. 아침에 나갈 때, 그의 짠바(糌笆) 자루는 엄마가 담아 준 것이다. 엄마는 환하게 웃고 있었다. 엄마는 아주 건강했다! 마음도 편안했다. 잘난 두 아들을 둔 행복한 엄마였다!

그다지 회자되지 않는 다른 설이 있다.

뚠쭈와 뚠위에의 아버지는 대장장이이며 유랑하는 음유시인이라는 것이다. 그의 유전인자가 쌍둥이를 잉태한 어머니에게 전달됐고, 뚠쭈는 아버지의 유전인자를 물려받아 타고났다는 것이다. 이런 식의 말은 현대과학・유전공학적이기도 하나, 여전히 초험주의 철학적인 사고방식이기도 하다. 많은 사람들은 신화를 믿으려고 한다. 신화 중엔 유심론적이고 영적인 성분이 많다. 그러나 아름답다. 이런 전설은 이성적인 성분이 너무 많이 들어가면 안 된다.

철저한 유물주의자들은 이런 종류의 전설을 웃어버리고 만다. 그들은 비교적 신뢰할 만한 해석을 내놓는다. 이는 단지 예술가 자신이 민족 서사시와 그 자신의 신비를 과장하기 위해 의도적으로 만든 것이라고 말한다. 한족(漢族)은 종교와 신화 그리고 미신 등 신비한 것을 숭상하는 티베트 민족의 원시의식을 이해할 수 없다고 말한다. 티베트 민족은 천성적으로 아름다운 신화를 만들어 내는 민족이다. 장식된 은장도, 금과 옥으로 된 귀걸이, 반지, 각종 보물, 호두나무, 골각(骨刻)으로 된 진주 목걸이, 각종 머리장식, 변발, 각종 복식, 꽃무늬 융단, 티베트 식 보료(卡墊) 등 대단히 많다!

아무튼 뚠쭈 스스로 알 것이다. 그는 이것이 신화인지 아닌지 알 것이다. 그는 자기가 대장장이의 아들이라는 것을 안다. 그는 또 자기가 어떻게 거사얼(格薩爾) 왕을 노래하는지 알 것이다. 그는 철학이나 복잡한 개념은 모를지라도 노래할 줄 안다. 세상에서 가장 긴 티베트 민족의 영웅서사시를 노래할 줄 안다. 그는 이것이 그렇게 놀랄 만한 일인지 알지 못한다. 뒤에는 당연 뚠쭈의 이야기가 계속될 것이다.

13

니무(尼姆)는 뚠위에의 아들을 낳았다. 니무가 인편으로 보낸 전갈을 뚠위에가 들었는지 여부는 분명히 말할 수 없다. 뚠위에는 그녀에게 편지를 보내지 않았다. 니무가 그토록 기다린 편지는 오지 않았다. 니무는 그가 분명히 편지를 보낼 것이라고 생각했다. 뚠위에는 그녀를 잊었는가? 끝내 뚠위에의 편지는 오지 않았고, 아들을 보러 오지도 않았다. 니무는 아버지에게 욕을 먹어야 했다. 겁나는 악담이었다. 아버지는 불교를 경건히 믿는 노인이었다. 이 세상에 온 그날부터 석가모니에게 엎드려 절했다. 그는 중년에 처를 잃고 딸을 얻었다. 성격이 더욱 괴팍하고 삐뚤어졌다. 술을 마구 마셔댔다. 하루도 정신이 맑은 적이 별로 없었다. 게다가 소심해서 습관적으로 일일이 따졌다.

니무가 사생아를 낳자, 그는 욕했다. 그는 절대 용서하지 않았다. 그래서 자기의 우상(偶像)에 대고 자기 딸을 저주했다. 술을 더욱 많이 마셨다. 니무는 하는 수 없어 집을 나왔다. 아버지와 멀리 떨어진 곳에 작은 천막을 쳤다. 여자 혼자 아이를 키우니, 그 생활을 알 만했다.

그 아이가 뚠위에의 아들이라는 것을 아는 사람은 아무도 없었다. 니무가 말한 적이 없다. 그녀는 거의 수 년간 아무 말도 하지 않았다. 아무도 그녀의 말을 들은 사람은 없다. 아마도 그녀는 아들이나 양떼나 털북숭이 양치기 개에게는 말했을 것이다. 또는 혼자서 중얼거릴 가능성은 있다. 그녀의 말을 들은 사람은 아무도 없다. 그녀는 지나치게 사람과 떨어져 살았다. 그래서 고향 친지들은 대부분 그녀의 존재를 잊어버렸다.

그녀는 집에 돌아오기도 한다. 보통 날이 어두울 때, 표범을 피하는 것처럼 몰래 집으로 들어온다. 그러면 아버지는 언제나 침을 흘리며 티베트식 보료(卡墊)에 쓰러져 있었다. 늘 코를 크게 골고 있고, 난장판으로 토해 놓기까지 했다. 그녀는 아무 소리 없이 아버지가 토한 것들을 깨끗이 닦아 내고, 냄비를 걸고 차를 끓인다. 다시 아버지를 보료에 잘 누이고, 가죽 웃옷을 덮어준 뒤 연기 나는 잿더미를 묵묵히 바라보며 잠시 서 있다가, 올 때와 같이 유령처럼 천막을 빠져나와 어둠으로 사라진다.

아들은 사방으로 뛰어다녔다. 니무는 여전히 몰래 집에 돌아갔다. 언제나 혼자 돌아가 아들은 외할아버지를 모른다. 3살 난 아들은 말을 한 마디도 못한다. 이는 언어 환경에서 완전히 격리되었기 때문일 것이다. 그는 혼자 노는 것이 습관이 됐다. 어떤 때는 어른마냥 넋을 놓기도 한다. 이 아이는 사람들에게 거의 반응을 보이지 않는다. 그의 천막 앞을 지나가는 고향 친지나 나그네는 물론이고, 그의 엄마도 그의 시선을 끌지 못한다. 고함을 치거나 부드럽게 불러도 결과는 마찬가지다. 그는 원래 무엇을 하면 끊임없이 할 뿐, 조금도 방해를 받지 않았다.

그날 밤, 니무는 평소처럼 혼자서 밤에 아버지 집으로 갔다. 조금 겁이 날 정도로 어두웠다. 그녀는 급히 문을 나선 뒤 머릿수건으로 두 뺨을 가렸다. 길이 좀 울퉁불퉁했다. 아무도 만나지 않았다. 아버지는 평소처럼 술에 취해 엉망이 됐다. 그녀는 들어가서 치우기 시작했다. 그런데 왠지 모르게 마음이 조급해졌다. 날이 특이하게도 어두웠고, 아들은 이미 잠들었다. 이들 사이에 무슨 관계가 있는가? 니무는 마음이 매우 불안했다. 냄비엔 식은 차가 있었다. 오늘 밤은 그만 하자. 아버지가 밤에 깨면 이것이 필요할 것이다. 물론 뜨거운 차나 따뜻한 차면 더욱 좋을 것이다. 그러나 오늘 밤은 이상하다! 그는 더 이상 지체하지 않고, 천막 문을 닫고 바로 돌아갔다. 날은 어둡고 마음은 조급했다. 그는 길에서 두 번이나 넘어졌다. 이는 별것이 아니다. 그녀의 작은 천막에 가까이 갔을 때, 가슴을 철렁하게 하는 신음소리를 희미하게 들었다. 그녀의 양치기 개였다. 그는 곧바로 더욱 겁나는 장면을 보았다. 천막 문이 떨어져 나갔고, 본래 등불을 켜 놓았던 안이 칠흑같이 어두웠다. 순간 그녀는 갑자기 모든 것을 알아버렸다. 모든 게 끝났다. 그녀는 자기가 왜 마음이 그리도 불안하고 초조했는지 알게 됐다. 그녀는 품에서 성냥을 꺼내 불을 켜고는 3초 동안 몸이 얼어붙었다. 그녀는 바로 주저앉았다. 등불을 켜야 하고, 피와 살이 범벅이 된 사냥개를 천막 안으로 들여와야 한다는 것을 한참동안 생각지 못했다. 불쌍한 개는 다리 하나가 부러졌고, 늑골 두 대가 나갔다. 위턱의 털과 가죽이 찢겼다. 후에 이 개는 뜻밖에 살아났다.

곰이다.

그녀는 성냥불로 자기 아들이 편안하게 잠자고 있는 것을 확인했을 때 기쁘거나 행복한 느낌이 전혀 들지 않은 것을 이해할 수 없었다. 그녀는 행복하고 기뻐해야 하지 않는가? 그녀는 단지 온몸에 힘이 빠져 주저앉은 것만 기억할 뿐이다. 자기가 얼마나 앉아 있었는지 기억하지 못했다. 후에 그녀는 개의 신음소리 때문에 깨어났다. 그 개는 이 가정의 세 번째 식구다. 그녀는 개의 신음소리를 듣고 깨어났다. 그녀는 끝내 이해할 수 없었다. 곰은 왜 아들을 전혀 건드리지 않았을까? 양치기 개가 부상당하고, 기름통이 땅에 쓰러지고 찻잔이 박살났다면 고요한 밤엔 분명 큰 소리였을 텐데 아들은 깨지 않은 것이다. 아들의 청각은 아주 정상적이라는 것을 니무는 안다.

그 뒤, 아들이 잘 때면 니무는 타오르는 등잔불 아래서 아들 앞을 오랫동안 지켰다. 그녀는 아들의 두터운 입술을 보고 윤곽이 뚜렷한 얼굴을 바라보며 아주 오래 전 그녀와 뚠위에가 보냈던 그날 밤을 기억하려고 노력했다. 그 이후 그녀가 아기를 가졌다는 것을 알았을 때 느꼈던 여러 가지 느낌을 생각했다. 그녀는 뚠위에의 모습과 그날 밤의 유일무이한 거칠음(얼마나 그리운 거칠음인가)을 회상하려 노력했다. 그러나 생각나지 않았다. 그녀는 아무리 해도 기억나지 않았다. 그래서 몸을 수그려 지금 자기 앞에 있는 아이의 잠자는 모습에서 뚠위에의 그림자를 찾으려 노력했다. 찾을 수 없었다. 그녀는 놀라지 않을 수 없었다.

그녀는 아들이 뜻밖에 뚠쭈를 닮은 것이 이상했다. 굼뜨다. 반응이 상당히 느리다. 얼굴 윤곽은 뚜렷하다. 뚠위에는 이런 모습이 아니다. 그녀는 이유를 알 수 없었다. 그러나 더 이상 생각하려 하지 않았다.

양치기 개는 마침내 완전히 회복됐다. 이 세 식구는 과거의 그 방식으로 반복되는 시간을 보냈다.

14

뚠쭈는 음유시인이 된 뒤에도 여전히 양치기를 계속했으며, 엄마에게 효도했다. 모자는 글을 몰랐다. 매번 우체국에서 송금증을 그에게 전달할 때, 부언란에 쓰인 간단한 전언을 읽어주었다. 예를 들면,

엄마, 돈 아끼지 말고 맛있는 것 사 드세요. ─ 나는 여기서 잘 있어요.
부대번호는 비밀이니 회신하지 말아요.
저는 분대장이 됐어요. …
전 소대장이 됐어요. …
저는 중대장이 됐어요. …
난 아직 차를 몰아요. 부대 임무가 바빠 집에 찾아가 뵙지 못하는 것을 용서하세요.

등등. 뚠쭈는 매번 한 글자도 틀림없이 기억해 엄마에게 전달했다. 엄마는 만족할 줄 아는 사람이었다. 모자는 모두 더 이상 걱정하지 않았다.

니무의 일을 뚠쭈가 생각했는지 여부는 알 수가 없다. 아마도 뚠쭈만이 뚠위에와 니무 사이의 연정을 안다. 그러나 이것만으로 니무의 사생아가 바로 동생 뚠위에의 아들이라고 뚠쭈가 생각한다고 단정할 수 없다. 양치기 사내인 뚠쭈는 뚠위에가 집을 떠난 뒤 9개월 뒤에 니무가 애를 낳았다는 사실을 꼼꼼히 따져볼 리가 없다. 그가 아는 간단

한 사실은 뜬위에가 떠난 뒤 한참 뒤에 니무가 사생아를 낳았다는 것이다. 누구의 씨인지 누가 아는가? 또 하나 모두에게 알려진 사실은 니무의 아버지가 이 때문에 니무를 쫓아냈다는 것이다. 그녀의 아버지는 죽을 때까지 그녀를 용서하지 못한다고 저주하며 욕했다(그는 어느 날 오전 자기의 천막에서 이웃사람들에게 발견됐다. 몸은 굳었고 여전히 술 냄새가 났다). 뜬쭈는 평소 말을 전혀 하지 않는 사내아이가 곰에게서 목숨을 건졌다는 것을 알았다. 그 아이는 다섯 살이 됐다. 선이 굵고 우둔하게 보인다. 니무가 양떼를 몰고 나갈 때, 이 아이는 언제나 큰 양의 꼬리를 붙잡고 따라 나섰다. 아이와 동반한 것은 양치기 개와 양과 매 또는 다른 새들이다. 이런 것들을 뜬쭈는 알고 있다.

지금은 대낮으로 방목하는 시간이다. 여전히 어떤 사람들은 뜬쭈의 양떼 부근에 모여, 뜬쭈가 부르는 그 오래되고 친근하고 비장한 이야기를 듣는다. 시간이 오래 지나자, 더 이상 아무도 뜬쭈가 거사얼(格薩爾) 왕에 대한 서사시를 어떻게 배웠고, 누구에게 배웠는지에 대해 묻지 않았다. 자연히 오래전부터 이곳 티베트 유목민들이 영위했던 생활의 일부분이 됐다.

만약 뜬쭈가 건망증이 없다면, 뜬위에가 떠나기 전날 밤 그 즐거웠던 동경을 분명 기억하고 있을 것이다. 만약 그가 상상력이 풍부하고 충분히 낭만적이라면, 그는 동생 뜬위에가 지난 수 년간 차를 몰고 여러 번 청두, 시안, 베이징과 상하이 등에 가 보았을 것이라고 상상했을 것이다. 처음엔 분대를 이끌고, 후에는 소대를 데리고 지금은 중대 전체를 인솔하고 갔을 것이다. 얼마나 행복한 뜬위에인가! 뜬위에는 공연을 수백 번 보았을 것이다. 중국 내지도 가고 라싸(拉薩)도 갔을 것이다. 그는 분명 어떤 기회도 놓치지 않을 것이다. 뚠쭈는 동생을 안다.

아마도 뚠위에는 티베트 전체를 돌아보았을 것이다. 르카쩌, 아리, 라싸, 싼난 또 창두도 갔을 것이다. 그는 노루떼를 사냥했을까? 분명 사냥하러 갔을 것이다. 천 마리를 잡았을지도 모른다. 그는 얼마나 재미있는 놈인가.

또 사방을 돌아다니며 시야를 넓혔을 것이다. 뚠위에는 분명 지리 공부를 다시 했을 것이라고 뚠쭈는 생각했다. 뚠위에는 공부를 좋아하고 머리를 잘 썼다. 뚠쭈는 자기가 동생보다 못하다는 것을 안다.

지금 뚠쭈는 과거와 똑같이, 한가한 틈을 타 사방으로 야크 똥을 주우러 다니며 땔감하러 사방으로 돌아다닌다. 아주 멀리 떨어진 곳에서 등에 지고 돌아온다. 뚠쭈는 동생의 약속을 분명 기억하고 있다. 동생이 차를 몰고 돌아올 것을 기다리고 있다. 시산(西山) 서쪽 아주 먼 곳에 있는 광대한 삼림에 그를 데리고 가, 차 한가득 마른 나무와 가지 그리고 잎을 싣고 올 것이다. 그곳은 너무 멀어, 고향 친지들은 아무도 가본 적이 없다.

그리고 뚠쭈는 영화관람을 좋아한다. 그는 동생이 그를 차로 라싸(拉薩)로 데려가 영화 보여줄 것도 기대하고 있을까?

아마 그럴 것이다. 어떤 것도 가능하다.

그러나—

니무는? 뚠위에가 떠나기 전 니무에 대해 한 말들은 어떻게 된 것인가? 뚠쭈는 건망증에 걸리지 않았다. 그는 기억한다. 모든 것을 기억한다. 그렇다면 어떻게 된 것인가?

난 그 뒤에 일어난 일을 이해할 수 없다. 줄임표로 대신할까? 혹은 위아래 문장을 잇는 글을 더할까? 난 모르겠다. 난 적당한 것을 찾을 수 없다. 왜냐하면, 결과가 내 예상과 너무 다르기 때문이다. 문제가 분명 있다. 니무에 대한 뚠위에의 행동이 실종됐다. 니무에 대한 뚠쮸의 생각은 여러 가지로 상상할 수 있다. 뚠쮸에게 니무는 사생아의 엄마이다(그녀는 이미 동생 뚠위에의 연인이 아니다). 동시에 나이가 비슷한 여성이다. 니무는 못생기지도 않고 늙지도 않았다. 바로 이런 것들이다.

이렇게 됐다. 니무는 아버지를 수장(水葬) 했다. 그 뒤 강가에서 하루 종일(반일 낮과 밤) 서 있었다. 그녀는 눈물을 흘리지 않았다고 한다. 아버지가 죽은 지 1년이 지나자, 그는 뚠쮸를 찾았다. 뚠쮸는 야크 똥을 줍고 있는 중이었다. 겨울이 곧 다가오고 있었다. 니무가 뚠쮸에게 무슨 말을 했는지 아무도 모른다. 아마도 "나와 결혼해요" 혹은 "나를 당신 집으로 데려가요" 등 간단하고 직접적인 한 마디였을 것이다. 니무는 오랫동안 아무 말도 하지 않았다. 내 생각에, 그녀는 분명히 더 많은 말은 하지 않았을 것이다. 아무튼 그녀와 양 꼬리를 잡고 다니며 자란 말 없는 아들은 함께 뚠쮸의 가족과 천막을 합쳤다. 뚠쮸의 엄마가 이 일에 대해 어떻게 느꼈는지 정말 알고 싶다. — 독자도 알고 있다시피, 그 아이는 이 노인의 친손자이다. 그녀는 이 손자를 애비 없는 자식이라고 여기지 않았을 것이다.

15

이야기는 이제 거의 다 말했다. 그러나 분명 기술과 기교 문제를 제기할 독자들이 있을 것이다. 우리 한번 생각해 보자.

a. 구조 문제. 이 소설은 마치 세 가지 독립된 이야기로 구성된 것 같다. 서로 내재 관계가 별로 없다. 이는 순전히 기술상의 문제이다. 다음에 해결하기로 하자.

b. 플롯 문제. 뚠위에는 첫 부분에서 일단락됐다. 후에 무슨 이유인지 끊어지고 아무런 이야기도 없다. 그는 도대체 왜 니무에게 편지를 쓰지 않았는가? 왜 후반의 스토리에 출현하지 않는가? 또 하나의 기술 문제이다. 위의 문제와 함께 해결하기로 하자.

c. 남겨진 문제. 상상해 보자. 뚠위에가 돌아왔다. 형제지간인 뚠위에와 형수 니무 사이에는 장차 어떤 관계가 발생할까? 세 인물의 동기를 어떻게 해석할까?

세 번째 문제는 기술과 기교 두 문제와 연관된다.

좋다. 먼저 c를 보자.

먼저 뚠위에는 돌아올 리 없다(돌아올 가능성이 없다. 뚠위에가 돌아올 가능성을 배제하면 문제는 간단해진다). 왜냐하면 그는 군에 입대한 뒤 얼마 뒤 공무수행 중 사망한다. 그의 분대장이 사망자의 어머니를 위로하기 위해, 아들 역할을 대신한 것이다. 그가 근 10여 년간 아들 이름을 도용해 어머니에게 약 2천 원을 보낸다. 그런 뒤….

또 그 뒤가 필요합니까? 나의 친애하는 독자님들?

* 옮긴이 주 — 원저 16절의 시는 생략했음.

착오

錯誤

마위엔 馬原

* * *

유리구슬을 갖고 노는 방법은 여럿 있다.
가장 간단하면서 가장 어려운 것은
구슬을 단번에 구멍에 집어넣는 것이다.

— 마위엔(馬原)

1

갓난아이가 둘 있었다. 한 아이는 엄마는 있으나 아버지가 없고, 다른 아이는 부모가 모두 없었다. 엄마는 있으나 아버지가 없는 아이는 아버지가 이미 죽어서가 아니라, 산모가 아기 아빠가 누군지 말하지 않았고, 상대 남자도 자기가 아기 아빠라는 것을 밝힐 용기가 없었기 때문이다. 나를 제외하고 (그곳에 있던) 30여 명의 남자 모두 의심 대상이 될 수 있다. 난 내가 아니라는 것을 알기 때문에 이렇게 말할 수 있다. 내가 이 과거의 일을 끄집어내는 것은 소설 한 편을 쓰기 위한 것이지 다른 이유가 없다. 이 사건들은 이미 10여 년 전 일이다. 마치 딴 세상 일인 것 같다. 두 아이는 같은 날 밤에 탄생했다.

난 정말 도치법을 사용할 생각이 없다. 내가 왜 내 소설의 첫머리를 '그 당시'라는 말로 시작해야만 하는가? 난 그 사건의 인과관계를 모른다. 그 두 아이가 살아 있는지도 모른다. 그들이 만약 살았다면 벌써 여자를 쫓아다니고 디스코 춤을 추는 나이일 것이다. 17세가 됐을 것이다.

그날 밤 또 다른 일이 발생했다. 내 군대 모자가 없어진 것이다. 잃어버린 것이다! 정말 신속하고도 이상하게 없어졌다.

난 우리가 살던 곳을 장황하게 말해야겠다.

우리들 16명은 두 칸을 하나로 합친 큰 방에 살고 있었다. 그 숙소 중간에 통로가 있었고, 양쪽엔 우리 동북지방(만주지역) 농촌 특유의 온돌이 있었다. 남쪽과 북쪽 온돌에 각각 8명씩 살았다. 중간중간에 간이옷장 몇 개를 놓아 구역을 분리했다. 나와 자오라오피(趙老屁)는 온돌 안쪽 끝을 차지했다. 우리들의 짐은 차례로 놓여 있었다. 우리 두 사람의 옷장은 내 짐 밖에 놓여 있었다. 그곳엔 전기가 없어, 밤에 누가 할 일이 생기면 자기 돈으로 초를 사야 했다. 바로 이런 틈을 노리는 자가 있었다.

13명이 잠을 잤다. 따라서 3명은 자지 않았다. 그 세 명 중 나 이외 자오라오피가 있었고, 나머지 한 명은 닭이나 개를 훔치는 등 온갖 못된 짓을 다 하던 얼고우(二狗)로 당시 외출중이었다. 자오라오피와 나는 제일 친했다. 우린 매일 밤 취침 전 한 시간 정도 권법을 수련했다. 그는 권법을 정식으로 배운 적 있다. 주위 40리 안에 적수가 없는 유명한 무술인이었다. 난 그에게 1년 동안 배우고 있었다. 상식적으로 말하면 누구도 감히 내 모자를 건드릴 수 없었다. 모자는 내 상자 위에 있었다. 우리가 숙소에서 100여 보 떨어진 (염분 많은) 모래사장에서 한 시간 정도 운동하고 돌아와 보니, 모자가 없어졌다.

바로 이렇게 간단하다.

당시는 군대 모자가 유행했다. 대략 1970년일 것이다. 아마 69년인지 분명히 기억나지 않는다. 우리가 머물렀던 진저우(錦州) 시 암시장에서 군모 하나는 적어도 5원 정도 했다. 5원이면 당시 싱싱한 돼지고기 다섯 근을 살 수 있었다. 그것은 당시 젊은이의 사회적 위치를 상징하는 의미를 지녔다. 그래서 당시 군모를 빼앗는 일이 성행했다. 군모를 빼앗기 위해 살인도 한다는 소문도 자주 들을 수 있었다. 근거 없는 소문만은 아니었다. 내 군모는 바로 이렇게 잃어버렸다.

교묘하게 잃어버린 것이다. 뿐만 아니라, 그날 밤 그 두 아이가 태어났다. 사람들은 그 신기하고 귀여운 아이들로 인해 내 아픔을 바로 잊어버렸다.

그 엄마가 있는 아이의 엄마 이름은 장메이(江梅)였다. 장메이와 나와 몇몇 친구들은 같은 차를 타고 왔다. 장메이는 내가 속으로 관심을 갖고 있던 여자애였다. 그녀의 배가 불렀을 때, 난 (그녀를) 잘 대해 줬다. 그녀는 지식청년농장[1]에서 처음으로 아이를 낳은 여자가 됐다. 그녀는 병원에 가지 않았다. 그 후, 나도 장메이를 임신시킨 자가 누군지 수차례 추측했었다. 물론 알 수 없었다. 그녀는 심지어 나를 쳐다보지도 않았다. 그녀는 갑자기 나를 냉담하게 대했다. 그녀도 여자니 한 남자가 자기에게 관심을 보였다는 것을 느끼지 못할 리 없었을 것이다. 비록 나도 19세에 불과했지만, 나는 신체 건장한 사내였다. 우린 초등학교에서 중학교까지 줄곧 같은 반 학우였다. 바로 이 특별한 날 밤에 장메이가 아들을 낳은 것이다.

2

자오라오피는 얼고우가 숙소에 한 번 돌아온 것을 본 것 같다고 말했다. 취침 중이었던 13명에게 물어 보니, 모두 잠을 자느라 아무것도 모른다고 대답했다. 이 경우 누구도 증명하고 싶지 않을 것이다. 얼고우는 자기는 절대 돌아온 적이 없었다고 말했다. 그러나 그는 자기가 어디 있었으며, 누가 그것을 증명할 수 있는지를 말하지 않았

1) 옮긴이 주 — 문화대혁명 때 학생들을 농촌에 보내 농촌을 배우게 한 적이 있었다. 그들이 묵던 집단농장을 말한다.

다. 나중에 난 그가 왜 말하지 않았는지 알 수 있었다. 본래 그가 말했으면 의심에서 벗어날 수 있었다. 그러나 나라도 말하지 않았을 것이다. 절대 말하지 않았을 것이다. 문제는 바로 그 군모였다.

모자에 대해 나는 더 이상 여러 말 하고 싶지 않다. 내 모자는 일 년 전에는 새것이었다. 나는 모자를 얻게 되자 죽을 때까지 간직하겠다고 결심하고, 오른손 식지를 물어뜯어 모자 안에 피로 내 이름을 적었다. 그해 나는 언제나 머리에 모자를 쓰고 있었다. 이 모자는 내 생명이라는 것을 누구나 알고 있었다. 농장에 살던 사람들은 모두 내가 이 모자를 위해 주저 없이 목숨을 걸고 싸울 것임을 알고 있었다. 일 년 동안 사용해서 좀 낡았지만 말이다.

결과적으로 혈서로 쓴 이름 때문에 문제가 발생했다. 후에 이야기할 것이다.

나와 자오라오피는 모든 곳을 다 찾아도 찾지 못하자 동숙하는 동료들을 깨우기로 결정했다. 나는 순서대로 이미 잠이 깊게 든 13명 동료들의 머리를 흔들었다.

"야, 일어나 봐."
"야, 일어나 봐."
"야, 일어나 봐."
"야, 일어나 봐."
"야, 일어나 봐."
"야, 일어나 봐."
"야, 일어나 봐."

"야, 일어나 봐."
"야, 일어나 봐."
"야, 일어나 봐."
"야, 일어나 봐."
"야, 일어나 봐."
"야, 일어나 봐."

대략 7분 뒤 모두 일어났다.

나는 문 앞에 섰다. 큰 머리로 문을 물샐틈없이 막았다. 자오라오피는 굳은 표정으로 문 옆 방바닥에 앉았다. 내가 말했다.

"친구들, 미안한데 방금 내 모자를 잃어버렸다. 나와 자오라오피가 숙소 앞마당에 잠시 있어, 우리 숙소의 문을 볼 수 있었다. 내가 먼저 묻겠다. 누가 잘못 가져가지 않았나? 잘못 가져갔으면 괜찮다. 지금 가져오면 늦지 않다. 누가 잘못 가져갔나? 잘못 가져간 사람이 누구냐?"

나는 먼저 점잖게 말하고 나중엔 주먹을 쓰려고 했다. 나는 1분을 기다리기로 했다. 그러나 자오라오피는 기다리지 않았다. 그가 말했다. "길게 말할 것 없다. 솔직하게 갖고 나와, 지저분하게 굴지 마."

1분 뒤, 내가 말했다.

"그럼, 실례하겠다. 너희들 옷상자를 열어라. …"

헤이자오가 내 말을 끊었다. "네가 조사하려면 조사해라. 그러나 찾지 못하면 어떡하겠느냐?"

"범인을 찾으면 그에게 뭐든지 요구하고, 못 찾으면 내게 뭐를 시켜도 아무 말 하지 않고 따르겠다."

헤이자오가 말했다. "이 말은 네가 한 말이다. 모두 잘 들었지."

모두 들었으나 아무도 드러내지 않았다. 대다수는 귀찮아지고 싶지 않았다. 그렇게 해서 13개 낡은 나무상자를 열었다. 모두 낡았다. 값어치 있는 물건을 숨길 수 없을 정도로 낡았다. 물론 군대 모자는 없었다.

나도 이때 모두가 아무것도 없는 빈털터리라는 비참한 사실을 알게 됐다. 아무도 5원 이상 나가는 옷이나 물건을 갖고 있지 않았다. 나는 군대 모자를 찾겠다는 생각을 더욱 굳혔다. 물론 나는 동시에 속으로 헤이자오가 귀찮게 할 것을 걱정했다. 물론 나는 그가 두렵지 않았다.

나는 그가 봐줄 놈이 아니라는 것을 분명 알았다.

사건은 이미 아주 고약하게 굳어지고 있었다. 나는 갈 데까지 가보기로 했다. 나는 무례하게 모든 사람의 짐을 뒤지기 시작했다. 나는 모두에게 욕을 먹기 시작했다. 뿐만 아니라, 나는 모자를 찾지 못할 것이라고 느꼈다. 나는 모두에게 어떻게 해명해야 할지 생각조차 할 수 없었다. 사건은 결국 끝이 날 것이다. 어떻게 끝날지 지켜보자.

대다수는 아무 표시도 하지 않았다. 화를 내지도 귀찮아하지도 않았다. 내가 보기에 그들은 책임을 면할 생각만 했다. 오직 헤이자오와 자오라오피만 예외다. 자오라오피는 무표정하게 앉아 결과를 기다렸다. 헤이자오는 문틀을 손으로 움켜잡고 철봉에서 몸을 위로 올리는 동작을 하고 있었다. 헤이자오는 바짝 말랐으나 힘도 세고 배짱도 두둑했다. 평소에 그는 말이 적었으나 그는 무슨 일도 할 수 있는 놈이었다.

나는 속으로 가슴이 두근거렸다.

나는 기적이 벌어지길 바랐다. 나는 우리들 중 기적을 가장 믿지 않는 사람이다. 나는 갈망했으나, 기적은 없었다. 모두 뒤졌다. 아니다, 또 얼고우 것이 있었으나, 얼고우는 부재중이었다.

내가 얼고우의 짐도 뒤질지 말지 주저하고 있을 때, 여자 숙소에서 사람이 뛰어와 장메이가 아이를 낳았다고 말했다.

3

장메이가 애를 낳은 것에 대해 누구보다도 내가 제일 실망했다. 나와 동료들은 눈뜬 채로 그녀의 배가 불러오는 것을 보고 있었다. 하루가 가고 또 하루가 갔다. 그러나 나는 임신이 가져올 결과에 대해 심리적으로 충분히 준비하지 못했다. 그녀는 다른 놈에게 당했고 내가 저지르지 않았다고 생각했을 뿐이다. 그뿐이었다.

지금 그녀가 애를 낳았다. 나는 이때가 돼서야 어렴풋이 무언가를 상실했다고 느끼게 됐다. 완전하고 철저하게 잃은 것이다. 나는 당시 내 불행도 잊었다. 나는 내가 어떻게 사람들과 함께 여자 숙소 문 앞에 갔었는지도 기억하지 못한다. 우리들 120여 명은 모두 문 앞에 있었다. 사람들은 작은 소리도 내지 못했다.

애는 이미 태어났다. 앞에서 말한 바와 같이 사내애이다. 이렇게 우리 남자들과 외부인들은 갓난아이를 보면 안 된다는 금기를 지킬 필요가 없어졌다. 장메이는 이불을 덮고 나무장작으로 지핀 온돌에 누위있었다. 머리는 베개 위에 덮는 꽃무늬 수건을 두르고 있었다. 세상에 태어난 지 담배 한 대 피울 시간도 안 된 그 어린놈도 수건에 싸여 장메이 옆에 웅크리고 있었다. 나는 활활 타는 그 아궁이를 특별히 주목했다. 누가 이 짧은 시간에 저렇게 많은 장작을 주워 왔는지 알 수 없었다. 우리는 장작이 부족했었다. 소금기 많은 모래터에는 땔감이 없었다.

만약 내 기억이 맞다면 6월이었다.

그 이후, 이 아이는 전체 농장의 아들이 됐다. 그놈은 귀여움을 아주 많이 받았다. 나는 그 아이를 좋아했다고 말할 수 있다. 모든 남자가 아이에게 말했다. "아빠가 안아 보자." 그는 아빠가 되고 싶은 사람 모두에게 안겼다. 모든 남자가 말했다. "아빠라고 불러." 아이는 아빠라고 불러달라는 모든 사람을 선선히 만족시켰다. 뒷이야기는 말하지 않겠다.

이 장메이는 후에 죽었다. 나도 들었다. 나는 진저우(錦州)에 먼저 돌아갔다. 그녀는 농장에 남았다. 그녀는 결국 자살했다고 들었다. 이 역시 뒤에 들은 말이다. 뒷이야기는 꺼내지 않겠다.

그날 밤 그녀는 많은 선물을 받았다. 추측하건대, 농장 식구 120여 명 모두 선물을 보냈을 것이다. 주로 식품 통조림, 새 수건, 비누 등은 여자 친구들이 보낸 것이다. 당시 농장직공 평균연령은 20세이고, 빈농 출신인 티엔(田) 경리나 중농 출신인 리(李) 관리인 두 사람은 이미 50세 이상이었다. 그들로 인해 전체 평균연령이 거의 한 살 올라갔다. 내가 선물을 보내지 않은 것은 그 어린놈을 미워하고 더 나아가 그녀를 증오했기 때문이다.

내가 선물을 보내지 않은 또 다른 이유는 내가 혼자 우리 숙소에 돌아왔을 때 잃어버린 군모의 불행이 나를 붙잡았기 때문이다. 나는 다른 일이 벌어질 것이라고 예상하고 있었다. 모두 조금 후면 돌아올 것이고 헤이자오도 올 것이다.

"네가 조사하는 것은 괜찮은데, 찾지 못하면 어떻게 할래?"

이 말이 10여 년 동안 나를 따라다녔다. 나는 겁준다고 두려워할 겁쟁이가 아니다. 이 말은 크게 겁주는 것 같지 않아 보였다.

헤이자오는 누구도 두려워하지 않았다. 그렇다면 나도 누굴 두려워하는가? 마찬가지다. 하물며, 내겐 자오라오피도 있다. 헤이자오에겐 아무도 없다고 믿었다. 사실(내가 말하는 것은 뒤의 사실이다)도 이 점을 증명했다.

모두 점차 돌아왔다. 마지막으로 헤이자오가 왔다. 자오라오피는 영원히 돌아오지 않았다. 나는 그가 죽었다고 믿지 않았다. 그는 분명 할 일이 있을 것이라고 생각했다. 그러나, 그는 결국 나타나지 않았다.

헤이자오가 방에 들어올 때 손에 삽자루를 들고 있었다. 그는 느릿느릿하게 문으로 들어왔으며 무표정했다. 그는 머리도 들지 않고 아무도 보지 않았다. 문 안 바닥에 쭈그리고 앉아, 삽 대가리를 고정하는 쇠못을 끈질기게 흔들어 빼내려 했다. 다른 사람은 모두 아무 일도 없는 줄 알았다. 각자 자기 옷장을 닫고, 자기 짐을 정돈하고 다시 누웠다. 나는 내 자리에 앉아 곁눈질로 헤이자오를 주목했다.

그는 마음이 평온한 것 같았다. 조급한 모양은 전혀 보이지 않았다. 그는 천천히 쇠못을 흔들었다. 쇠못이 뽑혔다. 이어 그는 문지방을 이용해 삽 대가리를 뽑았다.

나는 연극이 시작되려는 것을 알았다. 나는 자세한 것은 기억하지 못한다. 왜냐면 세월이 너무 지났기 때문이다. 결국 내 다리는 삽자루에 뼈가 부서지는 골절을 당해 평생 절름발이가 됐다.

나는 헤이자오에게 네 두 다리 힘줄을 끊어버릴 것이라고 진지하게 말한 것으로 기억한다. 헤이자오는 전혀 개의치 않고 웃었던 것으로 기억한다. 헤이자오는 암수를 쓰지 않았다. 그는 사내였다. 그는 먼저 경고한 뒤 시작했다. 그는 그의 목까지 닿을 정도로 긴 몽둥이를 힘껏 휘둘렀다. 나는 팔뚝으로 막으려 했다. 그는 내게 막을 시간을 주지 않았다. 그의 몽둥이는 내 허리 부분을 향하다가 갑자기 방향을 가장 아랫부분으로 바꿨다.

나는 병원에 가지 않았다. 너무 멀었다. 그들은 민간 의사를 불러 부상당한 다리를 치료했다. 그의 약에 오골계의 뼛가루가 들어있고, 그의 비방은 아들에게만 전수되었다. 그는 107세까지 살았다고 전해지고, 헤이자오도 치료했다.

4

나는 독자들의 비위를 상하게 할 것 같아, 이 이야기의 더 잔혹한 점은 뒤에 남겨두겠다. 다음도 내가 말하는 것이 적합한지 몰라 망설이고 있다. 내가 말하면 더욱 잔혹할 것이다. 난 원죄나 도덕의 각도로 이 사건을 적합하게 평가할 방법이 없다.

말할까 말까? 어떻게 말할까?

이 모든 것이 내가 후에 해결해야 할 난제일 것이다. 길이 막다르면 반드시 (다른) 길이 생기는 법이다. 난 잠시 골치를 썩이지 않겠다. 내가 헤이자오의 힘줄을 끊은 것은 이후의 일이다. 당시 나는 문 앞바닥에서 움직이지 못했다. 이날 밤의 이야기는 끝난 것 같다.

세심한 독자는 이야기가 아직 끝나지 않았다고 말할 것이다. 내가 처음 시작할 때 두 남자아이를 말했다고 말할 것이다. 맞다, 아직 끝나지 않았다. 그 남자아이가 아직 나타나지 않았다. 그는 곧 출현할 것이다.

그러나 먼저 나타난 것은 내 이야기 중 아직 출현하지 않은 인물인 얼고우(二狗)였다. 얼고우는 약간 정신이 나간 듯했다. 그는 먼저 헤이자오를 거쳐 나를 지나갔다. 나는 막 몽둥이로 얻어맞아, 풀이 죽어 그를 바로 볼 수 없었다. 그는 들어가 먼저 자기 자리로 간 뒤 약 3분 동안 아무 소리도 내지 않았다. 나는 끝났다. 아무도 나를 거들떠보지 않았다. 다른 사람들은 모두 잠을 잤다(아마 자는 척하는 사람도 있었을 것이다.).

3분 뒤에 들린 첫소리는 나를(물론 헤이자오도 있다) 놀라게 했다. 갓난애의 울음소리였다! 게다가 뜻밖에 얼고우의 자리 쪽에서 들렸다.

나는 처음에 그가 장메이의 남자애를 가져왔다고 생각했다. 처음 생각이 든 뒤, 이어 나는 얼고우와 장메이의 애구나, 하고 생각했다. 난 생각도 하지 않고 입을 열었다.

"갓 태어난 애를 안고 나와도 돼?"

"모른다. 키워보자." 얼고우는 머리도 들지 않았다.

"장메이가 개의치 않을까?"

"장메이? 그녀가 반대할지 안할지 나와 무슨 관계냐?"

"이상하네. 너와 관계가 없다고? 그녀가 안고 나오게 했어?"

우리가 말할 때 헤이자오는 이미 갓난애 옆으로 다가갔다. 그도 얼고우처럼 자세히 그 아이를 봤다. 그러나 헤이자오는 갑자기 말했다. 그는 얼고우에게 이 모자는 누구 것이냐고 물었다. 얼고우는 잠시 우물쭈물하며 누구 것이라고 말하지 않았다. 헤이자오는 내게 돌아섰다.

"이것인지 네가 확인해 봐라." 또 얼고우에게 돌아서 "너 애를 이불로 옮겨!" 얼고우가 어리둥절해 하는 것을 보고, 헤이자오의 어투는 점점 흉악해졌다. "옮기지 못해!"

얼고우는 머뭇거렸다. "이불은 너무 차가우니, 너희 둘이 땔감 좀 구해 와, 온돌을 데워줄 수 없니?"

헤이자오는 두 말도 하지 않고 애를 이불로 옮겼다. 아이가 앙, 하고 크게 울었다. 헤이자오는 얼고우가 애를 싸고 왔던 군모를 내 앞에 던졌다. "봐라, 이것이 그것이냐?"

나는 말했다. "네 말을 들으니, 얼고우, 이 애는 장메이가 낳은 그 애가 아니냐?"

헤이자오가 말했다. "아니, 이것이 네 모자인지 보란 말야."

얼고우가 말했다. "장메이도 애를 낳았어?"

헤이자오가 말했다. "염병할, 네가 안 보면 난 관여치 않을 거야."

얼고우가 말했다. "언제?"

내가 말했다. "이거, 정말 이상하다. 농장 전체를 뒤졌는데, 넌 몰랐어? 그것은 누구 것이냐?"

얼고우가 말했다. "난 방금 나갔었다. …"

내가 말했다. "이것이 누구 것이야?"

얼고우는 잠시 멈춘 뒤, 강력하게 말했다. "주웠어."

"주웠다고? 어디서 주웠어?"

얼고우는 더 이상 말을 하지 않았다. 난 이때 정신이 돌아와 헤이자오가 던진 그 피에 젖은 군모를 봤다.

난 내 얼굴이 즉각 창백해졌다고 생각한다.

얼고우도 이때 내가 부상당한 것을 발견했다. 그는 가까이 와 어떻게 된 것이냐고 낮은 목소리로 물었다. 동시에 쭈그리고 앉아 내 왼쪽 바짓가랑이를 들어 올렸다. 그는 이어 자기도 모르게 크게 소리쳤다.

복숭아 뼈에 검붉은 부종이 생겨 놀랍게도 아랫다리보다 더 부은 것을 보고, 아마 거의 들어 본 적이 없을 정도로 날카롭게 소리쳤다. 이 소리로 모두가 깨었다. 이미 자고 있던 12명이 단번에 일어나 앉았다. 곧 어떤 친구는 맨발로 땅바닥에 뛰어내려, 나를 둘러쌌다.

지금 생각하기에 난 여전히 알 수가 없다. 내가 왜 갑자기 화가 났는지 모른다. 난 모질게 모두에게 소리쳤다. "씨팔, 모두 꺼져." 모두 돌아갔다. 동료들이 호의를 보이자 정말로 창피하게 느껴졌다.

오직 얼고우만 여전히 쭈그리고 내 앞에 앉았다. 잘된 일이다.

5

모자는 새 것도 낡은 것도 아니다. 끈적거리는 홍건한 피로 비린내가 내 코를 찔렀다. 모자는 피에 완전히 흠뻑 젖었다. 그러나 나는 여전히 이것이 바로 내 모자란 것을 단정할 수 있었다. 난 또 군모 안을 자세히 봤다. 내가 피로 쓴 이름은 이미 새 피로 덮여 아무 흔적도 없었다.

나는 똑같이 아무런 내색도 하지 않고, 그의 옷깃을 잡은 뒤 부상당하지 않은 오른발로 얼고우의 사타구니를 냅다 찼다. 그는 바로 쓰러졌다. 땅바닥에서 미친 듯이 구르며 비명을 질렀다.

사람들은 다시 바닥으로 뛰어왔다. 사람들이 끊임없이 오갔고, 얼마 있지 않아 모든 농장 사람들이 또 우리 숙소 앞에 모였다. 나는 곧 의식불명 상태에 빠져 의식이 분명하지 않았으나 아직 쇼크 상태는 아니었다.

후에 난 많은 농장 사람들이 얼고우를 마차에 태우고 밤새워 진저우(錦州)까지 동행했다는 것을 알았다.

이 일을 다시 말하는 것은 역시 얼고우 때문이다. 얼고우는 3개월 이상 집에서 누웠다가 결국은 장애인이 됐다. 이것은 내 탓이 아니고 스스로 초래한 것이다. 적어도 그는 아내를 얻고 아이를 키우는 능력을 상실했다. 이것 역시 그의 손버릇이 나빴던 인과응보이다. 내가 아니면 다른 사람이 그랬을 것이라고 믿는다. 어차피 그에게 다른 결과는 없었을 것이다. 나는 옛말이 생각났다. 불효에는 세 가지가 있는데, 그 중 자식 없는 것이 가장 크다.

후에 나도 그를 보러 갔다. 우리는 이 일을 입 밖에 꺼내지 않았다. 그는 다시 농장에 돌아오지 않았다. 호적이 도시로 옮겨졌고, 작은 가내공장에서 금속망 짜는 일을 했다.

후에 그는 또 암에 걸렸다. 직장암이었다. 그는 운이 나빴다. 그는 겨우 23년만 살았다. 이젠 그가 죽은 지 십여 년이 지났다. 그가 죽기 전 얼마 동안, 우리는 친구가 됐다. 무엇이든지 다 털어놓는 친구는 아니었다. 소통에 장애가 있었다.

그해(사고가 난 그해) 그의 나이는 18세였다.

6

나는 비교적 중요한 세부사항을 잊고 말하지 않았다. 바로 얼고우가 마차에 실리기 전에 큰 소리로 내게 외쳤다. "자오라오피가 자기는 떠날 것이고 다시 돌아오지 않을 것이라는 말을 전해 달라고 했어."

나는 같이 큰 소리로 외쳤다. "왜? 이유를 말하지 않았냐?"

"말하지 않았어! 그가 네게 알리라고만 말했어. 그는 또 네가 장메이와 그 애를 돌봐주라고 했어."

"어떤 애, 어떤 애?"

그는 마차에 실렸다. 그는 내게 대답하지 않았다. 아마도 내 말을 듣지 못한 모양이다. 우리가 다시 만난 것은 반년 이후였다.

7

두 아이는 모두 장메이가 키웠다. 다행히 아이의 아빠가 비교적 많았다. 30여명의 아빠가 두 아이를 키우는 것은 그리 힘들지 않았다.

나는 후에 사건의 내막을 추측했다. 장메이가 애를 낳고 자오라오피가 떠났다. 떠날 때, 나에게 장메이와 애를 보살피라 했다. 물론 장메이가 낳은 애이다. 즉, 자오라오피와 장메이가 낳은 애를 말한다. 이놈의 자오라오피는 평소 아무 소리도 하지 않았고, 여자를 보면 더욱 아무 말도 하지 않았는데, 어떻게 장메이를 임신시킬 수 있었는가? 게다가 그는 내가 장메이를 좋아하는 줄 알면서도 끼어든 것이다. 그를 남자라고 할 수 있는가? 그는 남자의 거시기를 거저로 달고 있었다.

난 아무튼 그의 뒤치다꺼리를 해줄 수 없었다. 그가 권법의 왕이라도 똥을 누었으면 엉덩이는 자기가 닦아야 하는 것이다. 나는 그 뒤로 장메이를 다시는 거들떠보지 않았다. 나와 장메이는 줄곧 농장에 있었다. 우리는 진저우(錦州)에 거의 가지 않았다. 나는 후에 선양(沈陽)에 있는 중등전문학교에 입학했고, 그 뒤론 다시는 돌아가지 않았다. 장메이가 죽었다는 것도 들은 것이다. 그 두 아이가 어떻게 됐다는 것은 듣지 못했다.

바로 지금까지 난 여전히 잘 모르겠다. 왜 얼고우는 마지막에 가서야 그 말들을 했을까, 그는 본래 일찍 말할 수 있었다. 일찍 말했으면 다른 결과가 나왔을 것이다. 다른 결과가 발생했다면 뭐가 나쁘단 말인가?

나는 그래서 그날 밤의 세부사항을 곰곰이 회상했으나, 공연히 힘만 들이는 것임을 알았다. 나는 무언가가 내 기억을 막는다는 것을 알았다. 그것이 무언지 난 말할 수 없다.

한 가지는 내가 분명히 기억한다. 얼고우는 줄곧 방에 없었다. 그가 방에 들어와 실려 갈 때까지 모두 10분 안의 일이었다. 내가 아무리 해도 이해할 수 없는 것은 그가 어떻게 자오라오피를 만났고, 자오라오피는 왜 인사도 없이 떠났는지, 또 그가 떠날 때 왜 본인이 말을 하지 않고 얼고우를 선택해 말을 전했는지 나는 아무리 해도 이해할 수 없었다.

나는 1년여 뒤에 떠났다. 떠날 때 모두 나를 전송했다. 먼저 마을을 나와 곧 무너질 것 같은 작은 나무다리를 건넜다. 나는 장메이가 사람들 사이에 끼어 있는 것을 봤다. 그녀는 한 번도 나를 바로 보지 않았다. 정신을 딴 데 팔고 있는 듯했다. 나는 많은 사람과 악수하고 인사했으나 그녀는 예외였다. 그녀가 무슨 면목으로 날 전송할 수 있겠는가. 여자의 일은 누구도 분명히 말할 수 없다.

이미 걸을 수 있었던 그 두 아이도 오지 않았던 걸로 기억한다.

8

나는 얼고우가 그렇게 높은 신망을 받고 있을 줄은 생각지 못했다. 12명 동료 모두가 마차 뒤를 쫓아 얼고우를 진저우로 후송했다. 그곳은 진저우와 40여 리 떨어진 곳으로 예상컨대 걸어서 적어도 4~5시간 걸렸다.

즉, 16명이 지내는 숙소에 나와 헤이자오만 남았다. 난 일어날 수 없어 그 일행을 전송할 수 없었다. 헤이자오는 나갔다가 사람들이 떠나자 돌아왔다.

그는 먼저 자기 자리에 돌아가 죽도록 담배를 피웠다. 아마 적어도 5대 이상은 피웠을 것이다. 다시 말하면, 대략 한 시간여 동안 계속 담배를 피웠다. 날이 곧 밝아지려 했다.

나는 여전히 바닥에 반쯤 누워있었다. 날 보살피는 사람은 아무도 없었다. 나도 나 자신을 보살필 수 없었다. 나는 매우 고통스러웠다. 조금도 잠을 잘 수 없었다. 나는 냄새 좋은 담배 연기를 맡으니 마음이 죽은 물처럼 고요해졌다.

멀리서 수탉이 울었다. 헤이자오는 수탉이 처음 울자 갑자기 바닥으로 뛰어내렸다. 그가 내 옆을 지날 때 다소 낌새가 있었다. 그는 나를 넘어 두 걸음 간 뒤 몸을 굽혀 삽 대가리를 들었다. 그가 무슨 짓을 할지 생각할 겨를도 없을 때 그는 이미 행동했다. 그는 아주 힘껏 그리고 아주 강하게 그의 왼쪽 다리 뒤꿈치를 잘랐다. 피가 콸콸 쏟아지고 바로 쓰러졌다. 쓰러질 때 정신이 아직 있어 나를 보고 한 번 웃었다. 그것은 얼마나 만족스럽고 찬란한 웃음인가.

"우린 청산했다."

9

　나는 한동안 그다지 이해하지 못했다. 그는 자기 왼다리 힘줄을 찍고 몸을 웅크렸다. 그와 난 똑같이 전혀 비명을 지르지 않았다. 똑같이 같은 날 밤 왼다리를 절게 됐다. 나는 원래 아킬레스건(발뒤꿈치 힘줄)을 찍으면 영원히 일어날 수 없다고 들었다. 그런데 그다지 믿을 만하지 못했다. 그 늙은 민간의사는 이미 짧아진 그의 힘줄을 붙였다. 이는 매우 겁나는 수술이었다.

　힘줄을 자를 때 전혀 비명을 지르지 않았던 헤이자오는 시종 끊임없이 크게 비명을 질렀다. 후에 그 의사는 문제가 없을 것이라고 말했다. 여자를 건드리거나 대장장이가 되는 것도 문제가 없으나, 힘줄이 짧아졌으니 걸을 때 절뚝이는 것은 피할 수 없다고 말했다. 그는 "멀리서 보면 봄바람에 버드나무가 흔들리는 것 같고, 가까이서 보면 준마가 걸음을 멈춘 것 같으며, 일어나 서면 활을 쏘고, 누우면 길이가 같지 않다"라고 말해 헤이자오도 웃게 만들었다.

　내 수술은 비교적 간단했다. 더욱이 후유증도 많지 않았다. 나는 단지 약간 절뚝일 뿐이었다. 자세히 보지 않으면 알아차리지 못했다. 만약 기회가 되면 나도 우주 비행사가 될 수 있었다. 내 몸은 아주 좋았다.

　헤이자오는 심하게 절뚝거렸다. 걸을 때 좌우로 건들거리는 폭이 아주 컸다. 그러나 노 민간의사가 말한 대로 그는 과연 바로 농촌 부근 마을에서 여자를 구했고, 바로 두 애를 낳았는데 모두 계집아이였다. 그는 아주 잘 산다. 유능하고 부유한 농민이 됐다. 그 후 우리가 만났을 때 모두 아주 유쾌했다. 그의 말을 빌리면 우리 둘은 청산을 한 것이다.

장메이의 부음은 바로 그가 내게 알렸다. 내 마음에 장메이는 아주 일찍부터 존재하지 않았다. 나는 후에 많은 정상인처럼 연애하고 결혼하고 애를 낳았다. 장메이와는 이미 아주 요원해졌다. 그는 얼마 전에 생닭을 팔려고 시에 왔다가, 나를 보자 내게 맥주를 마시자고 했다. 술이 반쯤 취하자 그는 장메이에 대해 말했다. 장메이는 줄곧 결혼하지 않다가 배가 다시 부르자 우물에 빠져 죽었다. 아주 비참하게 죽었지. 몸이 물항아리처럼 불었다.

"넌 왜 그녀와 좋게 지내지 않았니?" 헤이자오의 혀가 꼬부라졌다.

"바로 그녀가 티엔 경리의 애를 임신했기 때문이냐, 그게 무슨 관계야?"

나는 어리둥절했다. "어떻게 티엔 경리야, 자오라오피가 아니고?"

"라오피라고? 웃기는 소리! 라오피는 장메이를 쳐다보지도 않았어. 장메이는 속으로, 속으로, 널 좋아했어. 티엔 경리, 티엔 경리가 맞아."

"네가 어떻게 알아?"

"후에 장메이가 말했다. 그녀는 네가 분명 그녀를 사랑하지 않을 것이라고 말했어. 그녀는 후에 임신했는데, 역시 티엔 경리였지. 그녀는 별 수가 없어 죽어버린 거야."

나는 말을 할 수 없었다. 난 머리가 아팠다.

10

얼고우가 죽을 때의 정황이 마치 뱀처럼 다시 내 마음 속으로 기어 들어왔다. 가장 잔혹한 일은 잔혹한 일 그 자체가 아니라 모든 것이 평온해 진 뒤 그 잔혹한 일의 진상을 아는 것이다.

이때가 돼서야 나는 모든 것이 착오였다는 것을 알게 됐다.

얼고우가 죽던 당일 오전엔 아직 정신이 맑았다. 내가 도착했을 때 그는 하루나 이틀 전에 죽었어야 정상이라고 말했다. 그러나 그는 죽을 수 없었다고 말했다. 내가 오지 않아 죽어도 눈을 감을 수 없었으며, 그는 일찍부터 내가 올 줄 알았다고 말했다. 그는 줄곧 내가 오길 기다렸다. 그는 이런 말들을 하고 마음 편하게 죽었다.

나는 그가 일찍 말하지 않은 것을 원망했다. 그는 시간이 없었다고 쓴 웃음을 지었다. 그가 문에 들어오자마자 바로 이 일이 발생했다고 말했다. 그가 어찌 하기에는 이미 시간이 없었다고 말했다. 그는 일이 이미 이렇게 됐으니 다시 말해도 아무 의미가 없었다고 말했다. "난 어차피 병신이 됐는데, 말해 봐야 무얼 한단 말인가?"

"말했으면 오늘처럼 되지 않았잖아!" 내가 말했다.

"너는 장메이의 아이가 자오라오피 것이라고 생각하지만, 실은 네가 잘못 들은 것이다. 다른 아이, 내가 주운 아이가 바로 그의 것이다. 그와 앞마을의 젊은 과부 장란이 낳은 아이다. 이 일은 아무도 모른다. 나도 그날 밤에서야 비로소 알게 됐다. 난 앞마을에 무언가를 훔치러 갔다. 무엇을 훔치려 했는지 아무것도 기억할 수 없다. 나는 우연히 장 과부의 방에서 심상치 않은 소리를 들었다. 내가 들어가 보니 그녀가 애를 낳으려 했다. 그녀는 혼자 외딴 곳에 살았다는 것을 너도 알고 있을 것이다. 아무도 그녀가 애를 낳으려는 것을 몰랐다. 나는 그래서 내가 뭘 하면 되느냐고 물었다. 그녀는 울음 섞인 목소리로 자오라오피를 불러달라고 했다. 내가 문을 막 나가려는데 그녀는 갑자기 크게 소리 질렀다. 나는 뭔가 잘못된 것을 알고 몸을 돌려 방안으로 돌아갔다. 그녀는 미친 듯이 아파했다. 온돌에서 땅바닥으로 굴러 떨어졌다. 나는 어떻게 해야 좋을지 몰랐다. 나는 감히 여자의 바지를 벗길 수 없었다. 나는 여자를 건드려 본 적이 없었다.

그녀는 뒤에 아무런 소리를 내지 않았다. 나는 바보처럼 옆에서 그녀가 죽어가는 것을 보고 있었다. 나는 너무 놀랐다. 그녀가 숨을 거두고 나서야 애 생각이 났다. 나는 대수롭지 않게 그녀의 바지를 벗겼다. 어차피 그녀는 죽었던 것이다. 그 아이의 엉덩이가 이미 밖으로 나왔으나, 머리와 손발은 아직 엄마 뱃속에 남아 있었다. 지금 말하면 바로 난산인 것이다.

난 애써 애를 끌어내, 칼로 배꼽에 달린 태반을 절단하고, 세숫대야의 더러운 물에 아이를 대강 닦은 뒤 안고 돌아왔다."

"길에서 난 라오피를 우연히 만났다. 나는 그의 아들을 그에게 주었더니, 그는 받지 않고, 장란과 이별을 고하기 위해 가야 한다고 말했다. 그는 앞으로 돌아오지 않을 것이니, 네게 부탁해 아이를 장메이에게 줘 보살펴 달라고 말했다. 난 그때 장메이도 애를 낳은 것을 알지 못했다."

"그러나 너는 당시 내게 장메이를 보살펴 주고, 아이를 보살펴 주라고 말했다. 네가 이렇게 말한 것으로 분명 기억한다."

"나는 죽도록 겁이 났다. 나는 정신없이 돌아오는데 그때 라오피가 또 나를 불렀다. 그는 급하게 내게 너의 그 군모를 쑤셔 넣으며 네게 전해 달라고 말했다. 네가 권법 수련하는 곳에 갖고 와 땅바닥에다 잃어버렸다고 전하라고 말했다. 이 일은 내가 돌아간 뒤 잊고 말하지 않았다. 나는 자연스레 아이를 모자 안에 넣었다. 아이 몸에 아직 피가 묻어 있었다. 나는 내가 죽으려 할 때 비로소 이런 말을 한다. 나는 네 마음이 불편할 것이 걱정됐다. 그러나 내가 말하지 않으면 내 마음이 참기 힘들게 답답할 것이다. 내가 네게 이런 말들을 하지 말았어야 했나, 말해야 하는가?"

"얼고우, 넌 일찍 말했어야 했다. 일찍 말했어야 했어."

"울지 마라. 남자가 울면 감당하기 어렵다. 부탁한다. 울지 마라. 울지 마."

그가 죽을 때 나는 줄곧 옆을 지켰다. 암은 정말 지독했다. 그는 본래 키가 왜소한데, 지금은 마른 뼈만 남았다. 그는 화장됐다. 젠장, 재만 남았다.

11

내 생각에, 자오라오피는 그날 밤에 분명 장메이가 애를 낳았다는 것을 듣고 그의 젊은 과부 장란이 떠올랐을 것이다. 장란이 죽었는데 그는 어느 곳으로 갔단 말인가?

— 1987년

착오 (錯誤)　189

산 위의 작은 집

山上的小屋

찬쉐에 殘雪

우리 집 뒤 황량한 산 위에 작은 판잣집이 있다.

나는 매일 집에서 서랍을 정리한다. 서랍을 정리하지 않을 때는 의자에 앉아 두 손을 무릎 위에 올려놓고 바람 소리를 듣는다. 북풍이 삼나무 껍질로 엮은 지붕을 흉악하게 때릴 때, 늑대의 울부짖는 소리가 산 계곡에 메아리친다.

"서랍은 평생 제대로 정리하지 못할 것이다, 흥." 엄마는 말하면서, 내게 위선적인 웃음을 짓는다.

"모든 사람의 귀가 먹었나 봐." 나는 답답해서 말했다. "달빛 아래 수많은 도둑들이 우리 집 주위를 배회하고 있었어. 나는 등불을 켜고, 창에서 손가락으로 뚫은 셀 수 없는 구멍들을 보았어. 옆방에 엄마와 아버지가 코를 너무 심하게 골아 병과 깡통들이 그릇장에서 춤추었어. 나는 발을 침대 널빤지에 뻗고 부어오른 머리를 돌렸어. 자물쇠로 잠긴 작은 집에서 어떤 사람이 나무판자에 머리를 거칠게 들이박는 소리를 냈어. 그 소리는 날이 밝을 때까지 들렸어."

"네가 물건을 찾으러 내 방에 올 때마다, 나는 언제나 몸서리 쳐질 정도로 놀란다." 엄마는 조심스럽게 나를 노려보며 방문 쪽으로 물러갔다. 나는 그의 얼굴 한쪽이 우스꽝스럽게 떨리는 것을 보았다.

어느 날, 나는 산 위에 올라가 결말을 보려고 결정했다. 바람이 멈추자 나는 바로 산에 올랐다. 나는 한참 동안 산을 올랐다. 햇볕이 너무 강렬해 머리가 어지럽고 눈이 가물거렸다. 돌 한 조각마다 백색의 불꽃이 번쩍거렸다. 나는 기침을 하며 산 위에서 방황했다. 땀방울이 눈썹에서 나와 눈 속으로 흘러들어갔다. 나는 아무것도 보지 못했다. 아무것도 듣지 못했다. 나는 집에 돌아와 방문 밖에 잠시 섰다. 거울

안에서 그 사람의 구두에 진흙이 가득하고, 두 눈 주위에 자색 그림자가 짙게 드리운 것을 보았다.

"병이야, 병." 가족들이 어두운 곳에서 몰래 비웃는 것을 들었다.

내 눈이 방 안의 어둠에 적응할 때, 그들은 이미 숨었다. 그들은 웃으며 숨었다. 내가 없을 때, 그들이 내 서랍을 엉망으로 뒤집어 놓은 것을 발견했다. 몇 마리 죽은 나방과 잠자리가 바닥에 버려져 있었다. 그것들은 내가 아끼는 것임을 그들은 분명히 알고 있다.

"언니가 없을 때, 언니를 도우려고 서랍을 새로 정리한 거야." 여동생이 내게 말했다. 나를 뚫어지게 바라보았다. 왼쪽 눈이 녹색으로 바뀌었다.

"나는 늑대가 포효하는 것을 들었어." 나는 일부러 그녀를 겁주었다. "늑대들이 떼를 지어 밖에서 우리 집 주위를 돌고 있어. 그리고 머리를 문틈으로 비집어 들이대고 있어. 날이 어두워지면 이런 일이 벌어지고 있어. 너는 꿈속에서 너무 무서워 발바닥에 식은땀을 흘리는 거야. 이 집에 사는 사람들은 잠잘 때 발바닥에서 식은땀이 나. 이불이 얼마나 축축한지를 보면 알 거야."

나는 매우 속상했다. 왜냐면 서랍 속에 있던 물건 몇 가지를 잃었기 때문이다. 어머니는 일부러 아무것도 모른 척 눈을 깔고 있다. 그러나 그녀가 사납게 내 뒤통수를 노려볼 때, 나는 느낄 수 있었다. 그녀가 내 뒤통수를 노려볼 때마다, 그녀가 노려본 내 두피는 마비가 되고 부었다. 그들이 내 바둑판을 뒤뜰 우물가에 파묻은 것을 알았다. 그들은 이미 수없이 이렇게 했다. 매번 나는 밤중에 다시 파내었다. 내가 팔 때 그들은 등불을 켜고 창문으로 머리를 내밀고 보았다.

그들은 나의 반항에 대해 아무 대꾸도 하지 않았다.

밥 먹을 때 나는 그들에게 말했다. "산 위에 작은 집이 하나 있어요."

그들은 모두 머리를 숙이고 후루룩 소리를 내며 국을 먹었다. 아마 누구도 내 말을 듣지 못하는 것 같다.

"수많은 쥐들이 바람 속에서 미친 듯이 질주하고 있어요." 나는 목소리를 높이고 젓가락을 놓았다. "산 위의 모래와 돌들이 우르르 쾅쾅 소리를 내며 우리 집 뒤 담벼락을 덮쳐, 모두 놀라 발바닥에 식은땀을 흘렸는데 기억나지 않아요? 이불만 보면 바로 알아요. 날이 맑으면 이불을 햇볕에 말리잖아요. 밖에 있는 빨랫줄에는 언제나 당신들이 널어놓은 이불로 가득하잖아요."

아버지는 한쪽 눈으로 재빨리 나를 노려봤다. 그 눈은 내가 익히 보았던 늑대의 눈으로 느껴졌다. 나는 갑자기 깨달았다. 본래 아버지는 매일 밤 늑대 중의 한 마리로 변해, 이 집 주위를 미친 듯이 뛰면서 처절하게 울부짖고 있는 것이다.

"모든 곳에 흰색이 흔들거려요." 나는 한 손으로 어머니의 어깻죽지를 잡고 흔들었다. "모든 것이 눈이 부셔 눈물이 났어. 나는 아무것도 보지 못했어. 그러나 내가 방에 돌아와 의자에 앉고 두 손을 무릎에 올려놓으면, 삼나무 껍질로 만든 지붕이 분명히 보여. 그 형상은 아주 가깝게 있어. 엄마도 분명히 본 적이 있을 것이야. 사실 우리 집 사람들 모두 본 적이 있어. 분명 한 사람이 그 안에 쪼그리고 앉아 있어. 그의 두 눈가에는 자색 그림자가 드리워져 있어, 그것은 밤을 새

왔기 때문이야."

"당신이 우물가에서 (땅을) 파느라 그 건축용 돌덩어리를 울릴 때마다, 나와 당신 엄마는 허공에 매달렸어요. 우린 바들바들 떨었어요. 맨발로 허둥댔으며 지면을 밟지 못했어요." 아버지는 내 눈을 피해 얼굴을 창문 쪽으로 돌렸다. 유리창은 파리똥으로 잔뜩 더럽혀져 있었다. 그 우물 밑에는 내가 떨어뜨린 가위가 있었다. 나는 꿈속에서 몰래 결심했다. 그것을 건져 올릴 것이다. 깨어나니, 내가 잘못 알았다는 것을 알았다. 본래 어떤 가위도 떨어뜨리지 않았다. 당신의 어머니는 내가 잘못 알았다고 단언했다. 나는 낙심하지 않고 다음번에는 또 그것을 기억할 것이다. 나는 누워 너무 아쉽다고 느꼈다. 왜냐면 가위가 우물 밑에 있으면 녹이 슬 텐데, 왜 건지지 않는가. 나는 이 일로 수십 년을 고민했다. 얼굴의 주름살은 칼로 각인한 것 같았다. 마침내 한 번, 나는 우물가에 갔다. 시험 삼아 두레박을 던져 보기로 했다. 두레박줄은 묵직했고 미끄러웠다. 손을 놓자 나무 두레박은 풍덩하고 큰 소리를 내며, 우물 가운데로 떨어졌다. 내가 방안으로 뛰어 들어와 거울을 보니, 왼쪽 귀밑머리가 전부 희어졌다.

"북풍은 정말 사납다." 나는 머리를 움츠렸다. 얼굴은 파랗게 얼었다. "내 뱃속에 작은 얼음이 얼었어. 내가 의자에 앉으면, 그것들이 댕그랑거리며 계속 울려."

나는 줄곧 서랍을 잘 정리해야 한다고 생각했다. 그러나 엄마는 언제나 암암리에 나와 대립하고 있다. 그녀는 옆방에서 왔다 갔다 하며 뚜벅뚜벅 발걸음 소리를 내어, 나를 골치 아프게 했다. 그래서 나는 트럼프 한 질을 꺼내 읽었다. "하나, 둘, 셋, 넷, 다섯, …" 발걸음이 갑자기 멈췄다. 어머니는 문가에서 짙은 녹색의 얼굴을 내밀며 우물쭈물 말했다. "난 아주 저질스런 꿈을 꾸었단다. 지금까지 등에 식은땀이 흐른다."

"발바닥도." 내가 보충해 말했다. "모두의 발바닥에 식은땀이 흘러. 어제 엄마가 또 이불을 말렸잖아, 이런 일은 늘 있는 일이야."

여동생이 몰래 와 엄마가 줄곧 내 팔을 부러뜨리려고 한다고 내게 말했다. 왜냐면 내 서랍을 여닫는 소리가 그녀를 미치게 만들기 때문이다. 그녀는 그 소리만 들으면 괴로워서 심한 감기가 걸릴 때까지 머리를 찬물 속에 넣는다고 말했다.

나는 서랍 옆면에 기름을 칠했다. 살며시 여닫으니 아무 소리가 나지 않았다. 난 이렇게 여러 날을 시험했다. 옆방의 발소리가 나지 않았다. 그녀는 내게 속은 것이다. 조금만 조심하면, 많은 일들을 속여 넘길 수 있다. 나는 아주 흥분했다. 신이 나서 밤새 정리했다. 서랍이 말끔히 정리되려는 순간, 전등이 갑자기 고장 났다. 어머니는 옆방에서 냉소를 지었다.

"네 방에서 비추는 빛이 자극해, 내 혈관에 마치 북소리처럼 둥둥 소리가 났다. 여기를 봐라." 그녀는 자기의 태양혈을 가리켰다. 그곳에 둥글게 부푼 지렁이처럼 혈관이 불거졌다. "나는 내가 차라리 괴혈병에 걸리기 바란다. 온종일 무언가가 내 체내에서 소란을 피워, 여기저기서 소리를 낸다. 이 느낌을 넌 느껴보지 못했을 것이다. 이 병때문에 네 아버지가 자살할 생각도 했어." 그녀는 굵은 팔 하나를 내 어깨에 올려놓았다. 그 팔은 마치 얼음에 넣어 차갑게 한 것처럼 찼다. 물방울이 계속 흘렀다.

어떤 사람이 우물가에서 수작을 부린다. 그가 반복해서 두레박을 던지며 우물 벽을 쾅쾅 울리는 것을 들었다. 날이 밝자, 그는 쿵 하고 나무 두레박을 던지고 도망쳤다. 나는 옆 방문을 열고, 아버지가 잠자는 것을 보았다. 푸른 심줄이 불거진 손이 괴로운 듯이 침대 가장자리를 잡고, 꿈을 꾸며 처참한 신음소리를 냈다. 어머니는 머리를 풀어헤치고, 빗자루로 바닥을 쓸었다. 그녀는 날이 밝으려는 순간, 하늘소떼가 창문에서 날아 들어와 벽에 부딪친 뒤 사방에 떨어졌다고 내게 말했다. 그녀는 청소하려고 침대에서 일어나 슬리퍼를 신다가 슬리퍼 속에 숨어 있던 하늘소에게 발을 물려, 다리 전체가 검게 부어올랐다.

"그는," 어머니가 잠자고 있는 아버지를 가리켰다. "꿈속에서 자기가 물린 것으로 안 거야."

"산 위의 작은 집에도 한 사람이 신음소리를 내고 있어. 검은 바람 속에 머루 잎새들이 섞여 있었어."

"너 들리니?" 어머니가 희미한 여명 속에서 정신을 집중하고 귀를 바닥에 대었다. "이것들이 바닥에 떨어져 기절한 모양이다. 이놈들은 날이 밝는 순간에 들이닥쳤다."

그날 나는 정말 다시 산에 올랐다. 나는 분명히 기억한다. 처음에 나는 등나무의자에 앉고 두 손을 무릎에 올려놓았다. 그 뒤 나는 문을 열고 하얀 빛 속으로 걸어 들어갔다. 나는 산에 올라갔다. 하얀 돌의 화염만 눈에 가득했고, 머루나 작은 집은 보이지 않았다.

맑은 날, 아메이의 시름

阿梅在一个太陽天里的愁思

찬쉬에 殘雪

지난 목요일부터 줄곧 큰 비가 내리다 오늘 아침 갑자기 비가 그쳤다. 태양이 강렬히 비추기 시작했다. 전신에 계속 땀이 흘러 옷이 흠뻑 젖었다. 흙탕물이 묻은 사람들 발자국이 마당 가득 이상한 무늬를 만들었다. 흙탕물에서 사람을 질식케 하는 열기가 후끈 피어올라 사방에 가득했다. 나는 오전 내내 마당에서 삽으로 땅 속에서 기어 나오는 지렁이를 제거했다. 그 지렁이들은 통통하게 살찌고 길이도 길고 분홍색인데, 걸핏하면 방 안으로 기어 들어왔다. 이웃 사람이 마당 쪽에 있는 높은 담벼락 아래 서서, 갈퀴로 담벼락에 구멍을 뚫고 있다. 담벼락에 그 구멍이 생긴 뒤 그는 매일 그 구멍을 더 크게 뚫고 있다. 밤에 바람이 불 때면 난 아주 두렵다. 바람이 그 구멍을 통해 바로 내 방으로 불어온다. 담벼락에서 "솨―아, 솨―아" 소리가 난다. 우리 작은 집 지붕 위로 무너질 것 같다. 밤이면 나는 이불을 머리에 단단히 뒤집어쓴다. 어떤 때는 상자 몇 개를 이불 위에 눌러 놓아야 좀 안심하고 잘 수 있다. 다고우(大狗)는 마당 한 모퉁이에서 폭죽을 터뜨린다. 그는 폭죽 하나를 나무에 난 구멍에 꽂은 뒤, 살찐 엉덩이를 하늘로 치켜세우고 불을 붙이려 한다. 그는 그의 아버지처럼 살찐 엉덩이를 갖고 있다.

"야!" 내가 말했다.

"넌 왜 귀신에 홀린 것처럼 언제나 폭죽만 터뜨리느냐?"

그는 흐리멍덩한 큰 눈을 크게 뜨고 나를 망연히 바라보았다. 콧구멍을 몇 번 후비고, 내가 주의를 기울이지 않은 틈을 타 마당을 빠져나갔다. 잠시 후 폭죽 소리가 또 집 뒤에서 크게 울려 놀라서 심장이 마구 뛰었다. 나는 방에 들어가 서랍에서 솜을 찾아 귓구멍을 꼭 막

왔다.

나는 다고우의 아버지와 8년 전에 결혼했다. 결혼 전 5개월, 그는 늘 우리 집에 찾아왔다. 그는 오기만 하면 주방에 들어가 어머니와 무언가를 몰래 의논했다. 그들은 안에서 말하면서 킥킥대고 웃느라 밥하는 것도 자주 잊었다. 그때 어머니는 일 년 사계절 언제나 검은색 앞치마를 입고 있었고, 어떤 때는 아침에 얼굴도 씻지 않았으며, 눈은 부푼 마늘처럼 부어있었다. 그가 오기만 하면 어머니 눈은 기쁨이 가득 찬 빛을 반짝거리며, 살찐 두 손을 검은 앞치마에 수시로 비볐다. 리(李) 씨(그때 나는 다고우의 아버지 이름을 리 씨라고 불렀다. 왜냐하면 다른 이름이 생각나지 않았기 때문이다)는 키가 작고 얼굴에 자색 곰보자국이 많이 나 있었다. 그러나 전체적으로 보면 그래도 용모가 단정한 편이었다. 어느 날 나는 부엌에 물건 하나를 가지러 갔다. 당시 그는 어머니와 마늘을 까고 있었다. 두 사람의 얼굴엔 희색이 만면했다. 내가 그의 곁을 지날 때 그의 옷을 스쳤다. 그는 놀라서 즉각 옆으로 뒷걸음치면서, 정색을 하고 말했다. "안녕하십니까?" 그의 목소리는 나를 놀라게 했다. 나는 물건을 갖고, 날듯이 도망쳐 나왔다. 어머니가 뒤에서 큰 소리로 말하는 것을 들었다. "저 아이는 언제나 저렇게 안하무인이랍니다." 후에도 그는 여러 번 왔다. 오기만 하면 어머니는 그를 부엌에 가둬 놓았다. 내가 무심코 들어올 것이 걱정이 되어서 문고리까지 걸었다. 매번 두 사람이 안에서 이야기하고 웃으면서 끝없이 떠들었다. 7월 날씨가 이렇게 무더운 어느 날 그는 나에게 청혼했다. 그날 나는 부엌에 물을 뜨러 갔다. 그는 불쑥 안으로 들어왔다. 내가 도망치려 하는데, 뜻밖에 말을 하기 시작했다.

202

"저기, 당신은 나를 어떻게 생각해요?"

"….."

그런 뒤, 그는 곧 그와 결혼할 생각이 없냐고 물었다. 그는 말할 때 마치 수족경련증에 걸린 것 같았다. 온 몸을 실룩거리며 아주 괴로워했다. 후에 그는 키 작은 의자를 찾아 앉았다. 그 의자는 검고 반지르르했다. 다리 하나가 헐거워져 그 위에 앉으니 흔들거렸다. 그는 이것저것 여러 가지 이유를 말했다. 그 중 가장 중요한 것이 우리 엄마에게 집이 있다는 것이었다. 만약 그가 나와 결혼하면 이 집에 살 수 있으니 다른 집을 찾을 필요가 없다는 것이다. 당시 나는 "킥, 킥" 하고 소리를 내 웃었다. 그의 얼굴이 즉각 붉게 물들었다.

"왜 웃죠?" 그는 화가 나 물었다.

"나는 편지 한 통을 쓰려고 하는데, 여기서 이렇게 오랫동안 말을 듣게 돼요."

"본래 그랬었군요." 그는 긴장을 풀었다.

우리가 결혼한 그날 그의 얼굴에 난 자색 곰보자국은 유난히 더 심한 것 같았다. 붉은 코도 빛을 발했다. 그의 짧고 작은 새 옷이 그의 몸을 꽉 조여 나를 상심시켰다. 나는 오이색 옷을 입었는데 매우 어색했다. 나는 어머니가 부엌에서 큰 소리로 말하는 것을 들었다. "저년은 조금도 신랑에게 어울리지 않아. 신랑이 저년을 고른 것은 저년이 엄청 운이 좋은 거야. 나는 저년은 시집을 보내지 못할 것이라고 생각했어. 분명 신랑이 저년을 좋아한 것이 아니라, 우리 집을 좋게 본 거야." 결혼이란 기쁜 날인데도, 어머니는 뜻밖에 여전히 그 검은 색 앞치마를 두르고 있었다. 게다가 머리도 빗지 않았다. 입에선 마늘 냄새가 났다. 우리들의 결혼식은 몹시 썰렁했다. 손님이 모두 3명에 불과했고, 모두 아버지 친척이었다. 그들은 애처롭게 탁자에 앉아 있었다. 마치 무슨 걱정을 하고 있는 것 같았다. 리 씨는 기쁜 것 같았다. 그는 계속해 몇 가지 농담을 했다. 손님들은 엄숙한 얼굴을 하고 조금도 웃지 않았다. 그날 비가 아주 심하게 내렸다. 내가 요리를 가지러 부엌에 갔을 때 비가 창밖에서 들이쳐 그 오이색 옷이 흠뻑 젖었다. 나는 유리창을 통해 마당에 도둑 한 명이 들어온 것을 보았다. 복도에 쌓아 놓은 목재에서 통나무 하나를 훔쳐 담을 따라 재빨리 도망쳤다.

결혼 후 다음 날, 리 씨는 집 모퉁이에서 열심히 망치질을 하기 시작했다. 그리고 나무를 운반해 와 마당 전체가 아수라장이 되었다.

"뭘 해요?" 내가 물었다. 나는 속으로 오늘 공원에 가서 편지를 쓰려고 생각하고 있었다(당시 나는 편지를 쓰는 취미가 있었다).

"다락집을 하나 만들려고요." 그는 웃으며 대답했다.

내가 저녁에 집에 돌아와 보니, 집 모퉁이에 벌써 다락방 하나가 만들어져 있었다. 그 위에 더러운 모기장도 하나 걸려 있었다.

"오늘부터 난 여기서 잘 겁니다." 그는 장막 안에서 중얼거렸다. "나는 집에서 혼자 자던 것이 습관이 돼서, 당신과 자는 것이 겁이 나 잠을 못 자겠습니다. 나는 여기서 자는 것이 편안할 것 같은데 당신 의견은 어떻습니까?"

나는 우물쭈물 몇 마디 대답했다.

그는 그 다락방에서 3개월 잠을 잤다. 후에 그는 갑자기 자기 집으로 이사 갔다. 그가 떠난 것에 대해 엄마는 시종 침묵을 지켰다. 왜냐면, 그가 나와 결혼한 뒤 그와 엄마와의 관계는 현저히 냉담해졌기 때문이다. 엄마는 더 이상 그와 부엌 안에서 말하지 않았다. 그리고 그를 공짜로 밥 먹는 사람, 잔재주 부리는 사람이라고 말했다.

"당초 그가 그렇게 잔재주 부리는 사람이라는 것을 일찍 알았다면, 나는 어떻게 해서든 내 딸을 그에게 시집보내지 않았을 것이다." 어머니는 사람들을 만날 때마다 이렇게 말했다. "그가 우리를 배반했다."

나는 리 씨가 집을 떠났다고 생각되지 않았다. 나는 그가 여전히 다락방의 그 더러운 모기장 안에서 잠자고 있는 것처럼 생각됐다. 아마 어느 날 그는 그 안에서 다시 말을 할 것이라고 속으로 생각했다.

이런 상황은 다고우가 태어난 뒤까지 지속됐다.

그 이전 나는 그가 길거리에서 지나가는 것을 자주 보았다. 얼굴에 나 있던 곰보자국도 없어진 것 같았다. 사람이 아주 멋지게 변해 있었다. 그는 이미 전에 입었던 그 짧고 작은 옷을 입지 않았다. 그는 새로 지은 헐렁한 외투를 입고 있었다. 그의 생기 있는 모습은 완전히 독신 남자 스타일이었다. 결혼한 남자들은 한 번만 보면 알 수 있다. 그들은 등이 구부정하고 몸에 기운이 없어 전혀 폼이 나지 않는다. 그때 나는 리 씨가 우리 집을 떠나 멋있게 변했다고 생각했다. 만약 그가 당초 나와 결혼하지 않았다면 어떤 모습이었을까?

다고우가 태어난 뒤, 그는 우리 집을 다시 방문하기 시작했다. 그는 집에 오면 바로 부엌으로 들어갔다. 잠시 후, 엄마는 바로 허둥대며 뛰어 나와 문틈으로 내 방을 엿보았다. 내가 일부러 보지 않는 척하면 옆방으로 가 다고우를 안고 얼른 부엌으로 돌아갔다.

잠시 후면 나는 부엌에서 킥킥대는 과거의 그 웃음소리를 듣게 됐다.

이런 예의상의 방문이 몇 년간 지속됐다.

한번은 내가 밖에서 물건을 사러 나가다가, 대문 있는 곳에서 집으로 들어오는 리 씨를 우연히 만났다. 그는 전에 결혼하지 않았을 때와 같이, 놀라 옆으로 비켜서면서 정색을 하고 말했다. "안녕하십니까?" 나는 못 본 척하고 머리를 숙이고 도망쳤다.

어머니는 그때 이미 과거에 그를 기다리던 친밀한 태도를 회복했다. 매번 그가 오면 어머니는 다고우를 부엌으로 안고 갔다. 그런 뒤 그녀는 언제나 맛있는 요리를 만들어 그에게 대접했다. 내가 알 것이 두려워 그들은 문고리를 단단히 걸었다. 그러나 나는 방이 떨어져 있어도 스며드는 음식 냄새를 맡을 수 있었다. 그들이 의도적으로 숨기는 것이 가소롭다고 생각했다.

다고우가 만으로 다섯 살이 되던 해, 리 씨는 더 이상 찾아오지 않았다. 그런데 어머니는 이 일로 나를 더욱 원망하는 것 같았다. 그녀는 부엌과 가까운 헛간을 정리한 뒤 그곳에서 살았다. 그녀가 그곳에서 사는 이유는 나와 더 멀리 떨어지기 위한 것이라고 나는 생각한다.

다고우, 이 아이의 존재를 나는 그다지 느끼지 않는다. 그는 완전히 우리 엄마의 손에서 자랐다. 그의 몸도 왜소하다. 그가 성장하면 그의 얼굴에도 자색의 곰보자국이 날지 모른다고 나는 생각한다. 그는 어려서부터 생마늘 먹는 것이 습관이 됐다. 언제나 마늘 냄새가 입에서 난다. 예전에 그는 언제나 리 씨와 내 엄마와 함께 세 사람이 부엌에서 생마늘을 먹었다. 다고우는 나를 '엄마'라고 부르지 않았다. 그의 애비처럼 '저기요'라고 불렀다. 그가 '저기요'라고 날 부를 때면 나는 언제나 한동안 마음이 불편했다.

내 심장병도 아마 이 때문일 것이다.

삼년 동안 리 씨는 아무 소식이 없었다. 나는 거리에서 그를 더 이상 볼 수 없었다. 그는 현재 이미 유능하고 멋진 키 작은 남자로 변했고, 길을 거닐 때 힘차고 경쾌할 것이라고 상상한다. 그가 나를 떠난 것은 정말 아주 똑똑한 짓이었다.

해가 담장 뒤로 떨어졌다. 엄마는 또 헛간에서 기침을 시작한다. 그녀가 이렇게 기침을 한 지 2개월이 넘었다. 아마 그녀도 이 세상에 오래 머물지 못할 것이라고 느낄 것이다. 그래서 내가 그녀를 괴롭히지 못하도록 방문을 더욱 단단히 잠갔다. 이웃 사람은 여전히 담 벽의 그 구멍을 뚫고 있다. 오늘 저녁에 바람이 불면 그 담 벽은 분명 무너져 우리 집을 무너뜨릴 것이라고 나는 생각한다.

도망

逃

쑤퉁 蘇童

다음 날 우리 삼촌이 풍양수(楓楊樹) 마을을 떠났다. 그날 밤 비가 내렸다. 식구들은 깊게 잠들어 아무도 그가 문 여는 소리를 듣지 못했다. 우리 숙모가 닭 우는 소리에 잠이 깨 옆자리를 더듬어 보니, 차가운 자리만 남아 있었다. 그녀가 집 뒤에 있는 측간에 대고 불러 봐도, 처마에 똑-똑-물 떨어지는 소리만 들릴 뿐이었다. 하늘빛이 연푸른색을 띠고 남쪽 창으로 들어왔다. 바닥에는 우리 삼촌이 시내에서 메고 온 쌀 한 포대만 세워져 있었다. 그러나 보따리는 사라졌다.

숙모는 이불 위에 앉아 울기 시작했다. 울면서 머리를 쥐어뜯었다. 숙모의 머리카락은 아주 까맣다. 검은 풀처럼 유방까지 늘어졌다. 그녀는 하늘이 무너지는 듯 울면서 할아버지와 할머니에게 "싼마이가 떠났어요, 내가 싼마이를 쫓아냈어요." 우리 할아버지는 "싼마이가 어제 막 집에 돌아왔는데, 넌 어떻게 바로 싼마이를 내보냈느냐?" 우리 할머니는 "너, 이 화냥년, 젖 가리지 못해?"라고 말했다. 숙모가 말했다. "날 건드리지 못하게 했거든요. 그가 시내에서 더러운 병에 걸렸어요. 내가 꺼지라고 하니까 진짜 가버렸어요. 여보야, 흑흑흑."
쥐가 물어 바닥에 놓인 쌀 포대가 터졌다. 알곡이 사르르 하며 흘러내렸다. 집안에 곡식 향기가 났다. 숙모는 침대위에 앉아 울고, 할머니는 바닥에 흩어진 쌀알을 삼태기에 쓸어 담았다. 할아버지는 집 밖으로 나가, 진흙 땅바닥에 아직 남아 있는 싼마이의 발자국을 보았다. 싼마이의 발자국은 배에 빗물이 가득 찬 것 같았다. 싼마이가 어디로 갔는지 모른다.
때는 1951년 가을의 일이다. 이야기를 하자니 이미 낯설게 느껴진다. 숙모가 내게 말했다. 너도 생각해 봐라. 싼마이, 그 개 같은 놈이 얼마나 사고를 잘 치는지. 숙부 천싼마이는 비오는 밤에 길을 재촉했다. 풍양수 마을이 점점 멀어져 갔다. 우리 집 검둥이가 흙탕길을 뛰어가 싼마이의 바짓가랑이를 물며 크게 짖었다. 숙부는 쪼그리고 앉아 축축하게 젖은 개를 쓰다듬었다. 그는 말했다. "검둥아, 내게 가까이 오지 마라. 너는 내 몸에서 나는 비린내와 악취도 맡지 못하느냐?" 싼마이는 고개를 돌려 멀리 보이는 마을을 보며 훌쩍였다. 싼마이가 말했다. "마누라도 나를 원하지 않는데, 너는 뭐 하러 나를 잡아당기느냐?" 싼마이는 말을 다하고 검둥이를 향해 손에 든 보따리를 던졌다. 푸른 바탕에 흰 꽃무늬의 보따리가 진흙땅에 떨어졌다. 검둥이는 그것을 집어 물고 집으로 돌아갔다. 싼마이는 개를 향해 크게 소리를 지르고, 발을 구르고 몸을 돌려 떠났다.

숙부 천싼마이가 떠날 때, 양손에는 아무것도 갖고 있지 않았다. 떠나던 그날 밤 비가 몹시 내렸으나 하늘이 무너지지는 않았다. 숙부는 북쪽을 향해 갔는데, 숙모는 남쪽으로 쫓아갔다. 숙모는 그 보따리를 갖고 천찌(陳記) 대나무그릇 가게에 가, 싼마이의 소식을 물었다. 대나무 장인들은 싼마이는 마누라가 보고 싶어 집에 돌아가지 않았느냐? 고 말했다. 싼마이가 왜 또 떠났느냐고 물었다. 숙모가 말했다. 모두 당신들이 싼마이를 해친 것이다. 멀쩡했던 싼마이를 당신들이 데려가 망쳤다. 그가 어디로 갔는지 말해라. 당신들이 말하지 않으면 내가 당신들 점포를 불태워버릴 것이다. 모두 죽을 줄 알아! 그러나 숙부는 북쪽으로 갔다. 아무도 천싼마이의 종적을 본 적이 없다. 숙모는 남쪽 도시에서 3일 동안 찾고는 마음이 조급해 거의 미칠 뻔했다.

넷째 날 어떤 사람이 소식을 전했다. 산해관(山海關) 밖에서 천싼마이가 찌그러진 밥그릇을 들고 구걸하는 것을 보았다는 것이다. 숙모는 산해관 밖으로 가는 기차를 탔다. 숙모가 말했다. 나는 처음으로 기차를 타 본 거야. 사람들은 기차를 타고 이틀 밤을 가야 산해관 밖에 도착할 수 있다고 말했어. 나는 빨리 갈 수 없느냐 조급해 죽겠다고 말했지. 그들은 그럼 당신이 밧줄을 등에 메고, 기차 머리에 가서 끌고 가면 될 것이라고 말했어. 나는 사람이 끌어도 되면 내가 정말로 끌겠다고 말했어. 그때가 1951년이었다고 숙모는 말했다. 그 당시, 도처에서 미국에 저항해 조선을 돕고(抗美援朝),[1] 국가를 보위하며 힘차고 기세 높게 압록강을 건너자고 말했다.

철로 위의 열차는 모두 군 호송열차였다. 남자들은 모두 새 솜옷을 입고 커다란 호떡을 배불리 먹고 전선으로 가고 있었다. 기차가 딴뚱(丹東)에 도착하자 멈췄다. 열차 문이 열리자 전선으로 가는 사람들이 모두 뛰어내렸다. 어린 처녀가 나를 보자 내 머리에 커다란 붉은 꽃을 꽂아주려 했다. 나는 황급히 말했다. "난 군에 입대하지 않아. 나는 내 남편을 찾으러 온 거야." 기차역은 군에 가는 사람으로 가득 찼다. 모두 남자였다. 나는 작은 꽃무늬가 있는 저고리를 입고 인파 속에서 이리저리 왔다 갔다 했다. 이렇게 많은 사람들 중에서 어떻게 싼마이를 찾는다 말인가? 나는 플랫폼에서 소리쳐 불렀다. 싼마이 —, 싼마이 —, 천싼마이 —.

---

1) 옮긴이 주 — 여기서 조선은 북한을 말한다.

아무도 들을 수 없었다. 딴뚱은 매우 시끌벅적했다. 나도 내 소리를 알아들을 수 없었다. 전쟁 가는 청년 하나가 차창에 머리를 내밀고 나를 향해 소리쳤다. 그는 내게 말했다. "내가 싼마이인데요. 우리 작은 고모입니까?" 내가 말했다. "잘못 알았다. 나는 너를 부르지 않았어. 나는 우리 남편을 부른 거야." 그 젊은이는 17, 18세 정도 돼 보였다. 그는 울상을 지으며 빡빡머리를 어루만졌다. "이번에 작은 고모를 보지 못하는구나." 나는 피골이 상접한 그의 모습이 너무 불쌍해 보였어. 그래서 그를 향해 웃으며, "내가 네 고모 해주마, 나를 크게 불러 봐." 나는 보따리에서 큰 호떡을 꺼내 그에게 던져 주었다. 그는 호떡을 받고 나를 큰 소리로 불렀어. "작은 고모!" 우리 숙모는 플랫폼에 줄곧 앉아 천싼마이가 나타나길 기다렸다.

그녀는 천싼마이가 군대에 왜 가려는지 몰랐다. 그녀 생각에, 분명 싼마이가 막다른 골목에 처해 입대한 것이라고 생각했다. 입대하면 굶지 않는다. 그녀는 싼마이가 낯이 두껍지 않기 때문에 구걸은 하지 못할 것이라 생각했다. 우리 숙모는 플랫폼에 앉아 줄곧 딴뚱 풍경을 주시했다. 날이 점점 어두워지고 기차들이 플랫폼에서 천천히 떠날 때, 숙모는 어떤 사람이 기차 창 뒤에 숨어 슬금슬금 그녀를 보고 있는 것을 보았다. 숙모는 창고에서 튕기듯이 일어나 큰 소리로 외쳤다. "천싼마이!" 그 차창을 찾아가 붙잡았다. 천싼마이는 머리에 군모를 쓰고 군복을 입고 나무처럼 무표정하게 그녀를 바라보고 있었다. 피로하고 초췌한 모습이었다. 숙모가 "싼마이 — 싼마이 —, 빨리 내려와" 하고 말했다.

천싼마이는 알아듣지 못했다. 숙모는 "싼마이, 당신, 정신 나갔어?

말 좀 해봐"라고 했고 천쌴마이는 쉰 목소리로 난 죽으러 가는 거야, 하고 대답했다. 숙모는 열차가 필사적으로 기적을 울리는 것을 들었다. 그녀는 더 이상 붙잡고 있을 수 없었다. 그녀는 몇 걸음 걷고 쌴마이에게 소리쳤다. "죽으러 가지 마. 우리는 농사지을 수 있는 다섯 마지기 땅을 분배받았다고." 숙모는 울며불며 열차가 조선으로 떠나는 것을 보았다. 그녀는 더 이상 잡고 있을 수 없었다. 우리 숙부 천쌴마이는 겁약하고 수치심이 많은 약한 남자였다.

계속해서 도망치는 그의 전력을 보면 이런 결론을 내릴 수 있을 것이다. 우리 할아버지가 말했다. 쌴마이는 못난 놈이라 가마도 들지 못했다. 그에게 밥을 먹으라 해도 도망치고, 목욕하라 해도 도망치고, 신발창으로 때리면 더욱 도망치려 한다. 쌴마이가 성장해 아내를 구해줘도 그는 도망치려 했다. 쌴마이는 도망치는 것 말고 무엇을 하고 싶은지 모른다. 쌴마이는 정말 못난 놈이었다. 숙부가 숙모를 아내로 맞은 것은 19세 때이다. 숙부는 19세가 되어도 물방아 디디는 것밖에 할 줄 몰랐다. 그의 두 다리는 마치 두 나무처럼 굵었으나, 그의 두 손은 마치 어린아이처럼 연약하고 부드러웠다. 숙모는 처음 쌴마이의 손을 잡았을 때 마치 자기 아들 손을 잡는 것처럼 마음이 놓이지 않았다고 기억한다.

쌴마이 손은 얼음처럼 차가웠다. 숙모는 그와의 첫날밤이 어처구니없었던 것을 기억한다. 쌴마이는 말했다. 난 피곤하지 않아 자고 싶지 않아. 당신은 먼저 자, 난 변소에 간다. 쌴마이는 새 바지저고리를 입고 바로 뛰쳐나갔다. 그는 어디로 갔을까. 그는 물방아를 디디러 갔던 것이다. 그는 새 바지저고리를 벗어 나무 위에 걸어 놓고, 혼자서 어둠속을 더듬으며 물방아를 디뎠다. 할아버지와 할머니는 그를 찾아내고는 미친 듯이 화가 났다. 싼마이가 뭐라고 했는지 맞춰 봐? 먼저 들어가서 주무세요. 여기 물을 아직 덜 길었어요. 나는 자고 싶지 않아요. 숙모가 말하길, 그 개 같은 싼마이는 쇠사슬로도 묶어 놓을 수 없었어. 싼마이는 편안하게 살 수 없었던 것이다. 그 해 가을 싼마이가 고구마 모종을 팔러 우챠오진(烏橋鎭)에 갔을 때, 시내에서 대나무 갈무리하러 온 대나무 장인들을 만나, 돈을 갖고 그 사람들을 따라갔단다. 숙모는 도시가 천싼마이가 갈 만한 곳이냐고 물었다. 싼마이가 더러운 병을 옮아 온 것도 받아 마땅한 죄라고 생각한다. 개 같은 놈이 싸다 싸.

풍양수 마을은 얼마나 요원한가. 1951년의 공기는 여전히 죽순 썩는 냄새처럼 떫고 음습했다. 한국전쟁이 어떻게 됐는지 아무도 몰랐다. 우리 집 사람들은 소 한 마리를 부리며 5마지기의 논을 경작하고 있었다.

사람이 밥 먹고 옷 입고 살려면 일을 해야 한다. 5마지기를 잘 일궈야 한다. 천싼마이를 위해 근심 걱정만 할 수 없었다. 향(鄕)[2] 정부가 우리 집 측백나무 대문에 붉은 종이를 붙였다. 그 위에 '집과 나라를 보위한 혁명 군속'이란 글이 적혀 있었다. 우리 할아버지는 싼마이 그 개 같은 놈이 총을 들고 무슨 짓을 했는지 몰랐다고 말했다. 싼마이가 나라를 위해 희생됐다면 영광스런 것이다. 우리 할아버지는 붉은 종이를 더듬으며, 죽었다면 할 수 없지. 뭐가 슬프단 말인가. 배부르게 먹

---

2) 옮긴이 주 ― 중국 농촌의 가장 작은 행정단위.

고 죽은 것은 배곯으며 농사짓는 것보다 훨씬 행복한 것이라고 말했다.

우리 숙모가 말했다. 그때가 1951년도 일이라 말하자니 벌써 아주 낯설다. 숙모는 매일 밤 석유등 아래서 면 신발을 만들어, 향(鄕)에 보내며 여성 후원병 노릇을 했다. 우리 숙모가 만든 면 신발은 아주 튼튼하고 질겼다. 북조선에 전달되어 크게 환영받았다. 우리 숙모의 손은 바느질로 피딱지가 났다. 그렇게 많은 면 신발 중 한 켤레는 우리 숙부가 신을 것으로 생각했다. 숙모는 쌴마이가 희생됐을 것이라고 마음 준비를 했다고 말했다. 그녀가 필사적으로 전선에 면 신발을 만들어 보낸 것은 쌴마이의 희생을 준비하기 위한 것이었다. 숙모는 시체의 발을 얼게 할 수 없다. 발을 따뜻하게 해줘야 한다고 말했다. 숙부 천쌴마이가 처음 떠난 뒤의 날들은 이렇게 묘사할 수 있다. 다음 해 겨울 우리 숙부가 풍양수 마을에 맨발로 나타났다. 충격이 가장 큰 사람은 숙모였다. 그녀는 땅바닥에 무릎을 꿇고 얼어 터지고 더러운 쌴마이의 발을 만지며 말했다. "면 신발은? 내가 만든 면 신발은 어떻게 했어?" 우리 숙부는 얼어서 말도 하지 못했다. 단지 고개만 가로저을 뿐이었다. 우리 숙모는 울기 시작했다. "그놈들은 어떻게 당신에게 면 신발을 배급하지 않은 거야. 내가 한 차 분량의 면 신발을 만들어 보냈는데!" 그녀는 숙부를 부축하고 집으로 가면서, 길에서 다시는 전선에 면 신발을 만들어 보내지 않을 것이라고 맹세했다.

우리 숙부 천쌴마이가 고향에 돌아왔을 때 평화훈장을 달고 왔다. 천쌴마이의 배에는 한국전쟁에서 폭탄 파편으로 생긴 자색의 흉터가 나 있었다. 내가 보기에 그것도 영광의 훈장이었다. 1952년 우리 숙부 천쌴마이가 얼마나 의기가 충천하고 얼마나 사람들의 사랑을 받았는지 어렴풋이 생각난다. 풍양수 마을 사람들은 닭과 양을 잡아 천씨 가문의 영웅을 환영했다.

우리 할아버지는 천싼마이의 경축회에서 여덟 사발의 고량주를 연거푸 마시고, 미친 듯이 계속 웃었다. 웃으며 잠이 든 뒤 깨어나지 않았다. 우리 할아버지는 풍양수 마을에서 처음으로 기뻐서 사망한 노인이 되었다. 지금까지 사람들은 우리 할아버지가 임종 전에 천둥소리처럼 웃던 웃음소리를 아직도 기억하고, 머리에 붉은 두건을 두른 그의 활기찬 얼굴을 기억한다.

농촌마을에서 61세가 된 노인이 우리 할아버지보다 더 행복하게 죽을 수가 있을까? 우리 숙부 싼마이가 고향에 돌아온 뒤, 우리 숙모와 할머니의 공양을 받았다. 두 여자가 한 남자를 부양하는 것은 정상적이지 않은 일이다. 그러나 이는 우리 가족이 자유로이 결정할 문제이다. 누구도 제멋대로 지껄일 권한이 없다.

우리 집 문을 지날 때면, 천싼마이가 흙색의 더러운 군복을 입고 담벼락에 기대어 햇볕을 쬐고 있는 것을 볼 수 있었다. 천싼마이의 얼굴은 원숭이처럼 여위고, 마치 녹슨 폐동전 같았다. 천싼마이는 양미간을 찌푸리고 핏발 가득한 눈에 불쌍하고 불안한 기색을 띠었다. 많은 사람들이 천싼마이가 오른손을 다쳐 농사를 지을 수 없다는 말을 들었다.

천싼마이는 왼손으로 오른손을 쓰다듬으며, 사람들에게 말했다. 대포 진동이 관절을 상하게 해 팔을 들어올릴 수 없게 됐다. 다른 사람이 물었다. "물레방아는 디딜 수 있겠지?" 천싼마이는 웃으며 말했다. "디딜 수 없어, 해야 할 일을 모두 할 수 없게 됐어." 천싼마이가 담벼락에 기대 햇볕을 쬘 때, 그의 태도와 표정이 전과 비교할 때 질

218

적으로 변화했다는 것을 알 수 있다. 천싼마이는 결국 세상 풍파를 겪은 사람이 된 것이다.

따뜻한 봄날이 예정대로 풍양수 시골 마을에 찾아왔다. 숙부 천싼마이는 연 제작 일에 골몰했다. 천싼마이는 봄 농사할 계절에 자기 집 다섯 마지기 농지에는 신경 쓰지 않고 연 제작에 빠졌다. 담벼락, 대들보, 침대 머리에 각양각색의 연이 가득 걸렸다. 연은 풍양수 마을의 적막한 하늘을 장식해, 오래되고 단조로운 농촌 마을에 생기와 활력을 주었다.

천싼마이는 아이들 몇 명을 데리고 온 동네에서 연을 날렸다. 채색된 신의 새들이 고향친지들의 머리 위를 배회했다. 그것은 상서롭고 아름다운 하늘 천사이다. 그것은 아득히 멀고 알 수 없는 선경(仙境)에서 왔으며, 또한 전쟁에서 부러진 우리 숙부의 팔에서 왔다. 천싼마이가 연을 들고 들판을 미친 듯이 뛸 때, 그의 게으른 얼굴에는 생기가 충만했다. 외치는 그의 소리에는 지혜와 힘이 충만했다. 천싼마이와 연은 함께 바람에 따라 휘날리고 있었다. 나는 정말 천싼마이와 연이 함께 바람에 따라 휘날리는 것을 보았다. 그는 곧 하늘로 날아올라 봄 농사를 짓는 사람들 머리 위를 지나갈 것이다.

박복한 사람이 행복하면 결코 좋은 일이 아니다. 우리 숙모는 처음부터 불안했다고 말했다. 그녀는 싼마이의 연이 높이 날수록, 싼마이의 혼백이 점차 그녀에게서 멀어져 가는 것을 느꼈다. 숙모는 개 같은 싼마이가 뭔가를 숨기고 있다고 단정했다. 곡우(谷雨) 날3) 숙모가

---

3) 옮긴이 주 — 이십사절기(二十四節氣)의 하나로 청명(淸明)과 입하(立夏) 사이에 위치함. 4월 19일, 20일 또는 21일 경임.

문 앞에서 종자를 고르고 있을 때, 싼마이가 집을 향해 미친 듯 뛰어오는 것을 보았다. 싼마이는 독수리 모양의 연을 끌고 비틀거리며 미친 듯 뛰어와, 그녀를 집 문안으로 밀어 놓았다. 싼마이는 문고리를 걸고 문에 기대어 숨을 헐떡였다. 얼굴은 자색으로 변했다. "당신, 왜 그래?" "그자들이 왔어, 그들이 쫓아왔어."

"누가 왔어?" "그자들이 쫓아왔어, 그자들이 전쟁터로 날 돌려보내려고 잡으러 왔어."

"군인들이? 언제 봤어?"

"내가 공동묘지 언덕에서 연을 날리는데, 그 자들이 무덤에서 일어나는 것을 봤어."

"몇 명인데?" "두 명." 숙부의 연이 땅에 떨어졌다. "그들은 무덤 뒤에 숨어 있다 귀신처럼 일어났어." "그들과 필사적으로 싸웠어."

숙모는 날카롭게 외쳤다. "팔 하나를 못 쓰게 했으면 됐지 목숨을 더 내놓으라고?" "그들은 나를 데리고 가 총살시킬 거야. 그들이 분명 나를 죽일 거야. 그들은 조선에서 전문적으로 도망병을 잡아 총살시켰거든." "싼마이, 그럼 당신은 도망병이야?" 숙모는 갑자기 깨달았다. 그녀는 싼마이의 옷을 움켜쥐고 굳어버린 그의 몸을 흔들었다. "싼마이, 당신은 도망병이었단 말야?" 천싼마이는 눈을 질끈 감고 숙모가 흔드는 대로 흔들렸다. 그는 연처럼 날다가 갑자기 숙모에게 말했다. "나는 죽고 싶지 않아 집으로 도망 온 거야."

"왜 갔으면서 또 도망치려 했어?"

"난 도망가고 싶으면 도망가, 왜 도망칠 수 없어?"

숙모는 삼태기 알곡 위에 앉아 있었다. 그녀는 울면서 천싼마이 얼굴에 알곡 한 움큼을 집어 던졌다. 천싼마이는 문에 기대어 미동도 하지 않았다. 그는 왼손으로 얼굴을 가리고 가만히 있었다.

숙모는 쌴마이가 흘리는 그 탁한 눈물을 보지 못했다. 대략 이삼 분이 지난 뒤, 숙부는 비호같이 문고리를 열고 뛰쳐나갔다. 숙모는 문밖으로 쫓아가 그가 그 독수리 연을 옆에 끼고 떠나는 것을 보았다. 그는 산양처럼 마을 골목을 뛰었다. 가면서 힘없는 쉰 목소리로 중얼거렸다. 도망치자 ─ 도망치자 ─ 도망쳐, 숙부는 바로 이렇게 떠난 뒤 돌아오지 않았다.

이상한 것은 천싼마이를 쫓아왔다던 그 두 사람을 아무도 보지 못했다는 것이다. 그 두 사람은 풍양수 마을에 나타난 적이 없었던가? 이는 우리 집의 오래된 이야깃거리다. 우리 숙부가 도망친 뒤 오랫동안, 들이나 물가, 혹은 집 굴뚝 위에서 천싼마이가 만든 크고 작은 연들이 발견됐다.

그것들은 바람에 끊긴 연들이었다. 마치 변화막측한 우리 숙부의 운명과 같았다.

우리 숙모는 자기가 임신했다는 것을 알게 됐다. 그것은 숙부가 실종된 지 1개월이 지난 뒤의 일었다. 우리 숙모는 울고 싶어도 눈물이 나지 않았다. 그녀는 천싼마이에게 이 소식을 알려주고 싶었으나 그가 어디 있는지 몰랐다.

여자가 아이를 임신했는데, 자기 남자가 어디 있는지 모른다고 생각해 보라. 우리 숙모가 얼마나 슬펐을까? "천싼마이, 이 잡종 같은 놈, 내가 하늘 끝까지 쫓아가서 너를 능지처참하고 네 심장을 개에게 던져주고, 너의 껍질을 솥에 튀겨버릴 것이다." 우리 숙모는 (위장에서 나는) 신물을 뱉으며, 할머니에게 말했다. 그러자 우리 할머니가 우리 숙모를 원망하며, "너, 이 화냥년아, 어찌 싼마이의 마음을 잡지 못했느냐, 이래저래 말해도 싼마이는 네가 쫓아버린 거야"라고 응수했다.

우리 숙모는 벌떡 일어나 우리 할머니의 머리채를 잡고, 머리로 그녀를 들이받았다. 우리 할머니도 창졸간에 응전했다. 대나무 조리로 숙모의 옷을 잡아당겨 찢었다. 우리 숙모의 유방이 밖으로 노출됐다. 숙모는 잠시 멍하다가, 비단 찢는 듯한 째지는 소리로 울기 시작했다. 그녀는 두 손으로 유방을 가리고 풀밭에 쓰러졌다. 그리고 조금도 움직이지 않고 삼일 밤과 삼일 낮 동안 아무것도 먹지 않았다. 듣자하니, 그녀 뱃속의 아이가 바로 이렇게 굶어 죽었다고 한다. 태아는 우리 숙모가 굶겨 죽인 것이다.

1952년이 되자, 우리 숙모는 정수리에 벼락을 다섯 번 맞은 것 같았다. 그녀는 이 해에 미모와 검은 머리를 잃었다. 이때부터 조로하고 등이 낙타같이 구부정한 추녀로 바뀌었다. 우리 숙모는 다시 시집가도 좋은 남자를 구할 수 없으니, 천싼마이를 찾아 그를 안고 함께 바위에서 뛰어내리든가, 목을 매든가, 강에 뛰어내리는 수밖에 없다고 말했다. 우리 숙모는 틀어 올린 흰머리를 풀어 헤치고 손으로 그 늙어버린 머리카락을 사람들에게 보이며, 내가 또 어떻게 할 수 있느냐고 말했다. 길고 긴 50년대, 풍양수 마을에도 외부세계처럼 격렬한 혁명이 일어났다. 우리 숙모는 소 한 마리와 개 한 마리를 끌고, 천싼마이의 그 훈장과 토지증을 갖고 합작사(合作社)4)에 참가했다.

---

4) 옮긴이 주 — 협동조합, 농촌공동체.

그녀는 후에 풍양수 마을의 유명한 여자 향장(鄕長)이 됐다. 이는 고난의 조화이다. 사람들은 여향장을 가리키며 바로 천싼마이의 여자, 천싼마이가 버린 여자라고 말했다. 이를 볼 때도, 우리 숙모와 숙부는 끊을 수 없는 관계임을 알 수 있다. 즉, 우리 숙부는 하늘 끝으로 도망쳐 생사를 알 수 없으나 그와 우리 숙모와의 정신적 관계는 여전히 끊을 수 없었다.

나는 우리 숙모의 토지증을 본 적이 있다. 그것은 그녀가 여성문맹 퇴치반에 참가해 처음으로 쓴 글자이다. 글자는 삐뚤삐뚤했다. 내가 놀란 것은 그가 자기 이름을 먼저 배운 것이 아니라 우리 숙부의 이름을 먼저 배웠다는 것이다.

토지증

호주: 천싼마이
토지: 5 마지기
가정 구성원: 천싼마이와 나, 아이(사망)

그러나 천싼마이가 어디로 도망쳤는가를 우리 숙모에게 알려 줄 사람은 아무도 없었다. 그가 왜 집에 돌아오지 않는가? 우리 숙부의 편지를 받은 것은 여러 해 이후였다. 실제로 그것은 편지라고도 할 수 없었다. 우리 숙모는 1960년 가을이라고 말했다. 마을 우체부가 그 무거운 편지 봉투를 보내왔다. 편지에는 "동북에서 천 부침" 네 글자만 적혀있었다. 그녀가 뜯어보니 안에는 헤이룽장성(黑龍江省)의 양식권만 있고, 다른 것은 아무것도 없었다.

우리 숙모는 바로 양식권에서 싼마이 손의 체취를 맡았다. 그녀는 정말 그의 체취를 느낄 수 있었다. 천싼마이는 식량이 부족하다는 것을 알고 200근의 헤이룽장 양식권을 보낸 것이다. 우리 숙모는 손을 계속 떨면서 내가 헤이룽장 양식권을 받아 무슨 소용이 있나, 나는 천싼마이의 마음이 필요한 것이라고 말했다. 우리 숙모는 울다 웃다 하면서 편지봉투 위의 소인을 판독했다. 소인에 찍힌 곳은 전혀 알지 못하는 지명이었다. 헤이룽장(黑龍江) 이춘(伊春).

우리 숙모는 두 번째로 기차를 타고 북쪽에 있는 이춘으로 갔다. 이춘에 갔던 숙모의 이야기는 간장 끊어질 듯 비통했다. 나는 간혹 사실 여부를 의심했으며, 그것이 우리 숙모가 꾼 꿈이었기를 바랐다. 그 머나먼 이춘이 우리 숙부의 평생 귀착점이라는 것을 믿을 수 없었다. 그곳은 사방이 삼림이고 얼음과 눈이다. 풍양수 사람이 적응해서 살 만한 환경이 아니다. 그러나 우리 숙모의 말로는 우리 숙부는 바로 이춘의 삼림 속에서 사망했다는 것이다. 우리 숙모의 말은 확실히 사실이다.

우리 숙모가 이춘에 도착했을 때 눈이 내리고 있었다. 이춘에는 천싼마이의 이름을 아는 사람이 아무도 없었다. 어떤 사람이 숙모에게 북쪽으로 가보라며, 남쪽에서 온 사람이 삼림 속에서 일한다고 말했다. 벌목공을 보면 당신 남편이 있는지 자세히 알아보라고 했다. 숙모는 북쪽으로 갔다. 반 척(15센티미터)이나 깊은 눈에 빠지며, 마른 식량을 씹으면서 천싼마이의 이름을 물었다. 저녁 무렵 숙모는 목재 운반공들을 만났다. 그들은 숙모를 훑어보더니, 갑자기 말했다. "시체를 찾으러 왔소?" "뭐요? 천싼마이가 죽었나요?" 숙모가 온몸이 오싹했다. "아직 목숨이 달려 있으니 빨리 가 보슈."

"그가 도대체 어떻게 됐나요?" "어제 나무에 깔렸어요. 그에게 피하라고 했는데, 못 들었어요." "그가 어디 있죠?" 숙모가 날카롭게 외쳤다. "누가 그를 이 험한 곳으로 꼬여 데려왔죠?" "저 연이 있는 곳으로 가면 그를 찾을 거요. 무슨 일이 있었는지 당신이 그에게 가서 물어봐요." 숙모는 연 하나가 멀리 있는 나뭇가지에 걸려 있는 것을 보았다. 숙모는 그 연을 향해 필사적으로 뛰어가며, 천싼마이의 체취가 이춘의 바람 속에 날리는 것을 느꼈다.

천싼마이가 만든 연은 깃발처럼 나뭇가지에 걸려 있었다. 연을 영혼의 부름으로 보아도 무방했다. 숙모가 오두막에 뛰어갔을 때 이미 눈물이 가득했다. 그녀는 온돌에 한 사람이 누워있는 것을 보았다. 온몸이 더러운 면이불 속에 덮여 있었다. 백발의 머리가 창밖을 향하고 있었다. "당신이 여기까지 쫓아왔구료. 하늘 끝으로 도망쳐도 도망칠 수가 없네."

우리 숙부는 임종 때, 숙모에게 이런 말을 할 뿐이었다. 숙모는 그의 머리를 쓰다듬으며 마지막 부부의 정을 향유했다. 그녀는 숙부가 떠난 뒤 모습이 특이하게 변한 것을 알았다. 그의 머리카락은 비록 반백이었으나, 얼굴은 맑고 젊어졌다. 죽음이 임박했어도 그의 눈은 여전히 사방으로 검은 빛을 발했고, 왕성한 생명력을 보였다. 숙부는 필사적으로 숙모의 품에서 벗어나려 했다. 그리고 머리를 창 쪽으로 향했다. 숙모는 당신은 도대체 누구를 기다리느냐고 물었다. 숙부는 머리를 가로저었다. 손으로 창밖을 향했다. 창밖에는 이춘의 눈이 바람에 흩날리고, 하얀 눈이 끝없는 삼림을 덮었다. 나무를 기계톱으로 벌목하고 나무가 쓰러지는 소리가 정적 속에서 들려왔다. 마치 하늘 밖에서 들리는 노래 같았다. 눈이 오는데 창밖의 자작나무 위에 줄 끊긴 8개의 연이 걸려 있고, 종이 꼬리가 유유히 흔들렸다.

숙부는 8개의 연을 응시했다. 그에게 누굴 기다리느냐 묻는다면, 아마도 8개의 연이 나무에서 떨어지기를 기다렸을 것이다. 숙모는 이 춘에서 숙부 천싼마이의 장례식에 참석했다. 그녀는 풍양수 마을의 습속에 따라 상복을 입고 허리에는 삼끈을 매고, 목관 뒤를 따라 심산으로 들어갔다. 관을 든 사람은 평소 알지 못하는 4명의 벌목공들이었다.

그들이 눈길을 걷는데, 연도에서 어떤 사람이 황무지를 태웠다. 화염이 언덕에서 타오르고, 하늘에선 함박눈이 내렸다. 그것이 바로 불이 눈을 태우는 정경이다. 사방은 백색이고 불은 황금색이고 장례를 치르는 사람은 흑색이다. 우리 숙모는 풍양수 마을의 습속에 따라 10리를 울며 남편을 따랐다. 그러나 그녀는 울어야 할 때 눈물이 이미 말랐다고 말했다. 그녀는 거위털 같은 함박눈이 불에 떨어지는 것을 보았다. 함박눈이 내릴 때 불꽃은 정말로 신기하고 아름다웠다. 그녀는 개 같은 천싼마이가 이미 죽었다는 것을 생각하니, 마음에 걸렸던 것이 더 이상 조금도 남아 있지 않았다.

꽃 피는 계절

花季

리앙 李昻

화려했던 내 소녀시절에 작은 사건 하나가 있었다.

그때 난 아직 어렸다. 소녀시절은 꽃다운 시기이어야 하지 않은가. 그러나 내가 갖고 있었던 것은 겨우 작은 책방에서 산 번역소설 몇 권과 꿈속에 나타나는 백마 탄 왕자였다.

사건 발생은 아주 간단하고, 재미도 없다. 성탄절이 가까운 12월 어느 날이었다. 그날 아침, 몇 개월 중에 가장 밝은 햇볕이 부드럽게 내리쬐고, 공기는 맑고 건조했다. 잠에서 깬 뒤 나는 후원에 갔다. 햇볕이 깊이 잠든 사물들을 어떻게 깨우는지 관찰하고 그것에 감동했다.

겨울이라 늦게 뜬 해가 이미 마당에 가득했다. 난 공부하러 가야 했다. 그러나 그 감동으로 나는 크게 고무됐다. 이렇게 산뜻한 기분인데 교실에 무료하게 앉아 있는 것은 정말 두렵고 쓸모없는 일이라고 생각했다. 왜 내게 휴가를 주지 않는가? 아빠와 엄마는 모두 회사에 갔으니, 내가 학교에 가지 않아도 이를 알 리 없다.

나는 마당에 좀더 머물렀다. 따스한 햇볕이 내 등에 기어올라, 얇은 털옷을 뚫고 부드럽게 나를 애무했다.

나는 완전히 긴장을 푼 상태에서 몸을 사뿐히 회전하기 시작했다. 상상 중에는 이때 멋지고 검은 눈동자가 숲 속이나 꽃밭에서 나를 자세히 관찰하고 있어야 한다. 그 눈빛은 어둡고 다소 조롱기를 지니고 있다. 나는 더욱 빨리 몸을 돌리기 시작했다. 그러나 그 검은 눈동자는 끝까지 나타나지 않았다.

햇볕아래 우두커니 앉아 있는 것은 좀 무료한 일이다. 나는 방에서 그림책 한 권을 가져와 무심히 넘겼다. 책 속의 인물들은 모두 햇볕아래 미세한 흙먼지 속에서 끝없이 흩날리고 있었다. 마지막 페이지에, 왕자는 커다란 성탄절 나무 아래서 공주와 손을 잡고 유쾌하게 미소 짓고 있었다. 그림 옆에 몇 줄이 적혀 있었다.

바람은 나무에 장식된 종을 흔들었다
왕자와 공주는 12월 성탄절에
그들의 영원한 행복을 찾았다.

성탄절이다! 나는 나지막하게 속삭였다. 눈물이 눈가를 적시는 것 같았다. 나는 그들처럼 성탄절을 지낼 수 없지만, 성탄절 나무 한 그루는 소유할 수 있다. 내가 산 나무에, 금방울로 성탄절 나무를 장식할 수 있을 것이다.

나는 시장에 달려갔다. 붐비는 인파를 뚫고, 길바닥에 펼쳐 놓은 야채와 과일 판매대를 지나, 길모퉁이에서 꽃 파는 꽃장수를 찾았다.

나는 나무 한 그루를 요구했다. 대략 높이가 2~3척(60~90센티미터) 정도 되는 나무를 원했다.

어떻게 생긴 나무?

아무 거나 좋아요. 잎만 많으면 돼요.

알았다.

덩치 큰 여자가 갑자기 꽃장수를 붙잡고 급하게 무슨 말을 하더니, 인파 속을 비집고 사라졌다. 나는 핏줄(정맥류)이 불거진 그 여자의 두 다리를 보았다. 마치 사찰에서 용(龍)을 받치는 기둥 같은 다리다. 잠시 후 굵기가 서로 다른 다리들 속으로 사라졌다.

나는 서 있었다. 아침에 학교에 결석하기로 결정할 때부터 지금까지 모든 것이 이처럼 우스웠다. 무단결석, 공주와 왕자, 영문도 모르게 가버린 꽃장수, 내 주위의 꽃들, 꽃들 밖에 붐비고 떠드는 인파들, 이런 모든 것들이 아주 괴상하고 익살스럽게 진행됐다. 마치 장난을 좋아하는 정령에 의해 모든 질서가 교란된 것 같았다.

꽃장수가 다시 돌아왔다. 자전거를 손으로 끌고 있었다.

올라 타. 그가 말했다. 거칠고 직설적으로 말했다.

어디 가요? 내가 물었다.

작은 나무 가지러 가야지.

아. 이상한 꽃장수 아저씨다.

아저씨, 사람들이 꽃들을 훔쳐가지 않나요?

그럴 리 없다. 분명 성가신 듯 대답했다.

나는 그의 자전거 뒷좌석에 올라탔다. 됐어요. 내가 말했다.

그는 자전거 페달을 밟기 시작했다. 안정되고 느릿느릿하게 몰았다. 마치 그에게 꽃을 사려는 손님이 아니라, 자기 딸을 데려가는 것 같았다. 나는 주위 사람들을 놀려주듯 미소 지었다. 나를 잘 아는 사람이라면 놀라서 그들의 금니 박은 입을 벌릴 것이다! 나는 계속 미소 지었다. 하지만 자전거가 시끄러운 인파를 벗어날 때, 나는 이미 억지로 미소를 짓고 있었다. 뜻밖에 나를 아는 사람을 아무도 만날 수 없었다. 소동을 일으킬 만한 사람은 아무도 만나지 못했다. 나는 실망스러워 미소를 입가에서 거두었다.

자전거는 평탄한 아스팔트길을 미끄러지듯 달려, 점차 교외로 향했다. 나는 머리를 들었다. 12월의 찬바람이 이마에 불어 머리를 흩날렸다. 나는 멋진 자세라고 느꼈다. 언젠가는 멋진 검은 눈동자가 멀리서 나를 응시할 것이고, 나는 내가 지은 검은 눈동자의 이야기 속으로 빠져들 것이다.

아저씨, 화원은 어디 있어요? 주위에는 이미 행인이 거의 없고, 길가에는 사람 키만큼 크게 자란 사탕수수밭들이 나타나기 시작했다. 나는 그제야 놀라, 겁먹은 듯 이렇게 물었다.

멀지 않은 곳에 있다. 꽃장수가 대답했다.

곧 도착하나요!

곧 도착한다.

꽃장수의 평온한 어조도 내게 전혀 안정감을 주지 못했다. 주위의 황량한 풍경을 보자 나는 무슨 일이 생길지도 모른다고 생각했다. 그는 자전거를 세우고 능글맞은 웃음을 가득 띤 얼굴을 돌려 저 빽빽한 사탕수수밭에 나를 끌고 들어가, 햇볕에 갈색으로 그을고 먼지가 잔뜩 묻은 손으로 내 옷을 벗기고, 내 순결하고 부드러운 몸을 만진다. 나는 혐오스러워, 바로 고쳐 앉았다. 마치 이렇게 하면 피할 수 있는 것처럼.

나는 반드시 뭔가 행동해야 한다. 난 내게 말했다. 그렇지 않으면 나는 희생양이 될 것이다. 나는 아직 이렇게 어린데, 꽃다운 나이에 너무 빨리 시들어서는 안 된다.

광주리를 양쪽에 메고 가는 농민 한 명이 다가온다. 내 머리에 번개처럼 떠오른 첫 번째 생각은 뛰어내리는 것이다. 얼마나 다칠까 생각하지 말고, 나를 구해 줄 그 농민에게 최대한 빨리 뛰어가야 한다. 나는 주저했다. 나는 넘어져 다칠 것이 겁이 났다!

바로 그 짧은 시간 동안에도, 자전거는 앞으로 나아갔다. 농민은 이미 나와 상당히 멀리 떨어졌다. 나는 포기하는 수밖에 없었다.

나는 자전거에 앉아 있기로 결정했다. 발생할지 모를 사태를 조용히 기다렸다. 만약 꽃장수가 무슨 짓을 하면 도망치면 된다. 학교에서 나는 단거리 선수다. 나는 이미 노년에 가까운 남자에게 지지 않을 것이라고 믿었다.

나는 편안하게 앉아 있었다. 재미있는 장면 하나를 구상하기 시작했다. 꽃장수가 더 이상 달릴 수 없어도, 나는 빨리 달릴 수 있다. 마치 숲 속의 씩씩한 여신처럼, 고개를 돌려 그녀를 동경하는 사람을 비웃을 것이다. 이때, 꽃장수는 어떤 얼굴을 할까? 그것은 분명 정욕으로 흥분해 일그러진 얼굴이라고 생각했다.

아직 멀었나요? 나는 조롱하듯 소리 높여 물었다.

거의 다 왔다.

꽃장수는 머리를 조금 돌려, 안심시키듯 웃었다.

나는 햇빛으로 검게 탄 얼굴에서 오뚝한 코와 볼 아래 예리하게 파인 얇은 입술을 볼 수 있었다. 그의 이마는 고결하다. 위에는 깊은 주름이 나 있고, 눈동자는 검은 눈썹 아래 파묻혀, 태양 빛을 발하는 것 같았다. 그 얼굴에서 정욕을 읽을 수 없었다. 이미 욕정에서 벗어난 노인들만이 지니는 검게 탄 얼굴이다. 그 얼굴엔 준엄함이 배어 있다. 나는 다소 실망했다.

자전거가 갑자기 흔들렸다. 꽃장수는 얼른 고개를 돌렸다. 자전거가 무엇에 부딪힌 것 같았다. 나는 재빨리 뛰어내렸다.

너무 조심하지 않았군. 꽃장수가 중얼거렸다. 그는 몸을 수그려 부딪쳐 삐뚤어진 손잡이를 수리했다. 나는 옆에 서 있었다. 앞서 가졌던 재미있다는 느낌이 또 들었다. 정말 웃긴다. 나는 내가 거의 오지 않는 곳에 낯선 남자와 같이 와, 자전거 수리하는 것을 옆에 서서 보고 있는 것이다. 이는 프랑스영화 속에 나오는 피크닉 가는 연인 같지 않은가.

관둬요. 집에 돌아가고 싶어요. 나는 거의 이렇게 말하고 싶었다. 그러나 꽃장수의 편안하고 침착한 얼굴이 나를 다시 안심시켰다. 아마 다른 이유도 있을 것이다. 나는 길에서 서성거릴 뿐이었다.

다시 올라 타. 꽃장수가 말했다. 그는 수리한 자전거에 올라탔다. 나도 뒷좌석에 앉았다. 됐어요. 내가 말했다.

다소 긴장이 풀리자, 내 상상력은 다시 회복됐다. 나는 꽃장수가 아마 이전에 지식인이 아니었을까 생각했다(그의 앞이마는 지적인 느낌을 준다). 불행히 아내가 부정해, 다른 사람과 도망치자 심한 충격을 받고 꽃 파는 일을 생업으로 삼은 것이다. 내가 지금 가는 곳은 분명히 온갖 꽃을 세심하게 심은 화원일 것이다. 그 중앙에는 조그만 하얀 집이 있을 것이다. 주위에는 푸른 등나무가 가득하고 저녁 무렵에는 연기가 모락모락 피어나는 작은 굴뚝이 있을 것이다.

내 생각을 증명하고자 옆으로 고개를 돌려 꽃장수를 쳐다봤다. 그러나 그의 평평한 등에서는 추측을 확인할 수 없었다.

나는 또 생각했다. 그는 아마 지금 그의 모습처럼 꽃장수에 불과할 것이다. 뿐만 아니라, 비정상적인 사람일 가능성이 있다. 한 사람의 외모와 그의 행동은 종종 큰 차이가 난다. 나는 전에 존경받던 노인이 초등학생을 더럽혔다는 이야기를 들은 적 있다.

자전거가 끽 — , 하고 소리를 내며 갑자기 멈추었다. 나는 긴장을 완전히 풀지 않아 재빨리 뛰어내릴 수 있었다. 나는 도망치려고 했다. 나는 반드시 처음에 기선을 잡아야 한다. 그렇지 않으면 바다처럼 넓은 수수밭에서 길을 잃을 것이다.

꽃장수가 자전거에서 내려 천천히 몸을 돌렸다. 곧 다가올 것이다. 난 내 자신에게 말했다. 그리고 뒤로 한 발 물러섰다. 다리가 다소 떨리기 시작했다. 나는 내가 도망칠 수 있을지 걱정됐다. 그러나 내 마음에는 말할 수 없는 신기함과 흥분이 가득 찼다. 시합이 시작되려는 것이다. 편한 무료함이 아니라 불안한 자극인 것이다. 평소 마을에 하나밖에 없는 영화관에서 필름 교환하는 것만 앉아서 기다리는 적막한 생활과 다른 것이다.

지름길로 가자. 꽃장수가 말했다. 자전거를 끌고 앞장서서 분명치 않은 작은 길로 들어갔다. 나는 내 심장이 천천히 그리고 냉정하게 뛰는 것을 느낄 수 있었다. 그를 따라 걸으며 느릿느릿 발을 옮겼다. 어지러웠다.

작은 길은 점점 더 좁아졌다. 길 안으로 기울어진 수수를 자주 헤쳐야 통과할 수 있었다. 누렇게 변색한 잎들은 굵게 자란 홍갈색 수숫대에 늘어져 있었다. 바람이 불자 사—사— 하는 목쉰 소리가 났다. 햇빛이 통과할 수 없는 수수밭에서, 사방에 말라 죽어버린 생명과 홍갈색 수숫대가 희미한 빛 아래서 조성한 사악한 기운 때문에 나는 절(사찰)에서 본 무서운 신상(神像)의 얼굴이 생각나 절로 소름이 끼쳤다.

방금 지녔던 절망감 속의 무심함이 다시 새로운 공포로 바뀌었다. 나와 꽃장수는 대여섯 걸음 정도 떨어졌다. 언제든 도망치려고 준비했다. 전에 읽은 적 있었던 귀신이야기가 수수밭과 꽃장수에 대한 공포로 내 뇌리에 함께 떠오르자, 몇 보 앞에 가는 꽃장수가 태양 아래서 점차 형체가 없어지더니 홍갈색 털이 난 토끼로 변했다.

나는 이 괴이한 환상을 떨쳐내려 노력했으나 그다지 성공하지 못했다. 우리가 수수밭을 통과하고 작은 언덕을 오르자 홍갈색의 털과 피가 난 토끼의 환상을 떨쳐 버릴 수 있었다.

토질은 부드러웠다. 올라가면 다시 미끄러질 것 같았다. 나는 어렵게 한 발 한 발 위로 올라갔다. 태양이 내 얼굴을 비춰 열이 났다. 열이 나자 언덕이 더욱 허황되고 혼란스러웠다. 나는 도움을 받을 수 없다고 느꼈다. 주위 사방에 의지할 것이 전혀 없었다. 식물은커녕 녹색이라고는 찾아볼 수 없었다. 하늘은 맑은 남색이다. 구름 한 점 없고 바람 한 점 없다. 몸 뒤에는 누렇게 바랜 홍갈색 수수밭이고, 주위는 회색의 모래밭이었다. 나는 나를 도와 줄 손을 갈망했다. 이 곤경에서 도망칠 수 있게만 해준다면 누구의 손이든 관계없다. 그러나 꽃장수가 힘들게 자전거를 미는 모습을 보자 입을 열 수 없었다.

나는 마침내 언덕 위에 올랐다. 매우 차고 강한 바람이 땀에 젖은 얼굴에 불어왔다. 싸늘해지자 다시 공포가 몰려왔다. 나는 꽃장수와 멀리 떨어져 앉아 쉬었다. 여기서 나는 놀랍게도 가까운 나무숲 속에서 바람에 흔들리는 나무 사이로 내가 다니는 학교건물 모퉁이를 발견했다. 나는 손목시계를 보았다. 10시가 아직 되지 않았다. 그들은 둘째 시간 수업을 듣고 있을 것이다. 오늘 둘째 시간은 국어이다. 결혼한 지 얼마 되지 않는 국어 선생님은 어찌 된 일인지 부드러운 목소리로 강의를 하려고 했다. 정말 웃기는 일이다. 왜 여자는 결혼만 하면 젤리처럼 변하는 것일까. 또 수시로 새로운 달콤함을 드러내려 하는가. 감당하기 힘든 모습이다.

우리 내려가자! 꽃장수가 일어나 말했다.

나는 두 다리로 선 뒤, 사뿐히 앞으로 미끄러져 갔다. 흙이 너무 미끄러워 거의 넘어질 뻔했다. 나는 한 발 한 발 아래로 내려갔다.

정말 이 길로 가면 안 되겠구나. 그러나 빠르긴 하다. 우회할 필요가 없다. 꽃장수는 중얼거리며 자전거를 끌었다.

올라 타. 그는 말했다.

나는 앉았다. 우리는 또 앞으로 향해 갔다. 양쪽엔 이미 수수밭이 보이지 않았다. 광활한 논이 나타났다. 줄풀순(茭白筍)은 이미 모두 뽑았고, 마른 가지 몇 개만 논에 남아 있다. 이 메마른 식물은 내가 아주 잘 아는 것이다. 만약 정확하게 보았다면, 이 길은 내가 다니는 학교로 통할 것이다. 저 작은 토지(土地)사당을 지나면 학교의 건물을 볼 수 있을 것이다.

그들은 아직 수업 중일 것이다. 만약 나도 교실에 앉아 있다면 아마 국어 선생님의 배가 또 얼마나 불렀는가, 그녀가 결혼 전에 이미 임신을 했는지 여부를 계산하고 있을 것이다. 임신이란 단어가 내 뇌리에 떠올랐다. 만약 나도 그렇게 된다면? 그때가 되면 난 어떻게 하면 좋을까? 책 속에서 정조를 잃은 여자 주인공들처럼 종일 우울해하다가 자살할까? 낙태를 할까? 그럴 리 없다. 나는 머리를 흔들었다. 나는 빨리 달릴 수 있다. 더욱이 학교에서 그렇게 멀지 않지 않은가.

학교의 저수탱크가 벌써 보인다. 나는 새로운 의구심이 떠올랐다. 만약 교문에서 불행히도 강의를 맡고 있는 선생님을 만나면, 어떻게 설명해야 하는가? 그러나 그래도 아마 좋을 것이다. 나는 내가 완전히 결정하고 주도하지 못하는 유희에서 벗어날 수 있는 것이다.

교문 앞에는 아무도 없었다. 나는 묘한 불안감과 기쁨을 느꼈다. 내가 아직 무엇을 할지 결정하기 전에, 교문은 또 멀어져 갔다.

도대체 또 얼마나 멀어요? 한 블록을 더 간 뒤 나는 다소 힘들게 물었다.

바로 앞 모퉁이에 있다. 꽃장수는 여전히 평온하게 말했다.

자전거는 점차 넓은 묘지에 접근했다. 겹겹이 펼쳐진 분봉은 마치 숙성되고 풍성한 과일 같았다. 태양 아래 묘비는 기이한 흰 빛을 번득이며 내 눈을 자극했다. 왜 이 점을 생각지 못했을까? 그는 나를 다 이용하고 목 졸라 죽인 뒤, 이 황량한 묘지에 버릴 것이다. 아무도 알지 못할 것이다. 나는 추웠다. 좀 움직여 봤다. 뛰어내리려 했다.

앞에서 돌면 곧 도착한다. 꽃장수가 말했다. 마치 내 불안감을 알아차린 모양이다.

모퉁이를 돌자, 묘지는 내 왼쪽 후방에 위치하게 됐다. 나는 다소 기분이 나아졌다. 꽃장수는 자전거에서 내려 대나무로 엮은 문을 밀었다.

바로 여기야. 들어와서 봐라.

그다지 크지 않은 원예원이다. 녹색 식물이 몇 줄 심어져 있다. 그것들의 이름은 거의 알 수 없는 것들이었다. 전체 원예원에 국화 몇 그루만 빈약하고 외롭게 피어 있었다. 나는 슬퍼서 울고 싶었다. 오는 동안 내내 나는 밝은 색을 띠는 꽃이 가득 핀 작은 식물원을 기대했다. 물론 지금은 이미 성탄절이고 겨울이지만 말이다.

꽃장수는 내게 작은 나무 몇 그루를 가리켰다. 그것들은 메말라 있었다. 더욱이 장식하기에 적당치 않았다. 아무리 봐도 불만족스러웠다.

저쪽 편에 심어 둔 나무들이 있으니, 가 봐라.

좋아요. 내가 말했다. 그의 뒤를 따라 다른 작은 정원에 들어갔다. 여기서 나는 또 멀리에 흩어진 묘지 몇 개를 보았다. 나는 비로소 원예원의 사방이 막혀 있다는 것을 알아차렸다. 사방에 가시 돋친 선인장 같은 식물로 둘러싸여 있었다. 유일한 출구는 막 들어온 그 작은 문이었다. 나는 사방을 둘러보았다. 나는 도망칠 곳을 찾았다. 끝내 모퉁이에 비스듬히 놓여 있는 호미를 보았다. 나는 그쪽에 있는 나무를 보러 가는 척하고 눈치 못 차리게 살며시 걸어갔다.

여기 있는 나무들은 괜찮다. 꽃장수가 말하면서 내 뒤에까지 다가왔다.

나는 빨리 이곳을 떠나고 싶었다. 손으로 작은 나무 한 그루를 가리켰다. 꽃장수는 몸을 숙여 파기 시작했다. 나는 뒤로 물러나 손을 뻗으면 호미를 집을 수 있는 곳까지 뒤로 물러났다. 나는 멈추었다. 공포와 장난기가 발동했다. 나는 곧 있을 전투를 상상했다.

꽃장수는 갑자기 몸을 일으켰다. 나는 호미 자루를 꼭 쥐고 앞으로 조금 잡아당겼다. 그러나 꽃장수는 아무것도 눈치채지 못하고 허리를 한 번 편 뒤 몸을 수그렸다. 호미가 내 손에서 미끄러져, 내 뒤에 있던 식물에 부딪쳐 작은 소리를 냈다.

됐다. 그가 말했다. 파낸 나무를 잘 싼 뒤 화원 문을 나섰다. 나는 그의 뒤를 따라 걸어나왔다. 대나무로 짠 작은 문을 나와 나는 큰길로 돌아왔다. 몇 걸음 걸은 뒤 모퉁이를 도니 묘지가 또 보였다. 나는 작은 나무를 들고 뛰었다. 묘지가 멀어질 때까지 뛰어간 뒤 멈춰 서서 숨을 가쁘게 쉬었다.

　모든 것이 이렇게 재미없이 끝났다. 아무 일도 발생하지 않았다. 그러나 나는 정말로 무슨 일이 발생하길 갈망했을까, 나 자신도 불명확하다. 굉장히 먼 길을 걸어야 한다고 생각하면서, 작은 나무를 끌며, 천천히 한 발씩 걸어갔다.

— 1968년 12월《중국시보》부간

거훼이 (格非: 1964~)

본명은 리우용(劉勇)으로 장쑤(江蘇)성 딴뚜현 사람이다. 상해 화뚱사범
대학(上海華東師范大學) 중문과를 졸업, 현재 칭화대학(清華大學) 중문
과 교수이다. 동국대학교 중문학과 교환교수를 역임했다. 1986년에 처
녀작 《우요우선생을 회상한다》(追憶烏攸先生)를 발표하고, 1987년 출
세작인 《길 잃은 배》(迷舟)를 발표했다. 이때부터 서술에 의미를 전달
하지 않는 특색으로 선봉파 작가의 대열에 들어선다. 그리고 1986년에
발표한 중편소설 《갈색 새 떼》(褐色鳥群)는 당대 중국문단에서 가장 난
해한 작품의 하나로 거론되기도 한다.

필명 격비(格非)는 격물치지(格物致之)의 격(格)과 시시비비(是是非
非)의 비(非)를 합성한 것이다.

그의 작품집으로는 《격비문집》(格非文集, 三卷), 장편소설 《적》(敵
人), 《욕망의 깃발》(欲望的旗幟), 《주변》(邊緣), 《복숭아꽃 같은 사람 얼
굴》(人面桃花), 소설집으로 《길 잃은 배》(迷舟), 《휘파람 소리》(唿哨),
《장마철의 감각》(雨季的感覺) 등이 있고, 문론집으로는 《소설예술면면
관》(小說藝術面面觀), 《소설서사연구》(小說敘事研究), 《격비산문》(格非
散文) 등이 있다.

■ 《길 잃은 배》(迷舟, 1987)

이 소설의 사건은 중국 현대사에서 너무나도 유명한 북벌혁명(北伐革命)이고, 장소는 중국 강남의 한 지역이다. 사건은 북벌군과 대치하고 있던 군벌 쑨촨팡(孫傳芳)의 여단장 샤오(蕭)에 대한 이야기다.

이 소설은 우리가 기존에 상식적으로 아는 역사를 해체하고 있다. 이 소설에서 언급되는 역사는 이념의 논리에 따라 발전하는 것도 아니며, 이성적이거나 논리적이지도 않고, 숭고한 권위를 지닌 것도 아니며 하나의 가설에 불과하다. 이 소설에서 역사는 개인의 욕망과 이해와 우연이 점철된 예측할 수 없는 공간이다.

■ 《장마철의 감각》(雨季的感覺, 1994)

이 작품은 하나의 예술적 미궁(迷宮)이다. 작자는 교묘한 서사 수법으로 독자들을 미로로 유혹한다. 마지막 페이지를 읽고 난 뒤 독자들은 사건이 역순으로 묘사되었다는 것과 모든 것이 착각이었다는 것을 깨닫게 된다.

이 작품의 배경은 1930년대 중국 강남의 작은 농촌 마을이다. 이 소설은 이 농촌 마을에 나타난 탐정이 누구이며, 방문 목적이 무엇인가에 대해 수사하는 추리소설 기법을 사용하며 흥미진진하게 전개된다.

이 작품은 인간이 각각 나름대로 근거를 갖고 이성적으로 판단하고 추측하고 산다고 하지만 실은 모두 착각일 수 있다는 것 그리고 시간이 과거-현재-미래 순으로 흘러가지 않을 수 있다는 것을 실험적으로 시현해 보이고 있다. 매우 지적인 작품이다.

마위엔 (馬原: 1953~)

중국문단에서 처음으로 선봉파적 글쓰기를 시도한 이 유파의 대표 작가이다. 그는 랴오닝(遼寧)성 진저우(錦州)사람으로, 랴오닝대학 중문과를 졸업한 후 티베트에 배치돼 편집 일을 했고, 이 시기의 체험이 그의 주요 창작소재가 됐다. 1989년 랴오닝으로 돌아와 선양시(瀋陽市) 문학원(文學院)에서 전문작가로 활동했고, 현재는 중국 통찌대학(同濟大學) 중문학과 교수로 재직하고 있다.

그는 1982년부터 작품을 발표하기 시작했고, 1984년에 발표한 《라싸 강의 여신》(拉薩河女神)에서 처음으로 이야기보다 서술을 우위에 두기 시작했다. 주요 작품으로는 소설집 《깡디스 산맥1)의 유혹》(岡底斯的誘惑), 《서해 무범선》(西海無帆船), 《허구》(虛構) 등이 있고, 장편소설로는 《위아래 모두 평탄하다》(上下都很平坦) 등이 있다.

■ 《깡디스 산맥의 유혹》(冈底斯的诱惑, 1985)

이 소설은 마위엔(馬原)뿐 아니라 중국 선봉파의 대표작이다. 이 소설은 깡디스 산맥을 배경으로 하는 티베트의 원시적인 자연 풍광, 신비로운 신화와 전설 그리고 티베트 인들의 인정(人情)을 통해 신화와 전설을 잃은 현대인에게 환상의 피안을 제시한다.

작가는 이러한 신비한 세계를 구축하기 위해 독특한 서술 방식을 채용하고 있다. 이 소설의 구성은 발단-전개-위기-절정-결말이라는 리얼리즘 소설의 구성 단계와는 판이하게 다르다. 이 소설은 관통하는 사건도 없으며 사건들이 시간 순서에 의해 전개되지도 않으며, 의외의

---

1) 깡디스 산맥: Gangdisê Mountains, 티베트의 산맥 이름.

사건이 복선도 없이 우연하게 발생한다. 시점은 수시로 전이되고, 작가가 소설에 직접 등장해 독자와 대화하는 원서사(元敍事 : meta narration) 기법이 사용되는 등 리얼리즘 소설에 익숙한 독자들의 독서 습관과 기대를 파괴한다. 하지만 이러한 서술 방식은 독자로 하여금 '적극적 독서'를 유도하며, 티베트와 티베트 사람들의 삶을 보다 더 다양하고 깊이 있게 느끼게 하는 효과를 발휘한다. 서사적 측면에서 이 작품은 중국 당대 소설사에서 혁명적 실험작 중의 하나라고 평가된다.

■ 《착오》(錯誤, 1987)

사람의 인생은 그 무엇 하나 정확히 답을 내릴 수 있는 것이 없다. 사람들은 진실을 알며 살기도 하지만 그보다 더 많은 착각과 실수 속에서 살아간다. 그러나 사람들은 그것을 깨닫지 못하고 한참 지나서야 진실을 알거나 아예 진실을 모른 채 살아가는 경우도 많다.

《착오》에서 주인공은 십 수 년이 지난 뒤에야 자기가 착오 속에서 살았다는 것을 알게 된다. 그는 착오를 하면서 많은 것을 잃었고, 자신의 인생도 변했다. 그가 처음부터 모든 진실을 알았다면 어떻게 되었을까? 그럼 얼고우도 그때 다치지 않고, 장메이도 자살하지 않고 행복하게 그와 살았을지 모른다. 하지만 그들은 진실을 몰랐기 때문에 그러지 못했다.

우리의 인생은 그런 것이다. 《착오》에서처럼 우리는 착오 속에서 살아가고 몇 개의 진실만을 마주하게 된다. 이 소설은 그런 점을 보여줌으로써 우리네 인생의 착오를 돌아보게 한다. 이 소설 속의 인생은 바로 '착오' 그 자체이다. 이 작품은 인생은 우연의 연속이고 착각의 누적이라는 선봉파의 인생관을 잘 보여준다. 즉, 이성과 인과 혹은 질서로 보는 리얼리즘의 인생관에 대한 새로운 도전이다.

찬쉬에 (殘雪: 1953~)

본명은 떵샤오화(鄧小華). 창사(長沙) 출신. 선봉파의 대표작가. 그녀의 작품은 국외에서 더 높게 평가받는다. 일본 저명 출판사인 하출서방신사(河出書房新社)가 출판한 24권의 《세계문학전집》(世界文學全集)에는 중국 당대 작가 중 유일하게 그녀의 작품이 수록됐다. 그녀는 카프카나 조이스 등 세계 저명 작가와 어깨를 나란히 하는 작가이다. 중국 문단에서 1999년에는 위화(余華)를 읽고, 2000년에는 찬쉬에(殘雪)를 읽어야 한다는 말도 있다.

작품집으로는 단편소설 《구정물 위의 비누 거품》(汚水上的肥皂泡), 《맑은 날 아메이의 시름》(阿梅在一个太阳天里的愁思), 《광야에서》(曠野里), 《숫소》(公牛), 《산 위의 작은 집》(山上的小屋), 《내가 그 세계에 서 있었던 일》(我在那个世界里的事情), 《천당에서의 대화》(天堂里的對話), 《하늘 창》(天窗), 중편소설로는 《진흙거리》(黃泥街), 《창백한 구름》(蒼老的浮云), 장편소설로는 《포위망을 뚫는 공연》(突圍表演) 등이 있다.

잔설(殘雪)을 필명으로 삼은 이유는 모든 눈이 녹아도 녹기를 거절하는 눈이 잔설이고, 고산(高山)에서 비할 바 없이 순정하나 밟혀 더러워진 눈이 잔설이기 때문이라고 한다. 그녀는 루쉰(魯迅)이 전통에 굴복하지 않고 끝까지 저항한 것을 높이 평가하고 좋아한다고 한다. 그녀의 단편소설 《산 위의 작은 집》(山上的小屋)은 문단의 주목을 끈 작품으로 일본, 독일, 영미, 이탈리아, 프랑스 등 다국어로 번역됐고, 미국의 하버드, 컬럼비아 대학, 일본 동경 중앙대학, 국학원의 교재로 사용되고 있다.

■ 《산위의 작은 집》(山上的小屋, 1985)

이 소설은 전통적인 의미와 미의식을 다시 성찰하게 하는 선봉 소설의 대표작 중 하나이다. 이 작가는 조각난 심령으로 세계를 특수하게 감촉하고 객체를 변형시키며 악몽 같은 세계를 구축한다. 이 세계에서 인간은 고독하고 고통스러우며 사람들은 서로 경계하고 질시한다.

이 작품의 '나'는 모든 신경을 곤추세우고 외부 세계를 경계한다. 가족들은 모두 나의 사생활(서랍)을 엿보며 침범한다. 어머니는 내 뒤통수를 노려보고, 아버지의 눈은 익숙한 늑대의 눈이며, 여동생의 눈은 녹색으로 변한다. 이웃은 창에 구멍을 뚫고 엿보고 있다. 가족 간의 정이나 애정이 없고 오직 의심과 질투만 있다.

이 소설은 진선미의 조화와 통일이라는 전통적인 미의식을 전복하고, 대립 충돌을 통해 인간존재의 심리적 진실을 드러낸다. 그것은 기존의 의미와 현실에 대한 일종의 배척이다. 단절과 배척 그리고 충돌은 우리 생존 상태의 감춰진 부분이다.

■ 《맑은 날, 아메이의 시름》(阿梅在一个太阳天里的愁思)

찬쉬에(殘雪)의 소설을 읽는 것은 입체파 그림을 보는 것과 비슷하다. 정상적인 사유 논리나 독서 습관으로 읽게 되면 마치 안개 속에 빠지는 것처럼 무슨 말을 하는지 알 수 없다. 이것이 바로 찬쉬에의 특색이다. 괴기스럽고 황당한 느낌이 독자의 직감을 자극한다.

인간의 생존 환경을 철로 만들어진 방(鐵屋)이라고 한다면, 그녀는 그 갇힌 방에서 벗어나자고 한다. 가정, 혼인, 방으로 상징되는 아메이의 세계는 모든 것이 사라질 날을 기다린다. 그녀가 시름하는 것(愁思)은 "오늘 밤 바람이 불어 그 담장이 무너져 우리 집을 덮치는 것이다." 집이 매몰되면 그녀도 죽고 어머니도 죽고 아이도 죽을 것이다.

쑤퉁(蘇童: 1963~)

본명은 퉁쭝꾸이(童忠貴). 성이 퉁(童)이고 쑤저우(蘇州)에서 태어나, 쑤 퉁(蘇童)이라고 필명을 지었다고 한다. 베이징사범대학교에서 중문학을 전공했다. 현재 남경에 거주하며 중국의 대표작가로 활동 중이다. 쑤퉁 의 작품은 객관적이고 담담한 필체로 이야기를 서술하는 특징을 지닌 다, 처음엔 선봉파(先鋒派)로 시작했다가 후엔 신사실주의(新寫實主義) 로 변화하며, 평단의 인정과 대중의 사랑을 모두 받고 있다.

작품으로는 《1934년의 도망》(一九三四年的逃亡), 《양귀비의 집》(罌 粟之家), 《내 고향 풍양수를 넘어》(飛越我的楓楊樹故鄕), 《처첩성군》(妻 妾成群, 장예모 감독의 영화 《홍등》의 원작), 《이혼 지침서》(离婚指南), 《쌀》(米), 《나, 제왕의 생애》(我的帝王生涯), 《홍분》(紅粉, 영화화돼 베 를린영화제 은곰상 수상) 등이 있다. 〈소설월보〉 백화상 등 다수의 문학 상을 수상했으며, 그의 작품들은 중국과 홍콩, 대만뿐 아니라 미국, 프랑 스, 독일, 이탈리아, 스웨덴, 네덜란드, 덴마크, 한국 등에서 번역돼 호 평을 받고 있다.

■ 《도망》(逃)

'도망'은 쑤퉁의 작품의 주요한 주제다. 1985년 발표한 《돌 부두》(石碼 頭)부터, 《1934년의 도망》(一九三四年的逃亡), 《이주민 부자》(外鄕人 父子), 《양귀비의 집》(罌粟之家) 등에 이르기까지, '도망'은 일련의 지 속적인 테마이다. 왜 이 작가가 '도망'을 주제로 하는지에 대해 몇 가 지 해설이 있다. 쑤퉁의 조상은 본래 양쭝(揚中)이란 양쯔강 가운데에 위치한 외딴 섬에서 거주하다 생계를 위해 쑤저우(蘇州)로 이주해 온 이주민이다. 이에 근거해 잃어버린 고향에 대한 그의 귀향의식 때문이라는 설이 있고, 1980년대 문학청년들이 당시 정치적 억압에서 도망치려는 심리 때문이라는 설도 있다.

그의 작품에서 '도망'이란 외부자극에 대한 피동적인 반응일 뿐 아니라, 주관적인 의식에서의 생존 양태이다. 이 작품의 주인공 천싼마이(陳三麥)의 일생은 '도망'이란 용어로 개괄할 수 있다. 밥 먹는 것, 세수하는 것, 얻어맞는 것, 아내를 얻는 것, 군에 입대하는 것 등 그의 인생 역정은 모두 '도망'으로 종결된다. 그가 임종할 때 "나는 하늘 끝까지 도망쳤으나 도망칠 수 없었다."라고 말한다. 이 작가는 그가 궁극적으로 무슨 목적으로 도망치는가에 대해 말하지 않는다. 그의 다른 작품 《1934년의 도망》(一九三四年的逃亡)에서도 작중 인물들은 시골에서 도시로 도망치고 다시 귀향하는데, 시골이나 도시 모두 낙원이 아니다. 그들의 도망은 결과 없는 허무이다. 아마도 정신적인 낙원을 추구하는 영혼이 취하는 생존 양태로 설명될지 모르겠다. 쥐스킨트의 《좀머씨 이야기》의 좀머 씨도 이런 영혼의 한 형태가 아닐까 생각된다.

리앙 (李昻: 1952~)

본명은 쓰쑤딴(施淑端), 대만 루강인(鹿港人)이다. 1974년 대만 중국문화대학 철학과를 졸업, 다음해 미국으로 유학하여 1977년 오레곤 (University of Oregon-Eugene)대학 희극 석사학위를 취득하고, 귀국 후 문화대학 희극과 교수로 재직 중이다.

1968년 쨍화여고(彰化女高) 2학년(17세) 때 발표한 처녀작 《꽃피는 계절》(花季)이 그 해 대만 단편소설선에 수록되었고, 1975년 단편소설집 《혼성합창》(混聲合唱)이 출판했다. 이 소설집은 현대인의 애정과 성애(性愛) 문제를 중심으로 소녀적 환상과 호기심으로 세계를 관찰하는 이야기로 구성됐다. 작가는 1984년 말에 그의 대표작 《남편을 죽이다》(殺夫) 이외에, 이 시기에 발표한 작품들이 자기가 가장 잘 쓴 작품들이라고 말한 바 있다. 그 후 그의 작품은 주로 성애(性愛) 문제, 여성의 운명과 인성 해방 등에 대한 문제를 다뤘다. 작품집으로는 《혼성합창》(混聲合唱), 《루 항구 이야기》(鹿港故事), 《인간세상》(人世間), 《그녀들의 눈물》(她們的眼泪), 《애정 시험》(愛情試驗), 중편소설로는 《남편을 죽이다》(殺夫), 《어둔 밤》(暗夜), 장편소설로는 《잃어버린 정원》(迷園), 산문집으로는 《외우》(外遇), 《여성의 의견》(女性的意見) 등이 있다. 2004년 프랑스 문화부 최고상인 "예술문학기사 훈장"을 받았다.

■ 《꽃 피는 계절》(花季)

대만 문단에서 작가 리앙(李昻)은 여성의 내밀한 성의식과 비정상적인 성행위, 성적 억압 등의 노골적 묘사로 많은 논란을 일으킨 여류작가로 유명하다. 그러나 그녀의 글쓰기는 감각적인 자극이나 감성적 호소가 아니라 이성적인 자각에 의한 탐색이다. 그녀의 성 묘사는 군대가 모든 것을 통제하던 계엄 상태와, 유교적 전통이 아직 강했던 당시 대만 사회에 대한 일종의 대담한 도전이었다.

이 작품의 독서 포인트는 소녀의 나르시시즘적 요소 외에, 외부 세계나 성에 대한 소녀의 호기심과 두려움, 초조함, 원초적 충동 등을 세심한 필치로 기탄없이 묘사하고 있다는 점이다. 이 작품은 이후 리앙 작품세계의 출발점이었다는 점에서 주목되는 작품이다.